KB237501

過香積寺

향적사를 찾아가다

향적사 어딘지 알지 못하여
구름 봉우리 속으로 몇 리나 들어간다
고목 우거져 사람 다니는 길 없건만
깊은 산 속 어딘가의 종소리
샘물 소리 가파른 바위에거 흐느끼고
햇살은 푸른 소나무를 차갑게 비치고 있네
해질녘 고요한 연못 굽이에 앉아
편안히 참선하며 잡념을 걸어 낸다네

不知香積寺　數里入雲峰
古木無人徑　深山何處鍾
泉聲咽危石　日色冷青松
薄暮空潭曲　安禪制毒龍

우화등선

羽化登仙

Fantastic Oriental Heroes

촌부 新무협 판타지 소설

우화등선 4

촌부 新무협 판타지소설

초판 1쇄 찍은 날 § 2006년 5월 4일
초판 1쇄 펴낸 날 § 2006년 5월 15일

지은이 § 촌부
펴낸이 § 서경석

편집장 § 문혜영
편집책임 § 이재권
편집 § 서지현

펴낸곳 § 도서출판 청어람
등록번호 § 제1081-1-89호
등록일자 § 1999. 5. 31
어람번호 § 제2-0903호

주소 § 경기도 부천시 원미구 심곡1동 350-1 남성B/D 3F (우) 420-011
전화 § 032-656-4452 팩스 § 032-656-4453
http://www.chungeoram.com
E-mail § eoram99@chollian.net

ⓒ 촌부, 2006

ISBN 89-251-0103-3 04810
ISBN 89-5831-954-2 (세트)

4 모녀지정(母女之情)

우화등선

꽈┝촭仙

Fantastic Oriental Heroes

촌부 新무협 판타지 소설

도서출판 청어람

목차

4장

제2화 **과거**

한 달 전.

운풍자는 무표정한 얼굴로 뒤를 돌아보았다.

"……"

뒤로 펼쳐진 관도는 고요했다. 하지만 내공을 돋운 운풍자의 귀에는 소란스러운 소동이 벌어지고 있는 것이 들려왔다.

"…으음."

운풍자는 신음성을 터뜨렸다.

예상과는 다른 일이 벌어지고 있었다. 장문 사부께서는 자신이 시선을 모을 테니 먼저 자리를 피하라고 하셨지만, 예상외로 몇몇 도사들의 움직임이 끈질겼다.

그중에서도 화산파 도사들이 제일 심했다.

"저기 검선(劍仙)이 있다!"

"동쪽! 동쪽에 있다!"

"…무량수불."

운풍자는 진언을 읊조리며 다시 시선을 돌렸다. 사조님께서 검을 타고 오셨으니, 그 모습은 필시 눈에 띄었을 것이다.

하지만 화산파가 왜 그렇게 검선에 목을 매는지는 의문이었다.

조금 전부터 수십 번도 더 듣던 목소리가 다시 들려왔다.

"모셔라! 반드시 모셔야 하느니!"

화산파 장문인의 목소리였다. 흥분한 듯 목소리에는 다급한 기색이 가득했다.

"…귀찮기 짝이 없구먼, 왜 저리들 난리를 피우는지 모르겠네그려."

"……."

운풍자는 여전히 무표정이었다.

추걸개는 살짝 인상을 찌푸리며 주위를 둘러보았다. 앞으로의 일이 걱정이다. 형산파의 무리들이 다시 음화신녀 운혜 도고를 찾으러 움직일지도 모른다.

"으음… 하늘의 도움으로 어찌어찌 천하제일가 밖으로 나오기는 했네만, 앞으로 어떻게 해야 할지 알 수가 없구먼."

"그, 그러게요."

운혜는 그 말에 동감한다는 듯 걱정스럽게 뒤를 돌아보았다. 조금 전에 들린 목소리가 머지않았으니 곧 화산파의 도사들이 들이닥칠 것이다.

운풍자는 무표정한 얼굴로 청명을 바라보았다.

청명은 고개를 갸웃하며 눈을 끔뻑이고 있었다.

"사조님."

"네?

"이제 어디로 가실 예정입니까."

청명은 다시 고개를 갸웃했다. 그리고는 눈동자를 데굴데굴 굴리면서 하늘을 올려다보았다.

'어디로 가지?'

농사도 지어보았고, 평범한 장로들처럼 무공도 연구해 봤다. 이제 또 다른 평범한 일을 찾아야 할 때가 되었다.

'운혜 사손은 농사를 짓거나, 점소이가 되거나 하는 게 평범한 거라고 했는데.'

청명의 얼굴이 조금 밝아졌다. 농사는 해봤으니, 운혜 사손의 말대로라면 다음 차례는 점소이가 될 차례다.

"헤헷."

"……."

운풍자는 무표정한 눈으로 청명의 대답을 기다리고 있었다. 소란스러운 발걸음 소리들이 점점 더 가까이 다가오고 있었지만, 운풍자는 별다른 움직임 없이 조용히 서 있을 뿐이었다.

마침내 청명이 대답했다.

"저는 점소이가 될 거예요!"

"…예?"

운풍자의 얼굴은 여전히 무표정했다. 하지만 내심 당황스러웠는지, 목소리가 조금 늦게 나온다. 점소이라니? 객잔을 청소하고 손님들을 시중드는 그 점소이를 말하는 것일까?

"점… 소이 말씀이십니까?"

"네, 저는 점소이가 될 거예요."

청명은 벙긋벙긋 웃으며 즐거워했다.

또 다른 평범한 일들을 찾아 인간지도를 깨달아야 한다. 마선(魔仙)의 음모가 남아 있다곤 해도 원시천존님의 명을 거역할 수는 없다.

청명은 운혜를 돌아보았다. 그리고는 걱정스러워하는 운혜에게 살짝 웃어주었다. 자신은 운혜 사손을 죽게 하지 않을 것이다.

"……."

청명의 시선을 느낀 운혜는 얼굴이 발갛게 되어서는 고개를 숙였다.

"…그럼, 이제 자리를 움직여야 합니다."

운풍자가 조용히 읊조렸다. 사조님의 명을 무시할 수는 없으니 아마도 당분간은 점소이가 되어야 할 것이다.

"이제 출발하겠습니다."

"서두르세!"

추걸개가 단호하게 외치며 먼저 경공을 펼쳤다. 뒤에서 다가오는 소란스러운 소리들은 추적자들이 멀지 않은 거리에 있다는 것을 잘 알려주고 있었다.

운풍자는 청명의 앞에 엎드렸다.

"사손이 사조님을 모시겠습니다. 제 등에 업히시지요, 사조."

"네."

청명은 얼른 대답하고는 운풍자의 등에 업혔다. 그리고는 넉넉한 등이 제법 편한지 웃음을 지었다.

"헤헷."

"그럼, 출발하오리다."

"가세!"

곧 세 명의 무림인과 한 명의 신선이 자리에서 사라졌다.

*　　　*　　　*

같은 시각, 사천(四川)의 성도(成都).

성도 구석에는 두 개의 객잔이 위치해 있었다.

하나는 낡디 낡은 허름한 객잔이었고, 하나는 신축한 지 얼마 되지 않은 화려한 객잔이었다.

그리고 그 외향만큼이나 북적이는 손님의 숫자도 달랐다. 허름한 객잔은 텅 비어 있었고, 화려한 객잔은 손님으로 가득했다.

북적북적대는 옆 객잔을 바라보던 관가연(瓘佳燕)은 불퉁한 얼굴로 크게 소리를 질렀다.

"아니, 그분은 우리 집으로 오시던 손님 아니에요! 그 손님마저 데려가시면 어떻게 해요!"

가연의 음성은 뾰족하고도 날카로웠다. 가연은 눈에 불을 켜고 앞에 선 뚱뚱한 사내에게 소리를 질렀다.

"으흠, 고작 손님 하나를 가지고 별소리를 다 하시는구려."

"고작 손님 하나라니! 우리는 손님 하나도 극진히 모신다고요!"

"흐흣, 손님을 극진히 모셔서 그런가? 장사가 아주 잘 되어가는 듯 보이는구먼."

비단의를 입은 뚱뚱한 사내, 상덕보(象德保)는 비웃음 가득한 시선으로 가연의 객점 선경루(仙境樓)를 바라보았다.

아니나 다를까, 허름하기 짝이 없는 객점에는 손님 하나 없이 고요했다. 화려한 자신의 객점과는 비교도 되지 않는다.

"흐흐흣."

"그래, 장사 잘 돼서 좋겠군! 흥! 더 상대할 필요가 없겠어요."

가연은 뾰족이 소리를 내지르고는 몸을 휙 돌렸다. 그리고는 거친 걸음걸음으로 선경루로 걸어가기 시작했다.

그 뒤로 뚱뚱한 사내의 목소리가 들려왔다, 코끼리와도 같은 몸을 한 것치고는 너무나 얇고 간지러운.

"그러지 말고 그 땅을 내게 파는 건 어떤가?"

선경루로 걸어가던 가연은 몸을 돌려 날카로운 눈으로 상덕보를 주시했다. 그리고는 이를 갈며 외쳤다.

"절대 안 팔아!"

"것참, 장사도 안 되는 객잔을 뭣 하러 그리 부여잡고 있는지 모르겠구먼. 망하면 지금 받을 수 있는 돈보다 훨씬 못한 값을 받고 팔게 될 텐데."

"……."

가연은 아무런 말도 없이 상덕보를 노려보고는 다시 몸을 돌렸다. 무시하겠다는 뜻이다.

그 모습에 상덕보는 웃음을 터뜨렸다.

"으하하핫! 그렇듯 자존심이 강한 줄은 내 미처 몰랐구먼! 그럼 망할 때까지 잘 해보시게! 으하하핫!"

"……."

가연은 대꾸하지 않았다. 하지만 몹시 분했는지 몸을 돌린 가연의 눈에는 살짝 눈물이 맺혀 있었다.

뒤에서는 상덕보의 껄껄 웃는 웃음소리가 끊이질 않았다.

쾅—!

성질을 양껏 부리며 문을 세게 닫는 가연의 모습에, 작은 계집아이를 안고 있던 사내는 걱정스러운 얼굴이 되어버렸다.

"또 손님을 빼앗긴 거야?"

"그래요. 우리 집으로 오시던 손님인데……."

"하핫, 화내지 마."

사내는 웃음을 터뜨렸다. 화를 내는 가연의 얼굴이 귀여워 보여 웃음을 지은 것이다.

가연은 샐쭉한 표정으로 사내를 바라보았다.

"뭐가 그렇게 좋아서 웃는 거예요? 남은 속상해 죽겠는데."

가연은 한숨을 내쉬며 사내와 계집아이가 앉아 있는 찬탁(餐卓:식탁)에 가 앉았다. 곧 작은 계집아이가 쪼르르 달려가 가연의 품에 안겼다.

"엄마!"

"응, 소연아."

"나 안아줘!"

"엄마 지금 힘드니까 무릎 위에 앉지 말고 여기 의자에 앉아."

"싫은데……."

가연은 안겨드는 소연을 대수롭지 않은 몸짓으로 떼어 찬위(餐位:식탁 의자)에 앉혔다. 소연은 울상을 지으면서도 순순히 가연의 손짓에 몸을 맡겨 그 위에 앉았다. 사내는 턱을 괴었다.

"그런데, 저 가게도 정말 못됐군. 오던 손님까지 빼앗아 갈 정도로 이곳이 싫은가?"

"원래 우리 형부를 싫어했었어요. 저기 주인장이 형부랑 같이 일한 적이 있었는데 일할 때마다 사사건건 형부랑 부딪쳤나 봐요. 잘은 모르지만."

"으음……."

"게다가, 이 객잔은 형부랑 언니가 가장 아끼던 거니까……."

가연은 아련한 얼굴로 손을 들어 찬탁을 훑었다. 손끝에 형부와 언니의 손때가 묻어나는 듯했다.

"흐음—"

사내는 기묘한 콧소리를 내며 가연의 얼굴을 구석구석 살폈다. 가연은 멋쩍은 얼굴이 되어 사내의 시선을 피했다.

"왜, 왜 그래요?"

멋쩍은 가연의 얼굴에 사내는 피식 웃음을 지었다.

"저 가게, 내가 혼내줄까?"

사내의 말에 가연은 뜨악한 표정이 되어버렸다. 하지만 그 얼굴을 바라보니 할 말이 없다.

사내의 얼굴에는 정말로 그렇게 해줄 수 있다는 자신감이 묻어나고 있었다.

"아서요, 유성(流星). 괜히 껴들었다가 큰코다쳐요."

가연은 손사래를 쳤다. 고작 이런 작은 객잔의 숙수 주제에 누구를 혼내준단 말인가! 사천쌍살(四川雙殺)이라는 무림인이 상덕보의 뒤를 봐주고 있다는 소문이 파다하니 자칫하다가는 크게 혼이 날 수도 있다.

"괜히 끼지 말고 포방(庖廚:주방)이나 정리해요."

사내, 유성은 아쉬운 표정을 지으며 조그맣게 중얼거렸다.

"정말 혼내줄 수 있는데."

"됐네요."

가연은 얼굴을 살짝 찡그려 주고는 고개를 돌렸다. 꼴에 남자라고 호기를 부린다. 그 모습이 왠지 귀여워 보여 웃음이 나왔다.

"호홋."

포방으로 사라지는 유성의 어깨를 보며 가연은 웃음을 터뜨렸다.

*   *   *

이십일 전.

사천의 선경루에는 여전히 손님이 한 명도 없었다.

상덕보의 사성객잔은 대낮부터 사람들이 바글바글 했지만 선경루는 고요하다 싶을 정도로 조용했다.

“에휴……..”

가연은 장부를 뒤적거리며 한숨을 내쉬었다. 이대로라면 객잔은 곧 망한다, 그것도 먼 미래가 아니라 가까운 시일 안에.

“…안 돼.”

어두운 미래를 상상하던 가연이 짧게 중얼거리며 고개를 도리도리 저었다. 선경루는 언니와 형부가 평생에 걸쳐 번 돈으로 만든 것, 망하게 할 수 없다.

‘하지만 방법이 없잖아.’

가연은 다시 어두운 얼굴이 되어 주방을 돌아보았다.

손님이 하나도 없는 포방에서, 선경루의 숙수 유성이 철과를 들고 무엇인가를 볶고 있었다. 식사를 준비하는 것이다.

그 옆에서 조잘조잘거리며 유성을 구경하고 있던 소연이 가연의 시선을 느꼈는지 밝게 웃으며 뽀르르 달려왔다.

“엄마―!”

“응?”

소연이 자랑스럽게 구리 삼십 문을 들어올렸다.

“아저씨가 당과 사먹으라고 돈 줬어!”

“그래? 유성, 애한테 너무 많은 돈을 준 거 아녜요?”

삼십 문이면 당과를 사먹기에는 너무 많은 액수다.

가연이 걱정스럽게 말하자, 치이익 거리는 소음을 뚫고 유성의 목소리가 들려왔다.

“괜찮아. 선당과 먹으러 간다니까.”

“그거 너무 비싼데.”

불만스럽다는 듯 가연이 투덜거리자 유성의 웃음소리가 들려왔다.

“겸사겸사 나도 먹을 겸 사오라고 시킨 거야. 그러니까 그냥 사게 둬.”

“숙수 주제에 별걸 다 시키네. 여기 주인은 나예요, 명령하지 말아
요.”

가연이 불만스럽게 말했다.

가끔 선경루의 숙수 유성은 명령조로 말을 하곤 했다. 그 명령조는 너
무나 자연스러워서 그가 자신의 마음속에 커다랗게 자리잡은 지금도 그
런 말투를 들으면 깜짝깜짝 놀라곤 한다. 그의 말을 듣다 보면 마치 하인
이라도 된 느낌이 들었다.

“그래, 소연아. 어차피 아저씨 돈인데, 뭘. 우리가 다— 써버리자. 얼
른 선당과 사 가지고 와?”

“응!”

소연은 웃으며 크게 대답하고는 도도도 달려가 객잔의 문을 벌컥 열었
다.

“……”

소연이 나가고 나자, 치이익 거리던 소음이 이내 멎는가 싶더니, 포방
에서 잘 조리된 소채 볶음을 들고 당유성이 걸어나왔다. 그는 그릇을 내
려놓으며 닫힌 문을 돌아보았다.

“아, 갔네.”

유성이 들고 있는 그릇을 보자 가연의 얼굴에 화색이 감돌았다.

“소채 볶음이네요?”

“재료가 이것밖에 없어서.”

유성은 슬쩍 웃으며 젓가락을 건네었다. 그리고 그 앞에 앉아 가연이
소채를 집어 올리는 것을 구경했다.

들려진 소채는 곧 가연의 입 안으로 사라졌다.

“어때?”

“맛없어요.”

가연은 혀를 쏘옥 빼물며 말했다. 그 말에 사내는 실망한 표정을 지었
다.

"정말?"

"호홋, 아니에요. 그럭저럭 먹을 만은 해요. 실력이 많이 늘었군요."

가연의 말에 사내의 얼굴이 밝아졌다. 사실, 숙수치고 자신의 요리 실
력은 너무나 부족했었다. 하지만 이제 그럭저럭 먹을 만은 하다니, 이제
자신도 제법 실력이 늘었나 보다.

즐거운 듯 웃으며 유성은 조용히 가연의 식사를 구경했다. 그의 얼굴
에 어린 웃음이 조금 더 짙어졌다.

그리고 그 눈에 어린 결심도 짙어졌다.

"가연, 아니, 관매."

"…예?"

가연은 젓가락을 들고 멍한 표정을 지으며 유성을 바라보았다. 그의
눈동자에는 진심이 숨어 있었다.

왠지 모를 부끄러움에, 가연의 얼굴이 붉어졌다.

'혹시 이 남자, 또 그 이야기를 하려는 걸까?'

가연의 짐작대로, 사내는 부드러운 웃음 속에서 입을 열었다.

"이제 우리 혼인하자."

"저……."

이미 아는 소린데도 당황스럽긴 마찬가지다.

가연은 혼란스러운 눈으로 유성을 바라보았다. 그리고는 억지로 표정
을 관리하며 말했다.

"옛날에 말했잖아요, 유성. 나한테는 아이가 있다고."

"그건 걱정하지 마, 관매. 소연이는 내 딸이나 다름없으니까."

"……."

가연은 고개를 푹 숙이고는 살짝 고개를 저었다.

"하, 하지만……."

"지금 대답하지 않아도 괜찮아. 기다릴 테니까."

유성의 대답은 빨랐다.

가연은 슬픈 얼굴이 되었다. 어쩌면, 유성의 그 말을 기대하면서도 속으로는 그 순간이 오기를 바라지 않았을지도 모른다.

"미안해요. 하지만……."

삐그덕—

가연이 입을 열 시점이었다. 객잔의 문이 천천히 열리는 소리가 들려왔다.

"어, 어서 오세요!"

가연은 얼른 몸을 일으켰다. 며칠 만의 첫 손님이다. 그리고 이 무거운 대화에서 몸을 피할 수 있는 좋은 핑계가 되어줄 손님이기도 했다.

무표정한 얼굴의 손님이 천천히 객잔 안으로 걸어 들어오고 있었다.

*   *   *

사천 성도의 시장은 북적였다.

끈질겼던 화산파의 추적을 따돌린 추걸개는 모처럼 편한 마음이 되어 시장을 둘러보았다.

"…허헛."

평화롭다. 일주일간의 고생이 마치 꿈결같이 느껴지는 평화였다. 그간 추적을 피하느라 온갖 고생을 했기에 더욱 그러했다.

'만리추영이란 칭호도 이제는 한물 갔구먼.'

추걸개는 씁쓸히 웃으며 시선을 돌렸다. 흔적을 최대한 지웠는데도 겨우 이틀 전에야 추적자들의 발걸음을 따돌릴 수 있었다.

"허허헛."

시선을 돌리던 추걸개는 다시 웃음을 터뜨렸다. 신선께서 신기한 듯 주위를 두리번거리고 있다.

"와아―"

청명은 호기심 어린 눈으로 시장을 둘러보았다. 예전에도 보았던 시장의 풍경이지만 오늘은 예전과는 그 질이 달랐다. 평촌 같은 조그마한 마을과 사천의 성도는 큰 차이가 있는 것이다.

게다가, 사천은 요리가 발달하기로 이름이 높아 음식들도 많다.

청명은 멍하니 좌판들을 돌아보며 운혜를 불렀다.

"우, 운혜 사손……."

"혜운이라니까요!"

운혜가 소리를 지르자 청명이 민망한 듯 다시 중얼거렸다.

"아, 맞다. 혜운 사손……."

"소저!"

청명의 얼굴이 발갛게 변해갔다. 벌써 일주일이나 지났건만, 아직도 호칭에 적응이 되지 않았다. 분명히 운혜 사손은 이제 잠시 이름을 바꿀 것이라며 자신을 혜운이라고 말하라고 했는데, 자꾸 까먹고 있다.

"미, 미안해요. 운혜, 아니, 혜운 소저."

청명은 부끄러운 듯 중얼거리자 운혜는 그 모습을 보고는 한숨을 내쉬었다.

"그런데 왜요?"

"저기, 저건 뭔가요?"

청명이 대단히 기대감 어린 목소리로 부끄러운 듯 운혜에게 물었다. 운혜는 청명이 가리키는 곳을 보고는 눈을 가늘게 떴다.

‘저게 뭐지?’

운혜는 고개를 갸웃했다. 사조께서 가리키신 곳은 음식점이었는데 앞에 좌판을 깔고 있었다. 그 위에 올라간 것은 분명히 맛있어 보이는 음식인데 도무지 이름을 모르겠다.

‘전병같이 생겼는데……’

청명은 볼을 발갛게 물들이며 중얼거렸다.

“맛있어 보여요, 운혜 사손.”

“혜운이라니까요! 그런데 정말 맛있어 보이네.”

청명이 바라보고 있는 것은 당과의 일종인 선당과(善糖菓)였다.

과즙을 넣어 상큼한 맛이 나는 것이 특징인 선당과는 설탕을 버무린 밀가루 과자로 바로 이곳, 사천의 명물 과하당점이 가장 자랑하는 과자이기도 했다.

“저는 저 과자가 먹고 싶어요.”

청명은 홀린 듯 선당과를 바라보며 중얼거렸다. 입에서는 벌써 침이 고여 있었다. 향긋한 냄새가 벌써 여기까지 흘러든다.

“저도요. 이따 사형께서 오시면 우리 하나 먹어봐요.”

운혜도 선당과를 바라보고 있었다. 제법 그것이 먹고 싶었는지 침을 꿀꺽 삼키는 모습이 심상치 않다.

그 모습을 바라보던 추걸개는 너털웃음을 터뜨렸다.

“…허헛, 내가 사줄까? 이래 봬도 내게는 돈이 좀 있지!”

“구걸해서 얻은 돈이요?”

“돈에 귀천 있나, 돈이야 다 똑같이 생긴 것을.”

추걸개는 호탕하게 말하며 청명을 바라보았다.

사실, 거지가 돈이 많아봐야 얼마나 많겠는가!

하지만 선인께서 저 과자에 관심을 보이시니, 자신이 딱 나서서 과자를 사준다면 그간의 미움이 조금이나마 사라질 것이었다.

"저, 정말요? 정말 저에게 당과를 사주실 건가요?"

아니나 다를까, 청명은 대단히 기대한다는 눈으로 추걸개를 바라보았다.

추걸개는 만족감에 껄껄껄 웃음을 터뜨렸다. 선인의 환심을 사는 데 성공했다.

"으하하핫! 걱정하지 마십시오! 이 거지에게도 돈이 있으니, 얼른 가서 저 맛있어 보이는 과자를 맛봅시다!"

추걸개는 보무도 당당하게 앞으로 걸어나갔다. 그리고는 인자한 얼굴로 아이들에게 당과를 팔고 있는 아낙을 보고 외쳤다.

"여기 이 과자를 세 개만 주시오!"

아낙은 추걸개를 보고는 날카로운 눈이 되었다. 거지다.

"…돈 있수?"

"으하핫, 그럼 돈도 없이 사 먹으러 오겠소! 물론 돈이야 있지! 그 과자는 얼마요?"

"구리 이십 문만 주시구려."

"뭣이!"

추걸개의 얼굴에서 분노의 기운이 솟아올랐다. 구리 이십 문이면 어지간한 객점의 소면 값이다.

"과자에 금칠이라도 한 게요! 뭐가 이리 비싸오!"

"…안 살 거면 얼른 가시구랴. 장사에 방해돼."

거지가 흥분하자 아낙은 손사래를 휘휘 치며 거지를 쫓았다.

그 몸짓에 추걸개의 얼굴이 붉게 물들어갔다. 선인의 환심을 사려다가 전 재산을 털게 생겼다.

"제, 제길… 주, 주시오."

추걸개는 품을 뒤적거렸다. 소매를 뒤적거린 추걸개는 구리 몇 조각을 꺼내 들었다.

아낙은 구리를 세어보고는 고개를 저었다.

"이건 아홉 문밖에 안 되는데?"

"…그, 그걸로 두 개만 주시오."

"안 된다우."

아낙은 단호하게 말하며 추걸개를 노려보았다. 거지가 무슨 일로 과자를 먹는지 모르겠다.

그녀는 눈을 가늘게 뜨고는 거지를 살펴보다가 그 뒤에서 몹시 긴장한 눈으로 자신을 바라보는 소년을 발견했다.

"…응?"

소년은 그 과자가 꼭 먹고 싶은지 군침을 삼키며 자신을 바라보고 있었다. 소년의 옆에 있는 소녀 역시 그러했다.

편안해 보이는 소년의 눈동자에, 아낙은 홀린 듯이 대답했다.

"…아, 알았수. 주지. 까짓것 깎아봐야 구리 몇 문인데."

"고맙소!"

추걸개는 얼른 머리를 숙였다.

아낙이 당과 두 개를 잘 포장하여 추걸개에게 건네자, 그는 그것을 받아들어 청명과 운혜에게 건넸다.

청명은 기대 어린 시선으로 과자를 바라보며 중얼거렸다.

"가, 감사해요, 막 도우."

"으하핫, 맛있게 드십시오!"

"저, 막 선, 아니, 할아버지는 안 드시나요?"

예의를 차리며 운혜가 조심스럽게 추걸개를 바라보았다.

추걸개는 슬며시 미소를 지었다.

"이 나이에 당과 먹는 모습은 좀 흉하지 않겠나, 혜운 소저."

사실 돈이 없다.

"…네."

그것을 모르는 운혜는 미소를 지으며 고개를 끄덕이고는 당과를 베어 물었다. 달콤한 향이 입 안 가득 퍼지자 미소를 절로 지어진다.

추걸개는 흐뭇하게 그 모습을 바라보았다.

운혜 옆의 청명도 행복한 듯 웃으며 당과를 입에 가져갔다.

"맛있겠다……."

청명은 나직이 중얼거리고는 크게 입을 벌리고는 당과를 들어올렸다.

그때였다.

툭—

청명의 몸에 자그마한 여아의 몸이 살짝 부딪쳤다.

하필이면 여아의 머리가 팔꿈치에 닿았던 탓에, 청명이 들고 있던 당과는 땅에 떨어지고 말았다.

청명은 비명을 질렀다.

"으앗!"

"으헉!"

흐뭇하게 청명을 바라보던 추걸개 역시 마찬가지였다. 당과가 땅에 떨어졌다! 아니, 선인의 환심을 사게 해줄 구리 아홉 문짜리 당과가!

"내, 내 당과……."

청명이 울먹였다. 맛있어 보이는 당과가, 내 당과가…….

청명은 서러운 얼굴로 자신을 친 여아를 돌아보았다.

"아, 소연이구나."

뒤에서 아낙이 하는 말이 들려왔다. 소연이라고 불린 작은 여아는 당과가 놓인 좌판이 꽤나 높은지 발돋움을 해가며 머리를 들었다.

"안녕하세요, 희야 아줌마."

"응, 그래. 당과 주랴?"

"네."

청명은 슬픈 눈으로 소연을 바라보고는 소연 때문에 떨어뜨린 당과를 번갈아 쳐다보았다. 당과, 내 당과……

그사이 아낙은 당과 한 줌을 잘 싸들어 소연에게 건네었다.

"그래, 여기 있다."

"고마워요, 아줌마."

소연은 당과를 받아 들고는 해맑게 웃으며 당과를 한 입 베어 물며 몸을 돌렸다.

그리고 곧 대단히 기괴한 광경을 발견했다.

당과를 한 입 베어 물고는 더 먹지도 못한 채 당황한 듯 서 있는 예쁜 언니 한 명과 울먹울먹거리며 자신을 바라보는 순진해 보이는 오빠 한 명, 그리고 땅에 떨어진 당과를 바라보며 대단히 참혹한 표정을 짓고 있는 할아버지 한 명이었다.

"저기……."

"네."

청명이 기운없는 표정으로 소녀를 바라보며 대답했다.

잠시 그 모습을 보던 소연은 피식 웃으며 싸들었던 당과 한줌에서 하나를 꺼내 들어 청명에게 내밀었다.

"여기."

"네?"

청명의 얼굴이 밝아졌다. 저 도우가 자기에게 맛있어 보이는 당과를 주려나 보다.

"제, 제게 주는 건가요?"

“응. 주는 거야.”

소연은 귀여운 미소를 지으며 고개를 끄덕였다. 뭔 일인지는 모르겠지만 당과를 떨어뜨린 후에 아까워서 그러는 것만은 분명해 보였다.

“고마워요, 도, 아얏!”

운혜가 재빨리 찌른 팔꿈치에 ‘도우’ 라고 말하려던 청명의 허리가 찍혔다. 하늘 같은 사조님께 범하는 무례치고는 제법 컸지만, 운혜는 사부께 검을 날리던 인물, 그리고 예전 토지신을 불렀을 때 사조를 혼낸 전적이 있는 사람이었다.

아니, 어쩌면 운혜의 마음이 달라진 것일지도 몰랐다. 사조를 대하는 운혜의 태도는 공경이라기보다 친숙함이었다.

“고마워, 꼬마야. 이름이 뭐니?”

“응, 언니. 나는 소연이야, 기소연.”

소연이 곰살궂게 웃으며 말했다.

“언니 이름은?”

“소연이라… 예쁜 이름이네? 나는 혜운이야.”

운혜는 빙긋 웃음을 지으며 소연을 바라보았다.

소연은 운혜와 청명이 마음에 들었는지, 곧 조그만 입을 열어 재잘대기 시작했다.

*   *   *

가연은 기묘한 눈으로 눈앞에 앉아 있는 청년을 바라보았다. 살벌해 보이는 청년이 무표정한 얼굴로 자신을 바라보고 있다.

“그, 그러니까… 점소이가 되고 싶다고요?”

“그렇습니다.”

청년이 무뚝뚝하게 말했다. 조금 전부터 표정 변화가 전혀 없는 모습에 가연의 얼굴이 딱딱하게 굳어졌다. 이 사람, 혹시 살인자가 아닐까?

"…호패 있어요?"

"없습니다."

당당하게 말하는 청년의 얼굴에 가연의 얼굴이 굳어졌다. 그리고는 슬쩍 포방을 돌아보았다.

유성은 잠시 자리를 피해주겠다고 말한 다음에 포방으로 들어가 버렸다.

'좀 도와주지…….'

가연은 서운한 얼굴이 되었다. 하지만 방금 전까지 나누던 이야기가 있으니 어쩔 수 없는 일일지도 모른다.

"음……."

가연은 다시 청년을 바라보았다. 호패까지 없다니, 정말 살인자인가?

"저는 악인이 아닙니다."

청년, 운풍자가 그런 가연의 마음을 짐작한 듯 무표정한 얼굴로 말했다.

"……."

가연은 아무런 말 없이 슬쩍 시선을 돌렸다. 미안하지만, 악인처럼 보인다.

운풍자가 다시 질문했다.

"일자리가 없습니까?"

"으흠, 그런 건 아니지만……."

일자리라면 몹시 많다, 얼마 전 장사가 잘 되지 않아 급여가 나오지 않자 유성을 제외한 점소이들이 몽땅 도망가 버렸으니.

"에휴……."

가연은 한숨을 내쉬었다.

“보다시피 장사가 안 돼서 그렇지, 일손은 많이 필요하지요.”

“…….”

운풍자는 조용히 입을 다물었다.

장사가 안 되기는 안 되고 있었다. 객잔은 한낮인데도 손님 한 명 없이 몹시 조용했다. 사실 운풍자가 점소이가 될 객잔으로 이곳을 선택한 이유도 사람들의 이목이 적기 때문이었다.

“…….”

가연은 다시 청년을 살펴보았다. 자세히 살펴보니 살인을 할 것 같지는 않다. 감정이 없었지만, 그 눈매가 맑고 선한 것이 느껴졌다.

‘속는 셈치고 한번 고용해 볼까?

가연의 마음이 흔들렸다.

운풍자가 무표정한 얼굴로 딱딱하게 중얼거렸다. 장사가 안 되니 주인장은 돈이 없을 것이다.

“저희는 돈을 바라고 일을 하는 것이 아니니, 급여는 주시지 않으셔도 됩니다.”

“…좋아요. 그럼, 일행을 데려와요.”

운풍자의 한마디가 가연의 마음에 쐐기를 박았다. 돈이 안 든다는데 이보다 좋을 일이 있겠는가!

그리고 정말 살인자더라도 걱정할 만한 일은 아니었다, 당가가 멀지 않으니.

“감사합니다.”

운풍자는 무표정한 얼굴로 미소를 짓는 가연에게 짧게 목례하고는 몸을 일으켰다. 일행을 데리러 가야 한다.

＊　　　＊　　　＊

"그러니까, 우리 집에 같이 가자, 언니—"

"…안 된다니까, 소연아. 우리는 여기서 일행을 기다려야 해."

운혜는 난처한 웃음을 지으며 소연을 말렸다. 소연은 무슨 바람이 불었는지, 운혜와 청명을 자신의 집으로 초대하고 있었다.

"점소이가 될 거라며—"

"…응, 우리는 점소이가 될… 거야."

운혜의 얼굴이 기운없이 변해갔다. 점소이라니, 무당파의 도사라면 강호에서도 알아주는데, 고작 점소이라니! 평범하게 살 것이라면 다른 일도 얼마든지 많은데!

운혜는 속상한 얼굴로 청명을 바라보았다. 청명은 해맑게 웃으며 당과를 베어 먹고 있었다.

"맛있어요, 혜운 소저."

"흥!"

운혜는 샐쭉한 표정으로 콧바람을 일으키며 고개를 돌렸다. 도통 마음에 들지 않는 사조님이다.

청명의 얼굴이 울상이 되었다.

"왜, 왜 그러시나요, 혜운 소저?"

"흥!"

운혜가 다시 콧바람을 일으키자 청명은 우울하게 고개를 숙였다.

그런 운혜의 모습을 바라보던 소연은 운혜로는 안 되겠다는 생각을 했는지 도도도 청명에게 달려가 청명의 다리를 붙잡았다.

"오빠, 우리 집에서 점소이 해."

"네?"

청명은 고개를 갸웃거리며 소연을 바라보았다. 당과를 준 예쁜 아이다.

운혜의 얼굴도 잊고 청명은 벙긋벙긋 미소를 지으며 고개를 끄덕였다.

"네, 그렇게 할게요."

"사조, 아니, 명이 도련님! 안 돼요!"

안 그래도 화가 나 있던 운혜가 뾰족한 목소리로 외쳤다. 운풍 사형이 직접 객잔을 알아보러 갔는데 무슨 소릴!

청명은 운혜가 화를 내자 단숨에 기가 죽어서는 자그맣게 중얼거렸다.

"하, 하지만 내게 당과도 줬고……."

"그래도요! 안 된다고요!"

"그래, 아니 되오이다, 도련님!"

추걸개 역시 험한 음성으로 입을 열었다. 사천으로 온 이유는 한 가지였다.

등하불명(燈下不明).

등잔 밑이 어두운 법, 강호 무림에 연관된 단체 주위에 있으면 오히려 감시가 적다. 과거 마교의 도당들이 사용했던 전법 중에 하나였다.

사천에는 당가가 있으니, 오히려 이목을 벗어나기가 쉽다.

"그러니 풍현이 올 때까지 기다려 결정을 하셔야 합니다, 도련님!"

청명은 시무룩하게 고개를 끄덕이고는 우울한 얼굴로 소연을 바라보았다.

"안 된대요, 소연 도, 아니, 소연."

"오빠아— 우리 집에 가자—"

소연은 청명의 다리에 매달려서 칭얼대자 추걸개가 엄한 표정을 지으며 소연을 바라보았다.

"우리는 그곳에 갈 수 없으니, 그리 알아라, 요 맹랑한 계집애야."

"거지는 우리 집에 못 오니까 할아버지는 필요없어."

"뭣이!"

추걸개의 헝클어진 수염이 꿈틀댔다. 추걸개는 분노한 눈이 되어 소연을 바라보았다.

그때였다.

뒤에서 운풍자의 목소리가 들려왔다.

"우리가 일하게 될 객잔을 찾아왔습니다, 명이 도련님."

"아, 운풍 사, 아니, 풍현."

청명은 반가운 얼굴로 운풍자를 바라보았다. 그리고는 조르는 듯한 얼굴이 되어 말했다.

"우리는 이 소연 도, 아니, 소연의 집으로 가면 안 되나요? 소연의 집도 객잔을 한대요!"

"…아니 됩니다, 명이 도련님."

운풍자는 묵묵히 고개를 저었다. 무표정한 운풍자를 바라보던 운혜는 샐쭉한 시선으로 청명에게 말했다.

"거봐요, 안 된다잖아요, 명이 도련님."

"하지만 운, 아니, 혜운 소저……."

청명이 시무룩한 표정으로 말했다. 그저 운혜의 이름을 부를 뿐, 더 이상 말을 잇지 못한다.

'하지만 인연이 느껴지는데…….'

"제가 길을 안내하겠습니다, 명이 도련님. 저를 따라오시지요."

운풍자는 나직이 말했다. 사조님의 명을 어기는 일이었지만, 그 일만큼은 명에 따를 수 없었다. 운풍자는 나중에 죄를 청하기로 마음먹고는 걸음을 옮겼다.

뒤에서 청명 사조께서 중얼거리는 목소리가 들려왔다.

"저, 소연 도, 아니, 소연. 미안해요, 나는 갈 수 없게 되었어요."

"오빠아—"

소연이 청명 사조를 조르는 목소리도 들려왔지만, 운풍자는 묵묵히 걸음을 옮길 뿐이었다.

"풍현 오라버니."

"……."

운풍자는 걸음을 멈추었다. 뒤에서 들려온 목소리에 마음속 깊숙한 곳에서 조금의 울렁거림이 나타났다.

'오라버니라…….'

사매의 목소리였다.

"무슨 일이냐."

운풍자는 여전히 무표정한 얼굴로 몸을 돌렸다. 운혜는 소연을 한번 보고는 다시 운풍자를 바라보았다.

"저, 이 아이 집에 데려다주고 가면 안 될까요? 그 정도는 해도 괜찮을 것 같은데."

"……."

운풍자는 대꾸없이 추걸개를 바라보았다.

추걸개는 고개를 끄덕였다. 비록 선인의 말씀을 따를 수 없다고는 하지만, 아예 무시할 수도 없는 노릇이다. 주위를 돌아본 바 별다른 위험은 없었다.

"그럼, 그렇게 하지요."

운풍자가 말했다.

잠시 뒤.

소연은 흥겹게 걸음을 옮기고 있었다. 소연은 청명의 손을 잡고 걸어가며 귀엽게 조잘조잘거렸다.

"그러니까 오빠, 우리 집은 장사도 잘 안 되는데 유성 아저씨는 참 좋은 곳이래. 엄마는 만날 장사 안 된다 그러는데, 뭐가 좋은지 모르겠어."

"그런가요?"

청명은 고개를 갸웃거렸다. 장사가 안 되는데 왜 좋은 곳인지 짐작이 가지 않았다. 아니, 그보다 유성 아저씨가 누군지 자신은 모른다.

소연은 청명이 아주 마음에 들었는지, 계속해서 조잘조잘댔다.

"응, 그래도 오빠가 점소이하면 손님이 많이 올 거야. 오빠는 착해 보이니까—"

"와, 운, 아니, 혜운 소저! 제가 착해 보인대요!"

칭찬을 듣고는 신난 듯 외치는 청명의 말에 운혜는 고개를 저었다.

"에휴……."

"저기야, 오빠! 저기가 우리 집이야!"

소연은 해맑은 표정으로 어느 객잔을 가리켰다.

시장의 구석에 위치한 객잔은 좋게 말해 수수했고, 나쁘게 말해 추레했다. 옆의 객잔은 정갈하고 화려한 분위기로 손님을 모으고 있는데, 이 객잔은 그럴 만한 여력이 없었는지, 낡은 모습 그대로를 유지하고 있다.

"하아—"

"풍현 오라버니?"

운혜는 의아한 얼굴로 운풍자를 불렀다. 운풍자는 한숨을 내쉬고는 시선을 돌려 운혜를 바라보았다.

"들어가자."

"예?"

본래는 아이를 데려다주고 운풍 사형께서 선택하신 객잔으로 가야 하는 것 아닌가?

"그렇지만……."

“바로 이곳이 내가 예정했던 곳이다.”

운풍자는 무거운 목소리로 말했다.

옆에 서 있던 추걸개가 의아한 시선으로 운풍자를 바라보았다.

“이곳이라고?”

“예. 그렇습니다, 영감님.”

“오호, 신기한 인연이로구만.”

추걸개는 나직이 중얼거리며 객잔을 둘러보았다.

청명과 소연은 객잔의 앞에 서서 두런두런 이야기를 나누고 있었다.

잠시 이야기를 나누던 소연은 청명에게 잠시 기다리라고 말해주고는 얼른 객잔 안으로 들어갔다.

“으흠, 역시 운풍자로구먼. 좋은 곳을 골랐네.”

“감사합니다.”

추걸개는 객잔을 자세히 살펴보았다.

객잔은 사방이 트인 곳에 있지 않고 구석진 곳에 있었다. 이런 객잔은 풍광이 좋지 않아 자연히 사람이 드물 수밖에 없다.

또 객잔은 사면이 막혀 있어 답답한 느낌을 주고 있으니, 손님으로서는 자주 찾고 싶지 않을 만한 곳일 것이다.

퇴로와 생로도 확실하다. 사방이 막혀 있고 정면만 작게 뚫려 있으나, 작은 소로들이 이곳저곳에 있을 뿐더러 후원이 다른 건물들 틈에 나 있었다.

포위를 할래야 할 수가 없는 곳이거니와 도주를 하려면 상대를 혼미하게 만들기에는 적격인 곳이다.

“으흠, 좋은 곳이구먼. 한데, 바로 옆에 너무 화려한 객잔이 있는 거 아닌가?”

추걸개는 객잔 바로 옆에 위치한 화려한 건물을 바라보았다. 너무 가까운 곳에 같은 업종의 화려한 건물이 있으니 시선이 집중될까 두려웠던 탓이다.

게다가 옆 객잔은 낮인데도 몹시 북적이고 있었다.

"다른 곳을 둘러보았지만 이곳보다 좋은 곳을 찾지 못했습니다."

추걸개는 고개를 끄덕였다. 운풍자라면 필시 사천 바닥을 샅샅이 뒤졌을 터, 이곳보다 좋은 곳이 없다면 믿을 수밖에 없다. 개방의 정보력에는 미치지 못할지도 모르지만 지금은 개방도 피해야 할 시기니 어쩔 수가 없다.

곧 추걸개는 호탕하게 웃으며 객잔으로 걸어갔다.

"으하핫, 일단은 들어가세! 이만하면 훌륭하구먼!"

추걸개는 천천히 객잔의 문을 열었다. 객잔의 문을 열기 전, 어느 여인과 자그마한 아이의 목소리가 들려왔다.

"그래, 좋은 사람들인가 보구나?"

"응, 엄마. 참 착해 보이는 오빠야. 아, 참! 근데 거지도 있어."

추걸개는 고개를 갸웃했다. 거지가 뭐가 어때서 그러는 걸까?

"뭐야?!"

곧 날카롭고도 뾰족한 목소리가 들려왔다. 그리고 방금 문을 연 추걸개를 바라보는 눈길이 시퍼렇게 변했다.

"정말 거지구나!"

"헛?!"

생사대적을 만난 듯한 여인의 음성이 들려오자, 추걸개는 자신도 모르게 헛바람을 들이켰다.

본래 거지에게는 객잔 주인이 제일 무서운 법이다. 구걸을 해야 하니 어쩔 수 없는 일이다. 무공을 사용할 수도 없으니 거지에게는 무림인보다도 객잔 주인이 더 무섭다 할 수 있었다.

관가연이 뾰족한 음성으로 외쳤다.

"얼른 꺼지지 못해!"

"죄, 죄송하오!"

추걸개는 얼른 객잔 문을 닫고 몸을 돌렸다.

"……."

뒤를 바라본 추걸개의 얼굴이 살짝 붉어졌다.

당혹스러워하는 운혜와 무표정한 운풍자, 그리고 뾰족한 소리에 놀란 청명의 눈동자가 추걸개의 눈에 들어왔다. 나잇살 먹어서 이런 꼴이라니, 몹시 부끄럽다.

추걸개는 더듬더듬 변명했다.

"그러니까, 본래 거지란 것이 구걸을 하는 사람들이라……."

"…알겠습니다."

운풍자는 묵묵히 고개를 끄덕여 보였다. 전대 방주부터 개방은 정말 '거지'들의 집단이 되었다. 방주부터 구걸을 하여 밥을 먹었으니, 일반 도야 어떻겠는가! 정말 거지처럼 행동한다고 해도 그를 탓할 수는 없는 노릇이었다.

"제가 먼저 들어가지요."

운풍자는 나직이 말하고는 걸음을 옮겼다.

삐거덕—

운풍자는 천천히 객잔의 문을 열고 안으로 들어갔다.

그 뒤를 따라 소리를 지르는 가연의 목소리에 겁먹은 청명, 그리고 조심스러운 운혜가 걸어 들어갔다. 추걸개는 밖에서 기다리겠다고 말하고는 들어오지 않았다.

"흠, 흠."

운풍자는 기침을 내뱉었다. 가연은 운풍자를 보고는 미소를 지었다.

“아, 풍현이로군요. 뒤에 일행… 도 있네.”

운풍자에게서 시선을 돌린 가연의 목소리가 살짝 늘어졌다. 정말 살인자는 아닌가 보다. 뒤의 소년은 순진해 보였고, 소녀는 귀여웠다.

“으흠, 괜찮네.”

정말 괜찮다. 이대로라면 바로 일을 시켜도 될 것 같다. 더 볼 것도 없다.

가연은 고개를 끄덕였다. 그사이 가연의 품에 안긴 소연이 칭얼댔다.

“좋아요. 잠은 여기서 자고, 식사는 꾸준히 주지요. 그런데 정말 급여는 필요없어요?”

“그렇습니다.”

“좋아요!”

가연은 크게 외쳤다. 그리고는 청명과 운혜를 세세히 살폈다.

“음, 이 아저씨는 풍현이라고 했으니까 됐고, 꼬마는 이름이 뭐니?”

청명의 볼이 부풀었다. 또 꼬마란다.

“난 꼬마 아닌데!”

“어머, 그러셔? 그래, 공자께서는 나이가 어떻게 되세요?”

가연은 빙긋 미소 지으며 말했다. 놀리는 듯한 말투에 청명의 얼굴이 분한 듯 물들어갔다. 하지만 가연은 농담을 했을 뿐이었다.

“흥!”

“…음, 귀여운 꼬마네. 아, 너는 이름이 뭐니?”

운혜를 바라보며 가연이 말하자, 운혜는 재빨리 머리를 숙였다.

“저는 혜운이라고 해요. 저, 그리고 이분은 제가 모시는 도련님으로 본명은 원명(元明)이라고 합니다. 가세가 어려워 집을 떠났지만 본래는 높으신 집안의 분이니, 조심해 주시길 바랍니다.”

운혜의 말을 들은 가연은 고개를 끄덕였다. 몰락한 관부 집안의 자제인가 보다. 뭐, 가세가 기울었으면 일이라도 해야지.

대수롭지 않게 생각한 가연은 곧 미소를 지으며 외쳤다.

"나는 관가연이야! 얘는 기소연이고. 우리 선경루에 온 걸 환영해!"

관가연은 친절해 보이는 미소를 지으며 말했다.

밝아 보이는 가연의 모습에 마음이 편해진 운혜는 웃으며 고개를 꾸벅 숙였다.

무표정한 운풍자 역시 고요히 머리를 숙였고, 뾰로통해졌던 청명은 운혜가 쿡쿡 허리를 찌르자 그제야 머리를 숙였다.

가연은 포방을 돌아보았다. 유성은 청소를 하는지, 아니면 다른 일을 하는지 정신이 없는 모양이다.

아니, 어쩌면 끝맺지 못한 이야기 탓일지도 모른다.

"호홋."

가연은 피식 웃었다. 아직 이야기의 끝을 맺지는 않았지만, 더 대화하다 보면 좋은 길이 생길 것이다. 그때까지는 아무렇지도 않게 행동해야 한다.

"이봐요, 유성!"

"…응?"

유성이 슬쩍 얼굴을 들이밀었다. 그 역시 같은 생각을 한 듯, 평소와 같은 얼굴이었다.

"여기 새로운 점소이가 셋이나 왔어요!"

"아아, 그렇군. 어디 얼굴이나 볼까."

유성은 앞치마에 손을 닦으며 천천히 포방에서 걸어나왔다. 천천히 걸어나오는 그를 바라보던 운풍자의 얼굴이 굳어졌다.

"……"

유성의 보폭은 안정되어 있었다. 일정한 보폭에 한 치도 어긋나지 않는 모습이었다. 그리고 호흡마저 길고 느린 것이 고요하다.

'무인……'

상대를 알아본 운풍자는 무표정한 얼굴로 목례했다. 긴장한 듯, 목울대가 울렁거린다.

다행히 유성은 운풍자를 알아보지 못했다.

호흡이나 보폭, 기세를 파악하기에는 당유성보다 운풍자의 경지가 더 높았다. 예전 무당산에서 사조님께 가르침을 받은 후로 운풍자는 반박귀진의 초입에 들어 있다고 해도 될 만큼 기세가 사라져 있었다.

비슷한 이유로 운혜 역시 알아보지 못했다. 태어날 때부터 순음지체인 운혜는 내공을 배울 수가 없는 몸이니까.

아무것도 알아채지 못한 유성이 반가운 얼굴로 청명과 운혜, 운풍자에게 머리를 숙였다.

"선경루의 숙수 유성이라고 하오."

"풍현이라고 하외다."

"원명이에요."

청명과 운혜, 운풍자가 천천히 머리를 숙였다.

가연은 곧 활짝 웃으며 말을 덧붙였다.

"자! 처음 봤으니까, 지금은 어색하겠지만 이제 곧 친해질 거야. 오늘은 쉬고 내일부터 일하면서 서로 얼굴들 익혀요."

'내일 일이 있을지는 의문이지만.'

말을 맺으며, 가연은 씁쓸히 웃으며 생각했다.

＊　　　＊　　　＊

십오 일 전.

선경루에 도착한 지도 벌써 오 일이 지났다.

그동안 청명 일행에게는 여러 가지 일이 맡겨졌는데, 운혜와 청명은 식당에서 손님들에게 음식을 나르는 점소이의 일을 맡았고, 운풍자는 나무를 패거나 무거운 짐을 옮긴다던가 하는 잡일을 맡았으며, 추걸개는 쫓겨났다.

하지만 오 일 동안 청명이 일을 한 횟수는 고작 두 번에 불과했다. 그 말뜻은 그동안 선경루를 찾아온 손님이 고작 두 명뿐이었다는 이야기다.

청명은 그런 객잔이 몹시 마음에 들었다.

"헤헷……."

청명은 방실방실 웃었다. 가연 도우의 성화로 매일 아침 일찍 일어나야 했지만 할 일이 없으니 찬탁에 앉아 모자란 잠을 잘 수 있었던 것이다.

잠시 객잔을 둘러보던 청명은 곧 행복한 얼굴로 잠에 빠져들었다.

"……."

그 모습을 바라보던 가연은 한숨을 내쉬었다.

"에휴— 정말 장사 안 된다……."

가연은 시선을 돌려 객잔을 훑어보았다.

고요한 주방에는 운혜가 서서 침묵하고 있었고, 객잔의 식당에는 청명이 꾸벅꾸벅 졸고 있다.

"에취!"

잘 졸던 청명이 재채기를 터뜨렸다. 그리고는 졸린 눈을 뜨고 주위를 두리번거렸다.

그리고는 다시 고개를 푹 숙인다.

그 모습을 바라보던 가연이 서러운 목소리로 중얼거렸다.

"어쩌면 이렇게 손님 한 명도 없니."

가연은 아쉬운 목소리로 중얼거리며 창밖을 바라보았다. 옆에 위치한 사상객잔이 보였다.

객잔의 앞에는 점소이 둘이서 열심히 호객 행위를 하고 있었다. 화려한 외관에, 사내들은 벌써부터 술을 마시겠다고 사상객잔 안으로 들어가고 있다.

"……."

가연은 몹시 불쾌한 얼굴로 옆 객잔을 노려보았다.

옆 객잔의 주인인 상덕보는 몹시 흡족한 얼굴로 호객 행위에 열심인 점소이들을 바라보다가 문득 시선을 느꼈는지 창가에 서 있는 가연을 돌아보았다.

"으하핫!"

가연의 몰골이 고소했는지 상덕보는 살이 덕지덕지 붙은 몸을 휘저으며 웃어댔다.

그 모습을 바라보던 가연은 씁쓸한 얼굴로 중얼거렸다.

"진짜, 되는 일이 없네……."

"에취!"

가연의 말소리 뒤로 또 청명의 재채기 소리가 따라붙었다. 청명은 크게 재채기를 하고는 꾸벅꾸벅 졸기 시작했다. 어지간하면 일이라도 시키고 싶건만, 해야 할 일은 벌써 끝마친 후다. 가연은 한숨을 내쉬었다.

"에휴―"

두 시진 후.

벌써 오시가 지났음에도 객잔은 고요했다.

고요한 객잔에는 사람들이 둘러앉아 있었다.

상황이 바뀌어 이제 운혜가 꾸벅꾸벅 졸고 있었고, 청명은 잠에서 깨어 있었다. 운풍자는 눈을 감고 명상을 하고 있었고, 청명의 앞에는 유성이 앉아 있었다. 유성의 무릎 위에는 소연이 앉아 조심스러운 얼굴로 가연을 살피고 있다.

"에휴―"

가연은 장부를 뒤적거리며 한숨을 내쉬었다. 오늘 하루 동안 손님은 한 명도 없었다.

그 사실에 가연의 얼굴은 심각하리만치 굳어 있었다.

어느새 잠에서 깨어난 청명은 객잔의 분위기가 무거워 보여 고개를 갸웃거렸다.

"왜 그러시나요, 가연, 아니, 주인 어른?"

"장사가 안 되잖니."

가연은 우울한 얼굴로 하릴없이 장부를 뒤적거렸다.

"왜 이럴까……."

청명은 다시 고개를 갸웃했다. 가연은 고개를 돌려 운혜를 바라보았다.

"운혜야, 뭐 좋은 방법 없겠니?"

"예, 예?"

지루했는지, 청명 대신 찬탁에 앉아 슬쩍 졸던 운혜가 졸린 눈으로 고개를 들었다. 그리고는 잠시 정신을 차리는 듯 고개를 몇 번 젓더니, 가연의 질문을 상기한 듯 반문했다.

"뭐라고 하셨어요?"

"좋은 방법 없겠나고."

"예? 좋은 방법이요? 음……."

운혜는 심각하게 중얼거리고는 객잔을 훑어보았다.

운혜의 시선을 따라 낡은 기둥과 더 낡은 식탁들, 그리고 허름한 주방을 바라보던 가연의 얼굴이 우울해졌다.

객잔을 둘러보며 곰곰이 생각에 잠기던 운혜가 입을 열었다.

"음— 일단, 너무 낡았어요."

운혜는 눈을 가늘게 뜨고 주위를 훑어보며 말했다.

바로 옆 객잔의 경우, 신축한 지 얼마 되지 않은 것처럼 광택이 번쩍번쩍 거리는 새 가구들이 가득한데 이곳 선경루는 낡고 삭아 손만 잘못 건드려도 부서질 것만 같은 느낌의 가구들뿐이었다.

"게다가 자리도 안 좋고요."

운혜는 자신의 말에 스스로 공감한다는 듯 고개를 끄덕였다. 맞는 말이다. 자신이 손님이더라도 이런 가게에는 오지 않을 것이다. 바로 옆 가게를 가지.

"자리는 바꾸지 않을 거야."

"…음, 그럼 가구들은요?"

운혜의 말에 가연은 고개를 저었다.

가구들을 바꾸는 것은 고려해 볼만할지도 모르겠으나 그 가구들은 단순히 가구들이라기보다 추억이 가득 묻은 소중한 것이었다. 언니와 형부가 처음 가게를 만들었을 때부터 지금까지 바뀐 적 없는 가구들이다.

"그것도 안 돼, 이건 나한테 소중한 것들이거든."

가연은 미소를 지으며 애잔한 눈으로 가구들을 훑어보았다.

"그럼 방법이 없잖아요."

"에휴, 그러니까 말하는 거잖아, 그러니까. 뭐 다른 방법 없을까?"

조용히 앉아 있던 운풍자는 무표정한 눈으로 토론을 나누는 운혜와 가연을 돌아보았다. 이렇게 장사가 안 될수록 자신들에게는 좋다. 장사가 잘 되어 소문이라도 퍼지게 되면 정체를 숨겨야 하는 입장에서는 그다지 달가운 일이 아니다.

운풍자는 묵묵히 청명을 바라보았다. 청명은 여전히 고개를 갸웃하며 앉아 있었다.

"……."

"에휴, 그럼, 방법이 없네."

가연은 우울한 얼굴로 한숨을 내쉬고는 턱을 괴었다.

그때였다.

삐거덕―

갑자기 문이 열렸다. 낡은 경첩이 내는 소음에 청명과 운혜는 의아한 얼굴로 문을 돌아보았다.

문을 열고 들어온 비대한 몸짓의 사내를 알아본 가연의 입에서 뾰족한 목소리가 튀어나왔다.

"여긴 또 왜 왔어요?!"

문을 열고 들어선 것은 상덕보였다. 그는 흐뭇하게 망해가는 선경루를 둘러보았다.

"크하핫, 여전히 장사가 안 되는구먼!"

상덕보는 뒤룩뒤룩 살이 찐 몸을 흔들어가며 웃어댔다.

자신의 객점에 비해서 너무나 허름한 이 객잔은 새로 받았다는 점소이들과 주인만이 외롭게 자리를 지키고 있을 뿐이다.

너무 고소하다.

"으하하핫!"

그런 상덕보를 바라보며 청명이 겁먹은 얼굴로 천천히 운혜를 돌아보았다.

"우, 운… 아니, 혜운 소저……."

청명은 객잔 안으로 들어온 거대한 몸체를 바라보며 긴장한 듯 침을 꿀꺽 삼켰다. 그런 청명의 모습에 운혜는 의아한 듯 청명을 돌아보았다.

"왜 그러세요?"

청명은 부들부들 떨리는 손가락을 들어 상덕보를 가리켰다. 저것이 바로, 저 비대한 몸이 바로 사부께서 자신에게 늘 경고하던 그 모습인가 보다.

"저, 저게 바로 돼지인가요?"

"풉, 푸하하!"

잠시 멍하니 상덕보와 청명을 번갈아 바라보던 운혜가 웃음을 터뜨렸다.

청명은 다시 침을 꿀꺽 삼켰다.

사람은 물론 돼지와 다르지만, 사부는 웃으며 '허헛, 돼지가 된다는 것은 진짜 돼지가 아니라, 마치 돼지처럼 보이게 된다는 것을 뜻한단다. 게으르고 욕심이 많으면 그리 되지' 라고 하셨다.

"저, 정말 돼지가 되는 거군요……."

청명은 주의 깊게 상덕보를 살폈다. 욕심이 많은 사람은 돼지나 다름없다는 것은 알고 있다. 상덕보의 볼에 덕지덕지 붙은 욕심들은 정말 돼지와 같았다.

"심히 아끼려 하면 반드시 낭비되고[甚愛必大費], 많이 가지려 하면 반드시 크게 잃게 되는 법인데[多藏必厚亡]……."

"시끄럽다!"

점소이가 중얼거리는 알 수 없는 소리는 차치하고라도 돼지라는 소리는 참을 수 없었다. 상덕보는 분노한 눈으로 청명을 노려보았다.

"점소이 주제에 겁이 없구나!"

"네, 네?"

돼지가 꽥꽥거리자 청명의 얼굴이 겁먹은 듯 변해갔다. 그 모습에 무표정하던 운풍자의 눈이 단숨에 달라졌다.

“…….”

하지만 다행히 다른 일들은 벌어지지 않았다. 상덕보는 그저 불쾌하다는 듯 청명을 흘끗 바라보고는 다시 입을 열 뿐이었다.

“흥! 버릇없는 놈이로군. 그러나 저러나 관 주인, 이렇듯 장사가 되지 않으니 입에 풀칠이나 할 수 있겠소? 나는 그대를 염려해…….”

“안 팔아.”

가연은 조그맣게 중얼거렸다. 상덕보가 무슨 말을 하려는지 잘 알고 있다. 아마 객잔을 팔라는 것일 게다.

하지만 언니와 형부, 그리고 자신과 소연이 피땀을 흘려 일구어낸 가게를 남에게 넘길 수는 없는 노릇이다.

“빚더미에 앉아 뭐가 제대로 되겠소? 팔면 내가 그대의 빚을 모두 삭감해 줌과 동시에, 조금 떨어지긴 했지만 우리 사상객잔의 분점을 운영할 수 있게 해주지.”

“나가.”

“생각해 보시오, 한 달 매출이 은자로 쉰 냥을 넘어갈 수도 있소이다. 그쯤이면 딸을 기르는 데도…….”

“나가!”

가연의 비명 소리가 들려왔다. 상덕보는 화가 난 가연의 얼굴을 살펴보며 입을 다물었다.

“이런 잡년이…….”

상덕보는 이를 악물며 점소이들을 노려보았다.

한 명은 감히 자신에게 돼지라고 했으며, 나머지 점소이들은 무덤덤한, 혹은 비웃는 시선으로 자신을 바라보고 있다.

상덕보는 사기(邪氣)가 깃든 작은 목소리로 협박하듯 말했다.

“관 주인, 동업자로서 그대를 생각해 친절히 조언을 남겨주었건만 이

렇듯 냉혹히 무시했으니, 하늘의 벌이 따르게 될 것이오. 후일 어떤 일이
벌어져도 나를 탓하지 마시오.”

상덕보는 그렇게 말하고는 크게 흥! 하고 콧소리를 내며 밖으로 빠져
나갔다.

가연의 얼굴이 살짝 질려갔다. 상덕보의 뒤에는 사천쌍살이라는 무림
인이 있다는 소문을 들은 적이 있었는데…….

그 얼굴 사이로 근심이 배어들었다.

상덕보가 빠져나간 뒷자리는 조용했다.

가연은 걱정스러운 얼굴로 몸을 돌려 자리에 앉았다. 청명의 말에 한
동안 웃고 있던 운혜가 키득키득 거리며 질문했다.

“킥킥, 저, 저 돼지, 아니, 사람은 누구예요?”

운혜의 질문에 걱정스러운 듯 가연을 훑어보던 유성이 말했다.

“옆 객잔 주인이다.”

“옆 객잔 주인이요?”

“그래.”

운혜는 눈을 가늘게 뜨고는 옆의 사상객잔을 바라보았다.

손님에 비해 객잔이 좁다. 객잔 자체는 넓은데, 손님의 수가 많아 비좁
게 느껴진다.

무지하게 장사가 잘 되나보다.

“그래서 이곳을 팔라고 자꾸…….”

“안 팔 거야.”

가연이 단호하게 말했다. 가연의 수심 어린 얼굴을 관찰하던 유성이
조심스럽게 입을 열었다.

“지금이라도 내가 혼내줄까?”

“아니, 그러지 말아요. 당신만 큰일나니까.”

그렇게 당유성에게 말한 가연은 각오 어린 목소리로 운혜에게 말했다. 흡사 자신에게 말하는 듯한 모습이다.

"여하튼, 나는 이 객잔을 팔지 않을 거야."

"음……."

운혜는 괜히 궁금한 마음이 들었다. 만약 자신이라면 이렇게 장사가 안 되는 객잔쯤은 팔아버리고 다른 곳에서 일을 도모해 보리라.

운혜는 고개를 갸웃했다.

"…왜 안 팔아요?"

"이 객잔은……."

가연은 그리운 얼굴이 되어 식탁을 쓸었다. 사르륵 하고 마찰음이 울려 퍼졌다. 언니가 있었다면 뭔가 달랐을 텐데.

"팔 수 없으니까."

가연의 우울한 얼굴을 바라보던 운혜는 몇 번 눈을 끔뻑거렸다.

"무슨 사정이라도 있는 건가요?"

"응."

"뭔데요?"

운혜가 무심코 물었다. 단순한 호기심이었다.

그 말에 가연이 무표정한 얼굴로 물끄러미 운혜를 바라보았다. 무례한 질문이 아니냐는 힐난이다.

"……."

자신이 무례했다는 생각에 운혜의 얼굴이 붉게 물들었다.

"아, 아니, 특별히 말하기 힘든 거라면 말씀하지 않으셔도……."

가연은 물끄러미 바라보던 시선을 거두고 웃었다.

"호홋. 특별히 말하지 못할 것도 아니야. 선경루, 사실 우리 언니 거거든."

"언니요?"

운혜의 눈이 동그랗게 떠졌다. 이곳에서 지낸 지 얼마 되지 않았지만, 언니라는 사람은 한 번도 본 적이 없다.

"그래, 우리 언니……."

가연의 눈이 먼 곳을 바라보는 듯 변해갔다. 시선이 닿은 곳은 가슴속 깊이 묻어두었던 추억이었다.

"나는 고아였어."

"훌쩍……."

어린 소녀, 가연은 땅바닥에 아무렇게나 퍼질러 앉아 새어 나오는 코를 들이마셨다. 가연은 흙바닥에 쪼그려 앉아 낙서를 하고 있었다.

찢어지고 메진 옷은 흙이 잔뜩 묻어 더러웠고, 몸 곳곳에는 상처가 가득했다.

하지만 그것보다 더 참을 수 없는 것은 배고픔이었다. 구걸을 하다 맞아도, 하루 배고픔만 메우면 버틸 수 있었다.

"헤헷."

태어나서부터 고아였던 가연은 그래도 자신은 버틸 만하다고 생각했다, 언니가 있었으니까.

부스럭—

낡은 거적때기로 덧붙여 나름대로 문이랍시고 만들어놓은 것이 퍼석거리는 소리가 들려왔다. 그리고 그 안으로 흙이 묻은 섬섬옥수가 비쳤다.

"언니!"

"아, 가연이구나."

가연의 언니 소희는 인자한 미소를 지으며 달려들어 오는 가연을 품에

안았다. 그리고는 비쩍 말라 뼈가 드러나는 앙상한 가연의 몸을 어루만
졌다.

"괜찮니?"

"응! 나 하나도 안 아파!"

가연은 기운차게 대답했다. 하지만 소희는 어젯밤, 이미 멍과 상처투
성이인 몸을 보았었다.

"…그래, 괜찮다니 다행이구나."

소희는 부드럽게 웃었다. 그녀는 고작 열네 살이었다.

아니, 고아였던지라 자세한 나이는 모르지만 그쯤 된 것 같다.

하지만 소희는 가연의 나이만큼은 잘 알고 있었다. 갓난아기였던 가연
을 주운 지 벌써 사 년이 지났으니, 가연은 이제 고작 네 살이다.

"……."

눈물이 날 것 같아 소희는 눈을 돌렸다. 고작 네 살배기인데, 그리고
고아에 거지라는 것도 서러운데 때릴 데가 어디 있다고 이처럼 모질게
때린 것일까.

잠시 시선을 돌리고 눈물을 참은 소희는 곧 웃으며 품속에서 더러운
헝겊 조각을 꺼내었다.

무엇인가가 들어 있는지, 조각은 두툼했다.

"지, 언니가 맛있는 걸 가져왔지!"

"뭔데, 언니?"

가연의 호기심 어린 목소리가 들려왔다. 아니, 배고픔에 지쳐 무언가
먹을 것을 기대하는 목소리였을 것이다.

"만두야!"

"와!"

가연은 다급히 달려들어 빼앗듯 헝겊 조각을 받아 들었다. 그리고는

얼른 만두 한 개를 꺼내어 허겁지겁 입가에 밀어 넣기 시작했다.

"천천히 먹어."

소희는 걱정스럽게 가연을 바라보며 말했다. 가연은 입가에 만두를 우겨넣다가 멍하니 소희를 바라보았다.

"어, 언니는 안 먹어?"

"언니는 먹고 왔어."

가연은 눈을 흘겨 떴다.

"언니는 만날 혼자만 맛있는 것 먹고."

"호홋, 미안해. 다음에는 가연이도 데려가 줄게."

소희는 기운차게 말했다. 하지만 소희의 뱃속도 그다지 부르지는 않았다. 소희도 굶은 지 꽤나 오래 된 것이다.

하지만 소희는 내색하지 않았다.

"그때는 언니가 매일 배불리 먹는 줄 알았어."

"……."

운혜는 아무런 말도 할 수 없었다. 이런 슬픈 과거를 물어보다니, 자신도 참 눈치가 없다.

민망해하던 운혜는 무심결에 슬쩍 고개를 돌려 청명을 바라보았다.

"명이 도련님……."

"……."

청명은 시무룩한 얼굴이었다. 그 눈에는 슬픔이 가득 차 있었다. 사실, 청명이 느끼는 것은 운혜가 느끼는 것과 달랐을 것이다.

청명은 가연의 마음에서 새어 나온 추억들을 올올히 느낄 수 있었다.

가연이 옛 추억을 회상하며 다시 입을 열었다.

"음, 내가 여덟 살 때였나, 아홉 살 때였나? 우리 언니는 좋은 남자를 만났어. 그리고 곧 결혼했지."

"……."

운풍자는 무표정했다. 하지만 시선이 가연의 얼굴에서 떨어지지 않는 것을 보니, 주의 깊게 이야기를 듣고 있는 것이 분명했다.

가연은 그 시선을 아는지 모르는지 말을 이어나갔다.

"음, 형부는 부자는 아니었지만, 아주 성실한 사람이었어. 하루하루 열심히 돈을 모았지. 내가 열세 살쯤 되었나? 그때 이 객잔을 열 수 있었으니까."

가연은 애정 섞인 눈으로 앉아 있던 식탁을 쓸어 만졌다. 손길이 닿는 곳마다 웃음소리가 들리는 것 같았다.

"형부는 이름을 선경루라고 지었어. 볼거리가 많다고."

"자, 이게 바로 우리 객잔이야! 이름은 선경루!"

활기찬 목소리가 들려왔다. 건실한 청년의 웃음소리가 목소리 사이사이에 섞여 있었다.

"뭐 볼 게 있다고 선경루예요?"

"왜 볼 게 없어? 당신도 있고, 우리 처제도 있고, 그리고 곧 태어날 귀여운 아기까지, 보이는 것 전부 아름다운 것뿐인데!"

"호호."

소희는 웃음 지으며 가연을 돌아보았다.

가연의 눈은 선망 그 자체였다. 그동안 객잔에서 구걸할 때는 안에서 피어오르는 맛 좋은 냄새에 늘 혼이 나갈 지경이었다. 이제 객잔을 하는 맘 좋은 형부를 만났으니, 혼나지 않고도 맛난 것들을 많이 먹을 수 있을지도 모른다.

"나, 나도 맛있는 거 먹을 수 있는 거야?"

"그렇지, 처제! 내가 처제 맛있는 거 주려고 이 객잔을 만들었는걸!"

"와아!"

가연은 환호성을 내지르며 형부의 품에 달려가 안겼다.

그게 벌써 십 년 전이다.

"그, 그런데 지금은 다들 어디 계세요?"

"……."

운혜의 질문에 가연의 이야기가 끊겼다. 잠시 서글프게 운혜를 바라보던 가연이 우울한 얼굴로 대답했다.

"죽었어."

"……."

운혜의 얼굴이 당혹스럽다는 듯 변해갔다. 안 좋은 일이 있었을 거라는 것은 짐작할 수 있었지만, 죽었을 줄은 몰랐다.

가연은 슬픈 이야기를 꺼내기 때문인지 말을 쉽게 이어가지 못하는 기색이었다.

"…마차에 치었거든."

"예?"

"누구의 마차인지는 모르지만, 마차에 치어버렸어."

"……."

운혜는 슬픈 눈으로 가연을 바라보았다.

"음, 이야기 꺼내기 전에 먼저 이 이야기 먼저 해줘야겠구나. 그해 원단이었어."

새로 이야기를 꺼내는 가연의 눈에는 눈물이 배어 있었지만, 그 입은 웃고 있었다. 마치, 즐거운 무엇인가를 추억하듯 웃는 얼굴에 운혜는 이해할 수 없다는 듯 가연을 바라보았다.

"그때 내 친구들은 원단(元旦)이랍시고 새 옷을 해 입는다, 이것저것 요리를 해 먹는다 바빴는데, 우리 집은 아무것도 안 하는 거야."

"…왜, 왜요?"

원단 행사를 크게 치르지는 않지만, 무당산에서도 원단 행사를 치른다. 어린 시절엔 자신도 그날을 손꼽아 기다렸던 추억이 있었다. 아니, 굳이 원단이 아니라도 어릴 적에는 그런 나날들이 몹시 즐거운 법이다.

가연은 다시 피식 웃음을 지었다.

"음, 그때 우리 집 옆에 저 망할 놈의 객잔이 처음 생겼거든. 그래서 갑자기 가난해져 가던 시기였어."

가연은 앞에 놓인 자그마한 찻잔을 내려다보았다.

"그런데 나는 그걸 못 참았어. 조그마한 계집애라는 게 본래 그렇잖아? 원단을 굉장히 기대하면서 기다렸는데, 아무것도 없는 거. 그거 못 참지. 거지였을 때보다 훨씬 잘 사는 거였는데도 먹을 거 다 먹고 입을 거 다 입다 보니까 배가 부른 거지, 뭐."

"그래서요?"

"떼썼어. 친구들한테 지기 싫어서. 분하더라고."

가연은 슬픈 미소를 지으며 웃었다. 웃는 얼굴은 여전히 처연했다.

"그랬더니 정말 원단 옷을 사주는 거야, 언니가. 붉은 옷은 물론이고, 맛있는 떡과 지전부터 시작해서 많이도 먹었어. 그날은 정말 행복했지."

"……."

아마도 그 원단을 준비하기 위해 가연의 언니와 형부는 많은 고생을 했을 것이다. 말하지 않아도 짐작이 되었다.

"근데 말이야, 우리 언니는 붉은 옷을 입지 않더라고, 우리 형부도. 나한테만 사준 거야, 바보같이. 나는 그것도 몰랐지만 말야. 그리고 형부가 처음으로 언니한테 사줬던 그 옥비녀가 없었어."

"네?"

"예쁜 옥비녀. 언니는 잃어버렸다고 했지만, 나는 알 수 있었어."

가연은 앞에 놓인 찻잔을 쥐고는 입가로 가져갔다. 호르륵, 하고 차를 들이마시는 소리가 들려왔다.

"팔았나 봐, 나 때문에. 좌판 하는 장씨 아저씨가 그걸 가지고 있었거든."

"……."

"언니는 그걸 많이 좋아했는데. 형부가 처음으로 사준 거니까."

가연은 목이 메이는 듯 떨리는 음성으로 말했다. 언니는 원단 준비를 한답시고 그것을 팔아버린 것이다.

"바보처럼… 원단 같은 거, 별거 아니었는데. 안 해도 되는데."

운혜의 눈에도 눈물이 고이는 것 같았다.

사부님이 생각났다. 사부님의 웃음이, 사부님의 흰 수염이, 사부님의 주름 진 얼굴이 떠올랐다.

"그래서 있잖아? 나 그 어린 나이에 돈 모았다? 내가 장사는 좀 잘 했거든. 야무지고."

"……."

"은자 반 냥을 벌었어. 한, 여섯 달포는 족히 걸려서."

가연은 슬픈 미소를 지으며 찻잔을 바라보았다. 차 안에 떠 있는 찻잎 가루들이 아른아른 빛나고 있었다.

가연은 눈을 감았다.

어린 가연은 신이 나서는 뛰어가고 있었다. 시장의 인자한 아낙들이 그 모습을 보며 가연을 불러 세웠다.

"애, 가연아! 어디 가니?"

"언니한테요!"

가연은 흥거운 목소리로 대답하면서도 뜀박질을 멈추지 않았다.

소중한 무엇인가를 품은 듯 자그마한 손은 가슴에 꼭 안겨 있었다. 그 손에, 가슴속에 파묻힌 것은 옥비녀였다.

'언니가 좋아할까?'

한참을 달리던 가연은 걸음을 멈추고는 옥비녀를 물끄러미 바라보았다.

예전 언니가 가졌던 옥비녀보다는 훨씬 못생긴 것 같았다. 옛날 언니가 하고 있던 옥비녀는 반짝반짝 빛이 났었는데.

가연은 시무룩한 얼굴로 옥비녀를 살폈다.

'좋아해야 하는데……'

그동안 손님들을 안내해 주거나, 마구간에서 말똥을 치우거나, 혹은 근처 포목점에 가서 가위질을 도왔다. 때로는 얄미운 손님에게 걸어 차이기도 했고, 가위에 손가락을 베인 적도 부지기수였다.

그리고 그렇게 해서 싸구려 옥비녀 하나를 쥐어들 수 있었다. 은자 반 냥, 구리로 오십 문짜리 싸구려였지만, 가연이 가진 돈에 비해볼 때 최고급이나 다름없었다.

가연은 슬쩍 웃었다. 언니한테 주면 몹시 기뻐할 것이다.

"헤헷."

가연은 언니에게 옥비녀를 전해줄 상상에 빠져 있다가 관노로 거칠게 달려드는 마차를 보지 못했다.

그 마차를 가연 대신 확인한 사람은 바로 가연의 언니, 소희였다.

"가연아!!"

소희는 가연에게 마차가 달려드는 것을 확인하자마자 몸을 날렸다.

쾅—!

탁─

추억을 회상하던 가연이 찻잔을 내려놓는 소리가 울려 퍼졌다. 가연은 곧 몸을 일으켰다.

유성이 걱정스러운 시선으로 가연의 뒷모습을 바라보았다.

"관매……."

"난 이 객잔을 팔지 않을 거야, 우리 언니가 만든 가게니까."

유성의 말에 답하지 않은 채, 가연은 나직하게 중얼거리며 걸음을 옮겼다. 가연의 몸이 천천히 이층으로 사라져 갔다.

"……."

남은 운혜의 얼굴이 무거워졌다. 객잔에 대한 가연의 마음을 알 수 있을 것 같았다. 언니의 이름이 얼마나 무거울까.

만약 사부님이 객잔을 만드셨다면, 자신은 어땠을까?

원단을 위해 옥비녀를 판 가연의 언니와 자신을 살리기 위해 팔을 잘라 버린 사부.

"……."

운혜는 우울한 얼굴이 되어 객잔을 돌아보았다. 손님 하나 없는 텅 빈 객잔이 눈에 들어왔다.

"좋아요!"

운혜는 단호하게 몸을 일으켰다.

"까짓 거, 장사만 잘 되면 되는 거 아녜요!"

"혜운!"

운풍자가 무거운 어조로 운혜를 불렀다.

운혜가 멍하니 돌아보자, 운풍자는 입술을 달싹여 전음을 보내었다.

"우리는 정체를 숨겨야 한다."

"조금만 도와주고 다른 객잔을 찾아요."

운혜는 단호한 어조로 입술을 달싹였다.

운풍자가 이해할 수 없다는 듯 운혜를 바라보자, 그녀는 웃으며 고개를 돌렸다.

"나는 도와줄래요."

말괄량이 여도사의 기질이 그대로 드러나는 말이었다. 사형의 명령은 무시하겠다는 의지이기도 했다.

"혜운아, 뭐라고 한 거니?"

걸어가던 가연이 멍하니 몸을 돌렸다. 운혜는 기운차게 말했다.

"제게 선경루가 잘 될 만한 좋은 생각이 있어요!"

4장

제3화  두 번째 음화신녀

다음 날.

선경루는 모처럼 복작이고 있었다.

사람이라고는 여전히 점소이들밖에 없지만 그래도 활기가 넘쳐난다.

바로 어제, 혜운이라는 점소이가 내놓은 방안 덕분이었다.

어제 열린 회의에서, 혜운은 이렇게 말했다.

"먼저 가구 배치를 바꿔요!"

"어, 어떻게?"

가연이 멍하니 대답했다. 운혜는 깔깔거리며 웃었다.

"호홋, 온통 낡은 것뿐인 데다가 가구 배치도 너무 어두워요. 빛을 다
가리잖아요. 게다가, 걷기도 불편해요."

무당에는 오행진(五行陣)과 구궁진(九宮陣)에 대한 공부가 있다. 거기
서 파생되어 나온 무공까지 있을 정도로 도가의 방위란 신묘했다.

비록 운혜 자신의 경지가 진을 설치할 정도로 높지는 않았지만, 기운을 승하게 하고 마음을 편하게 하는 배치 정도는 할 수 있다.

가연이 멍하니 중얼거렸다.

"그, 그럼 어떻게 바꿔야 되는데?"

가연은 만족한 얼굴로 객잔을 둘러보았다.

과연 혜운이 가르쳐 준 대로 바꾼 객잔은 그전보다 두 배는 넓어 보였다.

공간을 잘 활용했을 뿐더러, 걷기도 좋거니와 찬탁과 찬탁의 사이가 적절히 떨어져 있어 앉기도 편하다.

가연은 웃음을 터뜨렸다.

"호홋, 혜운아, 고마워. 우리 객잔도 이렇게 보니 제법 좋구나."

"뭐, 별거 아닌 걸요."

운혜는 자랑스럽게 웃었다.

그 뒤에 묵묵히 선 운풍자는 한숨을 내쉬었다. 사매가 천방지축 까불고 있다.

"하아—"

"와아—"

한숨과 동시에 탄성이 터져 나왔다.

운풍자 옆의 청명이 대단히 선망 어린 눈으로 운혜를 바라보고 있었던 것이다. 운혜 사손이 이렇게 해라, 저렇게 해라 말하는 모습이 너무나 멋져 보인다.

"우, 아니, 혜운 소저, 굉장해요—"

청명이 눈을 빛내며 말하자 운혜의 얼굴이 부끄럽다는 듯 변해갔다.

"아, 아니, 뭘요……."

운혜는 고개를 숙이고는 쑥스러운 듯 웃었다.

가연은 그 모습을 보고 슬쩍 웃고는 시선을 돌렸다.

"그런데 유성 이 사람은 왜 이렇게 안 온데?"

"글쎄요, 쓸 만한 숙수를 구하기는 어려울 테니까 고생 좀 하고 있겠지요."

운혜는 걱정스럽게 말했다. 사실 가장 중요한 것이 숙수 문제였다. 유성의 요리 솜씨는 그다지 좋은 편은 아니었으니.

어제 회의에서도 가장 걱정하던 부분이 바로 그것이었다.

"이제 숙수를 구하는 것이 문젠데……."

"음……."

운혜의 말에 가연의 얼굴이 심각하게 변해갔다. 맘대로 된다면 천만금을 줘서라도 최고급 숙수를 데려오고 싶건만, 지금은 점소이 급여도 못 줄 정도로 어렵다.

"그게 문제네."

가연은 한숨을 내쉬며 말했다. 유성이 그 모습을 보고 서운한 듯 입술을 내밀었다.

"이거 서운한데, 관매. 내 요리는 못 믿겠다는 거야?"

가연은 유성의 농담에 당황했다.

"유, 유성, 그게 아니라……."

유성은 그 모습을 보고 작은 미소를 지었다.

사실, 그의 재력으로 실력있는 숙수를 초빙하는 것은 일도 아니다. 하지만 조용한 객잔에 가연과 둘이 있는 것이 좋아, 새로운 숙수를 구하지는 않았다.

이기적인 행동이란 걸 알면서도 그러고 싶었다.

유성은 웃으며 다시 농담을 꺼내었다.

"흐음, 그렇다면 신용 회복을 해야지."

당황해하던 가연이 의아한 얼굴이 되어갔다. 그 모습에 유성은 껄껄 웃었다.

"내가 숙수를 구해오지!"

"예?"

"하하핫! 나도 제법 알고 지내는 사람이 많은 편이지. 최고급 숙수로 구해올 테니 걱정하지 마, 관매."

멍해진 가연의 얼굴을 보고 유성이 다시 웃음을 터뜨렸다.

"그렇게 말한 사람이 왜 이리 안 온담."

가연이 걱정스럽게 중얼거릴 때였다.

호랑이도 제 말하면 온다더니, 문이 활짝 열리고 유성이 들어와 밝은 얼굴로 가연을 바라보았다.

"나 왔어, 관매!"

"아, 왔군요."

가연은 유성보다 그의 뒤를 먼저 확인했다.

그의 뒤에는 소심한 얼굴의 중늙은이가 유성을 따라 걸어 들어오고 있었다.

운혜와 가연은 그제야 반가운 얼굴로 유성을 돌아보았다.

유성은 미소를 지으며 중늙은이 숙수를 소개했다.

"하핫! 자! 여기 새로운 숙수가 있어!"

유성의 소개에 숙수, 장삼은 멋쩍게 고개를 숙였다.

"자, 장삼이라고 합니다요."

옆의 유성이 무서운 듯 조심스러운 목소리로 장삼이 말했다.

“반가워요, 저는 선경루의 주인 관가연이에요.”

“예, 예, 말씀 놓으십쇼. 우리 도련님, 아얏! 아니, 이분의 친우니 제게도 친우… 예, 친웁니다.”

무슨 말을 하려는데 유성이 옆구리를 쿡 찌른다. 장삼은 두려움 섞은 목소리로 서둘러 말을 바꿔 대답했다.

다행히, ‘도련님’ 이라는 소리는 아무도 관심을 가지지 않았다.

운혜가 긴장한 얼굴로 장삼을 바라보았다.

“저, 요리는…….”

“아, 이분은 옛날 황궁에서 일하셨다는 마우길 숙수의 제자셔! 믿을 만하지!”

“와!”

운혜와 가연보다 먼저 청명의 얼굴이 화색을 띠었다. 이제 맛있는 요리를 매일 먹어볼 수 있을지도 모른다.

가연도 신이 난 듯 외쳤다.

“어머나, 그러면 정말 요리를 잘 하겠군요!”

운혜의 얼굴이 밝아진 것은 물론이었다. 그렇게 최고급 숙수를 구해올 줄은 몰랐다.

운혜와 가연은 신이 나서 서로를 돌아보았다.

“다음은 뭐였지?”

“가구 배치를 바꾸고 숙수를 새로 초빙하는 것, 그리고 가격을 조금 저렴하게 하는 것하고…….”

운혜는 말끝을 길게 늘였다.

다음번이 가장 문제다. 어쩌면 모든 것보다 이 문제가 더 중요할지도 모른다.

가연 역시 마찬가지였다. 가연은 침을 꿀꺽 삼켰다.

"마지막은……."

운혜는 긴장한 표정으로 속절없이 웃고 있는 청명을 돌아보았다.

"헤헷."

마지막 계책은 바로 호객 행위. 그리고 그 직위에 걸맞는 사람으로 운혜는 내심 청명을 생각하고 있었다.

'예전 당근을 팔 때처럼만 되면…….'

청명 사조와 함께 있는 사람은 청명 사조를 도와주지 못하고는 배기질 못한다. 왜 그런지는 모르겠지만.

운혜가 입을 열었다.

"이제 남은 건 손님을 몰아오는 건데…… 명이 도련님께서 해주셔야 해요."

"불가."

운혜의 말에 규율의 화신 운풍자가 도끼눈을 부릅떴다. 하늘 같은 사조와 맞먹은 것도 모자라 일까지 시키겠단다.

"가(可)에요, 가!"

운혜는 고개를 저었다. 이번만은 사형의 말씀을 무시하고 자신의 뜻대로 추진하고 싶었다. 사형께서는 사조님의 말씀을 무시하지 못하니까―

"명이 도련님."

"네?"

각오 어린 목소리로 운혜가 부르자 청명의 얼굴이 밝아졌다. 방글방글 웃는 운혜를 바라보며 청명이 물었다.

"왜 그러시나요?"

"도와주실 거지요?"

"네."

청명은 뭔지도 모르면서 해죽해죽 웃었다. 운혜 사손이 도와달라고 하니, 도와주어야 한다.

"……."

운풍자는 운혜를 노려보았다. 자신이 먼저 말하기 전에 사조님의 허락을 이끌어낸 것이다.

운풍자는 장문인의 명을 따라 청명 사조를 말려야 하는지, 아니면 운혜의 뜻을 한번쯤은 존중해 줄 것인지 고민했다.

그사이, 가연이 쐐기를 박았다.

"명아, 열 명만 손님을 데려오면 오리 구이를 줄게!"

청명의 얼굴이 대단히 밝아졌다.

"와! 정말요?"

오리 구이라는 말에 청명은 희희낙락 고개를 끄덕였다.

"……."

그 모습에 이제 어찌할 수 없게 된 운풍자는 무표정한 얼굴로 사매를 돌아보았다. 운혜는 승리의 미소를 짓고 있었다.

"하아—"

'한번쯤은 사매의 뜻대로 따라주어도 괜찮겠지.'

운풍자는 무표정한 얼굴로 고개를 돌렸다. 그리고는 입술을 달싹여 운혜에게 전음을 보내었다.

"잊지 마라, 사매. 우리는 오 일 후에 떠난다."

"……."

운풍자의 전음을 들은 운혜의 얼굴이 굳어졌다.

어제, 운풍 사형은 '뜻대로 해도 좋다'는 승낙과 함께 '대신 오 일 뒤에 이 객잔을 떠날 것'이라고 말했던 것이다.

운혜는 고개를 끄덕였다.

"예, 사형."

반 각 뒤.

선경루 앞에 선 청명은 파리해진 얼굴로 주위를 둘러보았다. 도와달라고 말한 것이 이런 것일 줄은 몰랐다.

사람들이 모두 자신을 쳐다보는 것만 같아, 청명의 얼굴이 붉게 물들어갔다.

"저, 저희 객잔으로⋯⋯."

청명이 조그맣게 웅얼거렸다. 하지만 아무도 듣지 못했는지, 시장 안의 사람들은 제 갈길 만 걷고 있다.

청명의 얼굴이 더욱 붉어졌다.

"오, 오세요⋯⋯."

소심한 청명의 목소리에, 객잔 안에서 다양한 한숨 소리가 터져 나왔다.

가연이 우울한 얼굴로 말했다.

"반응이 별로네."

"그, 그러게요."

운혜 역시 걱정스럽긴 마찬가지였다. 문득 보니, 사조께서는 미적미적 서서 몸을 배배 틀고는 얼굴을 붉히고 있다.

가연은 슬쩍 운혜를 돌아보았다.

"어떻게 하지?"

"잠시만요."

운혜는 짧게 말하고는 객잔의 문을 열고 성큼성큼 청명에게로 걸어갔다.

청명이 울상을 지으며 운혜를 돌아보았다.

"우, 운혜 사손, 아니, 혜운 소저, 사람이 너무 많아요."

청명의 말에 운혜는 눈을 가늘게 떴다. 그리고는 협박하듯 목소리를 낮게 깔았다.

"가연 도우가 그렇게 말을 작게 하면 오리 구이를 주지 않겠대요."

"네?"

청명의 얼굴이 당혹스럽게 변해갔다. 말을 작게 하면 오리 구이를 주지 않겠다니!

청명의 얼굴이 울상이 되어갔다.

"하, 하지만……."

"그러니까, 목소리를 크게 하셔야 돼요."

운혜가 단호한 목소리로 말했다. 청명은 울상을 지으면서도 고개를 끄덕였다.

"네."

운혜가 다시 객잔으로 사라지자, 청명은 마음을 가라앉힌 다음 주위를 둘러보았다.

여전히 사람들이 많았지만 그래도 어쩔 수가 없다.

청명은 눈을 꼬옥 감고는 목소리를 높였다.

"저희 객잔으로 오세요!"

청명의 목소리는 맑았다. 부드러운 목소리는 사람을 끌어당기는 힘이 있어 주위 사람들은 모두 청명을 돌아보았다.

"저희 객잔은요, 요리가 맛있어요!"

청명은 다시 한 번 크게 외쳤다. 사람들이 자신을 보고 있다는 것은 부끄러웠지만 크게 외치고 보니 나름 부끄러움도 줄어든다.

청명은 조금 편한 마음으로 다시 외쳤다.

"고기도 있어요!"

“으하하핫!”

나무 한 짐을 메고 시장으로 가던 나무꾼은 크게 웃음을 터뜨렸다. 객잔에 고기가 있다는 것이 무에 그리 자랑이겠는가!

그런데도 소년은 그게 커다란 자랑거리라도 된다는 듯 외치고 있었다.

웃음을 터뜨린 건 나무꾼만이 아니었다.

맑은 목소리에 알게 모르게 소년을 훑어보고 있던 사람들 역시 작게나마 실소했다.

“호홋.”

아이의 손을 잡고 걸어가던 젊은 아낙은 미소를 지으며 청명을 바라보았다.

시장 내의 사람들이 모두 웃자, 청명의 얼굴이 살짝 붉어졌다. 나쁜 뜻으로 웃는 것 같진 않지만, 조금 부끄럽다.

“야, 야채도 있는데…….”

한껏 외치기만 하던 청명의 목소리가 작게 줄어들었다. 그리고 그 모습은 다시 시장 사람들의 폭소를 자아내었다.

“으하하핫!”

나무꾼은 등에 진 나무를 내려놓았다. 그리고는 커다랗게 웃으며 외쳤다.

“그래, 네가 그렇듯 귀여우니 한번 들어가 음식을 맛보자꾸나!”

“와, 손님이시군요!”

청명은 밝은 안색이 되어 얼른 나무꾼에게로 다가갔다.

“저희 객잔은 음식도 맛있고요, 깨끗하대요. 가연 도, 아니, 주인 어른이 그랬어요.”

“그래그래, 어디 한 번 정말 그런지 볼까?”

나무꾼은 호탕하게 웃으며 객잔 안으로 걸어 들어갔다.

"감사합니다."

청명은 머리를 꾸벅 숙여 보이고는 객잔 안으로 들어가는 나무꾼의 뒷모습을 바라보았다. 한 명의 손님이 들어가셨으니, 이제 아홉 명만이 남았을 뿐이다.

"저희 객잔으로 오세요!"

다시 맑고 맑은 청명의 목소리가 울려 퍼졌다.

"어머……."

두 번째 손님은 만옥과 청아였다. 두 소녀는 모두 사천 태생으로, 특별할 것 없는 평범한 집안에서 태어난 평범한 소녀들이었다. 다만 태어날 때부터 가까이 지내던 부모들의 탓으로, 둘은 매일 치고 박고 싸우기 일쑤였다.

청명의 목소리를 듣던 만옥의 눈이 반짝반짝 빛났다. 청명의 행동거지가 순수해 보일 뿐더러, 생김새가 귀공자 저리 가라할 정도로 멋진 것이다.

'머, 멋지다…….'

만옥은 눈을 빛내며 옆을 돌아보았다. 청아의 얼굴 역시 자신과 다르지 않다. 만옥은 재빨리 머리를 굴렸다.

"애, 너 집에 가야 되지 않니? 어머님께서 부르신다며."

'요놈의 계집애가?

요 계집애를 보아하니, 저 선경루라는 객잔의 점소이를 어떻게 해보려는 속셈으로 자신을 쫓아내는 듯싶다. 하지만, 미안하게도 그 점소이는 이미 자신이 점찍어 두었다.

"너야말로 가봐야 되는 거 아냐? 네 오빠가 오늘 일 좀 도와달라고 했잖아."

만옥은 피식 웃으며 말했다. 오빠 따위, 지금은 상관할 바가 아니다.

"나는 배가 고프니까 가더라도 소면이나 한 그릇 먹고 가야겠어."

"어? 나도 그런데. 난 만두가 먹고 싶은데?"

만옥은 다시 청아를 노려보았다. 그것은 청아 역시 마찬가지였다. 잠시 침묵이 감돌았다.

"……."

침묵을 깨며 청아가 입을 열었다.

"넌 돈도 없잖니?"

"비상금이 있단다."

만옥은 당당하게 말했다. 비상금으로 꿍쳐 둔 구리 삼십 문이 있다. 청아는 눈을 가늘게 떴다. 이쯤 되면 별수가 없다.

"그럼 들어가자."

"그래."

둘은 냉혹한 눈으로 서로를 주시하며 객잔 안으로 걸어 들어갔다.

"안녕하세요, 도, 아니, 손님!"

"네? 네……."

만옥과 청아의 얼굴색이 같아졌다. 둘 모두 얼굴이 홍시처럼 붉어진 것이다. 청명은 꾸벅 인사를 했다.

"어서 오세요!"

청아가 머뭇머뭇 거리며 입을 열었다. 기왕 이렇게 대화를 나누게 되었으니 이름이라도 알아야 한다.

"저……."

"네?"

청명의 순진무구한 얼굴이 만옥과 청아에게로 향했다. 점소이는 손님에게 늘 잘 해줘야 한다고 했으니, 그 규칙에 충실히 따르는 것이다.

그 반짝거리는 눈동자에 청아는 얼른 고개를 저었다.

"아, 아니, 아무것도 아니에요."

"뭐, 뭐 하고 있니? 어, 얼른 들어가자."

두 소녀의 얼굴이 붉어졌다. 수줍은 듯 고개를 숙이던 두 소녀는 얼굴을 붉히며 재빨리 객잔 안으로 들어갔다.

소녀들의 뒤에서 청명이 커다랗게 외치는 소리가 들려왔다.

"저희 객잔으로 오세요!"

객잔 안에 들어선 만옥과 청아는 곧 분주히 움직이는 객잔을 구경할 수 있었다.

손님은 지저분한 나무꾼 한 사람밖에 없는데, 뭐가 그리도 바쁜지, 주인도, 숙수도, 그리고 조그마한 계집아이까지 잔뜩 흥분해 있었다.

"소, 손님이다!"

"정말? 와, 진짜야, 엄마! 손님이다!"

조그마한 계집아이의 흥분을 의아하게 바라보던 만옥과 청아는 일단 자리를 잡고 앉았다(그 나이 대의 소녀답게, 나무꾼으로부터 멀찌감치 자리를 잡고 앉았다). 그리고 서로에게 냉혹한 시선을 날리며 점소이가 오기를 기다렸다.

이제 곧 귀여운 얼굴의 미공자가 주문을 받으러 올 것이다.

"호호훗."

둘은 서로에게 날리던 냉혹한 시선도 잊고 행복하게 웃었다.

생각대로 점소이가 걸어왔다.

매우 안정된 보폭을 자랑하며 뚜벅뚜벅 걸어오고 있는 점소이는 생각했던 것과는 조금 다른 점소이였다.

"……."

불길한 기분이 들어 만옥과 청아는 아주 조심스럽게 고개를 들었다. 그와 동시에 점소이의 입에서 대단히 딱딱한 목소리가 들려왔다.

"주문하시겠습니까."

"어머낫!"

귀여운 소년이 아니라 살기등등한 사내가 뚜벅뚜벅 걸어온 것이다. 목소리도 무심한 것이 마치 '죽이겠다' 처럼 들린다.

청아는 겁먹은 얼굴로 고개를 숙였다.

"저, 저……."

"주문하시겠습니까."

만옥 역시 다를 바가 없었다. 점소이의 냉엄한 시선이 마주치자 절로 고개가 움츠러든다.

'무, 무서워…….'

참다못한 점소이의 마지막 말에 둘은 화들짝 놀랐다.

"주문하십시오."

"네? 네, 네! 주, 주… 주문은……."

청아가 덜덜 떨리는 목소리로 말했다. 만옥 역시 마찬가지였다. 잠시 떨며 말하던 둘은 겨우 자그마한 목소리로 중얼거릴 수 있었다.

"마, 마… 만두랑 소면……."

"예, 알겠습니다."

점소이, 운풍자는 무표정한 얼굴로 몸을 돌려 주방으로 걸어갔다. 그 모습을 공포에 질린 두 소녀가 바라보고 있었다.

"으, 으하하핫!"

참지 못하고 마침내 나무꾼이 웃음을 터뜨렸다.

처음 소년을 보고 객잔에 들어왔던 그 역시 차가운 점소이 덕에 깜짝 놀랐었다. 하지만 눈앞의 저 소녀들을 보고 나니 겁은 도망가고 웃음이 터져 나왔다.

아마 자신처럼, 아니, 자신과는 좀 다르려나? 어쨌든 소년을 보고 객잔으로 들어왔다가 낭패를 봤으리라.

"저, 정말 재미있구만! 킥, 으하핫."

나무꾼은 크게 웃지도 못하겠는지 자그맣게 웃음을 터뜨렸다. 그런 나무꾼의 시선에 새로운 것이 잡혔다.

주인인 듯한 여인과 점소이인 듯한 소녀, 그리고 자그마한 꼬마아이였다.

그들은 심각한 얼굴로 나름대로 자그맣게 속삭이고 있었다.

"아무래도 풍현 오라버니는 안 되겠어요."

"응, 동감이야. 인상이 저렇게 더러울 줄이야… 소연아, 이제부터 풍현이 그릇을 가지고 나가거든 네가 막아야 한다?"

"응, 엄마."

"으하하핫!"

나무꾼의 웃음소리가 커져 갔다. 인상이 살벌해도 점소이는 점소이인 법, 안심해도 될 듯하다.

주인장과 꼬마아이의 이야기를 들어보니 더 더욱 그렇다.

"것참 재미있구만!"

나무꾼은 흡족한 듯 객잔을 둘러보았다. 별다른 이유도 없이 마음에 드는 곳이다.

아니나 다를까, 또 손님이 들어온다.

*   *   *

오 일 전.

객잔은 더 이상 조용하지 않았다.

시장을 거닐던 사람들은 청명의 목소리에 홀린 듯이 들어왔다가 운풍자를 보고 놀랐고, 그리고 운풍자를 말리는 조그마한 꼬마아이의 모습에 커다랗게 웃었다.

음식의 종류는 특별할 것 없는 평범한 음식이었지만, 정갈하게 요리했는지 맛도 몹시 뛰어났다.

사람들은 하나둘씩 선경루로 몰려들기 시작했다.

그 기쁜 사실에 가연은 몹시 흥분했고, 가연이 기뻐하자 유성 역시 기뻐했다.

운풍자는 무덤덤했고, 청명은 오기 고기를 먹을 수 있다는 데 기뻐했다.

좌절한 것은 운혜뿐이었다.

"거기, 두부, 두부 좀 줘요!"

운혜의 몸놀림이 바빠졌다. 장삼이 찾는 두부를 찾아 빠르게 움직여야 한다.

"거기 닭고기 손질 끝난 것도 가져와요! 아, 그리고 향채 다듬어 둔 것도 줘요!"

장삼은 정신없게 과를 흔들고 있었다. 자포탕(煮鮑湯)에 마파두부가 동시에 주문이 들어왔다. 장삼이 정신없이 움직이는 통에 운혜 역시 정신없이 움직여야 했다.

'왜, 왜 내가 부엌데기가……'

운혜는 황망한 가운데 자신이 맡은 직책을 생각했다. 이런 낭패가 있을 수는 없었다.

강호의 여협이 되는 것은 포기한다고 치자.

예전 농사를 지었던 것도 그렇다고 치자.

하지만 부엌데기라니! 옛 꿈과 정반대되는 직업이 아닌가!

"왜, 왜 내가……."

운혜는 황당한 듯 중얼거렸다. 하지만 잡념도 잠시, 장삼이 쉴 새 없이 이것저것 심부름을 시킨다. 그것만해도 바쁜데, 가끔가끔 청명 사조께서 부르시기까지 한다.

"그러니까 운혜 사손, 가연 도우는 못됐어요. 약속했으면서 오리 고기를 주지도 않고요, 그리고 난 힘든데 계속 그릇을 옮기래요."

청명은 시무룩한 얼굴로 주방에 서서 운혜에게 투덜대고 있었다. 하지만, 그 이야기를 차분히 들을 만한 정신은 운혜에게는 없었다.

"그리고요, 어떤 도, 아니, 손님은 제 볼을 꾸욱 당기고요, 어떤 손님은 제 엉덩이를 궁둥이라고 하면서 쓰다듬……."

"여기 자포탕이요! 빨리 가져가요, 정신없으니까!"

운혜는 날카롭게 외치고는 다시 자리로 돌아갔다. 청명은 시무룩한 얼굴로 운혜의 뒷모습을 바라보다가 자포탕이 담긴 그릇을 들고 걸어갔다.

"네, 가져갈게요."

"거기, 고추기름을 줘요!"

소란스러움이 점점 더 번잡해졌다.

그 소란스러움 사이로 또 다른 소란스러움이 섞여들었다.

포방에서 찬탁으로 나아가는 자리에는 자그마한 문턱이 있는데 그것 자체는 별로 높지 않지만 툭하면 발이 걸리기 일쑤인 성가신 것이었다.

소란스러움의 원흉도 그것이었다.

쨍강!

"아……."

청명의 얼굴색이 시퍼레졌다. 주방 뒤쪽에서 가연이 나타났다.

"또 그릇을 깼구나, 이 못된 녀석!"

"으앗! 마귀다!"

청명은 비명을 질렀다. 그 모습에 가연은 실소했다.

"마귀라니! 어디서 그런 망발을. 이렇게 이쁜 마귀 봤어?!"

"미, 미안해요, 가연 도, 아니, 주인 어른!"

"잘못한 건 아는구나!"

가연은 짧게 끊어 외치며 청명의 꿀밤을 때렸다.

"…헛!"

그 모습을 바라보던 운혜의 얼굴이 새하얗게 변했다.

주인 어른은 알고 계실까? 당신이 때린 인물이 세수 백오십이 넘었으며 도를 깨달은 선인이고, 무당파의 장로 배분이며 장문인의 사숙이라는 것을.

"아얏!"

청명은 아픈 듯 눈물을 글썽였다. 결국 또 꿀밤을 얻어맞고 말았다. 청명은 머리를 감싸쥐었다.

운풍자가 이 자리에 없는 것이 다행이었다. 아니, 운풍자가 있었어도 어떻게 해볼 수 있는 일은 없을 것이었다.

예전, 청명이 처음 꿀밤을 맞았을 때였다. 그 모습을 바라보던 운풍자의 무표정은 크게 변화—처음으로 눈썹과 입술과 볼을 동시에 꿈틀댔다—했었다. 그리고 곧 운풍자는 무표정한 얼굴로 가연을 벌하려 했다.

청명은 누가 뭐래도 운풍자의 사조였던 것이다.

그때 청명은 대단히 시무룩한 얼굴로 이런 명을 운풍자에게 내렸다.

"나는 평범해야 하니까, 사손은 가연 도우를 혼내면 안 돼요. 평범한 점소이는 객잔 주인에게 꿀밤도 맞는대요."

운풍자는 아무런 말도 할 수 없었다. 사조께서는 절대 평범하지 않지만 평범해지셔야 하니, 더 이상 아무런 말도 할 수가 없었다.

"다시 가서 자포탕을 만들라 그래. 얼른 그릇 치워야겠네. 에휴……."

가연은 한숨을 내쉬었다.

가연의 옆에 앉아 있던 소연은 재미있다는 얼굴로 청명을 바라보며 말했다.

"네 번째 그릇을 깼네!"

"미, 미안해요, 소연."

청명은 부끄러운 듯 말했다.

평범한 점소이는 꿀밤도 맞느냐는 질문에 답해준 것은 다름 아닌 소연이었다. 소연은 이렇게 말했었다.

"옛날 점소이는 꿀밤을 삼백이십삼 대나 맞았는걸!"

"……."

청명은 시무룩한 얼굴로 다시 부엌으로 돌아갔다.

돌아가는 청명의 모습을 바라보던 가연의 얼굴에 피곤함이 어렸다. 아니, 피곤함보다 노곤함이랄까?

마치 잠에 빠져들 것만 같은 얼굴로 가연은 한숨을 내쉬었다.

"왜 이렇게 졸립지……."

가연은 눈을 몇 번 끔뻑였다.

가연의 한숨 소리를 뒤로하고 포방으로 걸어간 청명은 시무룩한 얼굴로 바쁘게 움직이는 운혜를 바라보았다. 그리고는 기죽은 목소리로 말했다.

“우, 아니, 혜운 소저. 자포탕 그릇이 깨졌어요.”

“알아요!”

운혜의 뾰족한 목소리가 울려 퍼졌다. 운혜는 곧 대단히 흥분해 따지고 들기 시작했다.

“이게 벌써 몇 번째예요, 도대체!”

“미, 미안해요, 운혜 사, 아니, 혜운 소저…….”

“그러니까 조심하셔야지요!”

운혜는 날카로운 목소리로 고함을 지르고는 얼른 장삼을 바라보았다.

“자포탕 다시!”

청명은 시무룩한 표정으로 몸을 돌렸다. 새로 음식을 만들 동안 손님을 주시하고 있다가, 손님이 부르시면 재빨리 달려나가야 한다.

청명은 소란스러운 객잔을 바라보며 한숨을 내쉬었다.

“에휴…….”

잠시 뒤.

다시 요리가 완성되었다.

뜨거운 자포탕을 들고 청명은 조심스럽게 발을 디뎠다. 한 발짝 한 발짝이 구도의 몸놀림에 다름없었다.

이번에도 넘어지면 가연 도우에게 어떤 분노가 임할지 모른다.

“으앗!”

기우뚱—

문턱에 또다시 발이 걸렸는지, 청명의 몸이 흔들렸다. 청명은 애써 균형을 다잡았다.

잠시 흔들거리던 그릇은 다시 자리를 잡아 안정적 형상을 띠었다.

청명은 다행이라는 듯 한숨을 내쉬었다.

"휴우—"

가슴을 쓸어내리고 싶지만, 손이 없다.

청명은 양손으로 조심스럽게 그릇을 부여잡고는 천천히 걸음을 옮겼다.

"손님, 자포탕이랑 홍주(紅酒)가 나왔어요!"

마침내 손님의 앞까지 걸어간 청명은 헤벌쭉 웃으며 당당하게 외쳤다. 무너질 뻔했지만 무너지지 않고 그릇들을 무사히 옮긴 것이다.

자랑스럽게 말하는 소년의 모습에, 대머리 손님은 호탕하게 웃었다. 요리를 제법 오래 기다렸지만, 본래 재촉하면 될 일도 아니 되는 법이다.

천천히 기다린 결과, 세 번의 그릇을 깨어먹고 요리가 배달되었다.

"으하하핫! 그래, 이리 주게! 이번에는 조심해야 하네!"

청명은 벙긋벙긋 웃으며 고개를 끄덕였다. 그리고는 먼저, 술병을 집어 들어 탁자에 내려놓았다.

"요오기 홍주고요."

접시를 들고 홍주를 내려놓다 보니, 청명이 들고 있던 자포탕이 기울어졌다.

그것은 불행하게도 대머리 사내의 머리 위에서 기울어지고 있었다. 다행히, 홍주를 내려놓을 때까지는 아무런 일도 없었다.

"이건 잔이고요……."

"으아악!"

잔을 내려놓을 때였다. 마침내 흘러내린 뜨거운 자포탕 국물이 대머리 사내의 머리 위에 닿았다.

대머리 사내는 비명을 질렀다.

"으앗!"

청명 역시 마찬가지였다. 당황한 청명은 접시를 들고 허둥댔다.

그 모습에 가연이 비명을 내질렀다.

"안 돼, 조심해!"

콸콸콸— 쾅!

접시에서 떨어진 뜨거운 자포탕은 대머리 사내의 머리 위에 흘러내리다 그만 그릇째로 떨어져 버리고 말았다.

"으아아악!"

머리터럭 한 올 없는 맨살에 닿았음에야 말할 바가 있으랴!

"물! 물!"

청명은 당황했다. 깜짝 놀란 마음이 진정되질 않는다.

"소, 손님!"

조심스럽게 청명을 감시하던 가연이 뛰어나왔다. 그리고 깜짝 놀란 채 주방으로 달려가 물을 떠왔다.

"뜨거워!"

"손님, 여기 물이요!"

가연의 애처로운 목소리는 대상을 찾지 못했다.

손님은 대단히 격렬하게 머리를 비비며 객잔 밖으로 달려나가고 있었다.

가연은 분노에 가득 찬 눈으로 청명을 돌아보았다.

"너, 너……."

"미, 미안해요."

청명의 얼굴이 파리하게 질려갔다. 그 모습에 오늘도 어김없이 객잔에 나와 있던 나무꾼이 커다랗게 웃음을 터뜨렸다.

"으하하핫!"

"……."

가연은 얼굴 가득 분노를 매달았다. 객잔 전부가 웃음바다가 되어 있다.

하지만 눈을 꼬옥 감은 청명을 바라보자, 왠지 화가 사라지는 것이 느껴졌다.

"에휴—"

잠시 얼굴을 붉히던 가연은 차분하게 손을 휘저었다.

"단골을 하나 잃었네. 다음부터는 조심 좀 해!"

겁을 집어먹은 청명은 몇 번이나 고개를 끄덕였다.

가연은 그런 청명을 보고 한숨을 내쉬며 계산대로 걸어갔다.

그런 가연의 옆에서, 오랜만에 숙수를 벗어나 이런저런 잡무를 보던 유성이 껄껄거리며 가연에게 말했다.

"하핫, 너무 그러지 마, 관매."

청명을 보고 신난 듯 웃던 객잔은 이제 다시 일상적인 소란스러움으로 돌아가 있었다.

가연과 유성이 앉아 있던 계산대를 둘러보는 사람은 아무도 없다.

유성을 바라보며, 가연이 불퉁한 얼굴로 투덜거렸다.

"그래도 벌써 깨뜨린 접시가 일곱 그릇이 넘는걸요. 게다가, 가끔……."

"그래도 복덩어리잖아. 저 아이가 없었다면 이 정도로 객잔이 잘 됐겠어?"

유성이 빙글빙글 웃으며 말했다.

사실, 유성 자신도 가연의 장사에 도움을 줄 수 있었다. 이보다 더 큰 객잔을 지어줄 수도 있었고, 손님도 두 배로 몰아올 수 있었다.

하지만 자신의 정체가 들킬까 두려웠다. 아니, 어쩌면 자신의 배경보다 자신 자체를 인정받고 싶어서 다른 능력은 쓰지 않았는지도 모른다.

그래서 순수한 자신의 능력으로 요리를 공부했고, 결국 정당한 방법으로 숙수가 되었다.

그 사실을 강호인들이 들으면 대단히 재미있어하지 않을까?

"그러니까 고마워해야지."

유성의 말에 가연은 피식 웃었다. 그건 사실이다.

"그건 그래요. 그보다 요즘은 집에 안 가요? 매일 여기 있네."

"안 그래도 내일은 가봐야 해. 음, 며칠만 다녀올 거니까 신경 쓰지 마, 관매."

"예."

가연의 말을 끝으로 잠시 침묵이 이어졌다.

가연은 왠지 모르게 부끄러운 마음이 들었다. 밖에서야 여장부에 말괄량이지만 유성의 앞에만 서면 요조숙녀가 된다. 한두 번이 아니라, 늘 그랬다.

무슨 마음 때문일까? 가연은 청명이나, 소연에게 하는 것처럼 말괄량이 행세를 할 수가 없었다.

침묵은 금세 깨졌다.

"할 말이 있어, 관매."

유성은 침을 꿀꺽 삼켰다. 예전에 하지 못한 이야기를 끝맺으려 하는 것이다.

"……."

유성이 무슨 말을 할지 짐작한 가연의 얼굴이 홍시처럼 붉어져 갔다. 아마, 또 혼인 이야기인가 보다. 그렇게 말하면 자신은 어떻게 대답해야 할까? 또 거절해? 받아들여?

"하하핫!"

붉게 물든 얼굴로 이런저런 생각을 하는 가연을 보고 유성이 크게 웃음을 터뜨렸다.

무슨 생각을 하는지 다 짐작이 간다.

해야 할 말이 있지만, 관매의 얼굴과 비교해 보면 그것은 중요하지 않은 일 같다. 저 얼굴 하나로 모든 것이 설명되니까.

"킥."

유성은 장난스러운 미소를 지었다. 생각에 빠져든 가연은 자신이 지금 뭘 하려는지 아마 모를 것이다.

유성은 재빨리 입술을 가연의 볼에 가져다댔다.

"앗!"

안 그래도 붉던 가연의 얼굴이 두 배로 붉어졌다. 가연은 얼른 볼을 문지르며 유성을 째려보았다.

"무, 무슨 짓이에요……."

"뭐 어때. 아무도 보는 사람이 없는걸."

유성은 능글능글 웃었다.

하지만 유성의 말 중 틀린 것이 있었으니, 그 모습을 청명이 보고 있었다는 사실이었다.

청명의 얼굴은 의아함으로 가득했다.

'가연 도우와 유성 도우는 뭘 하는 걸까?'

마음을 보내어 세상을 구경할 때, 저런 모습을 본 적이 있다. 남녀가 서로 입술을 부딪치는 일이었다.

"아……."

그 모습을 상상하던 청명의 얼굴이 붉어졌다. 그런 일은, 서로를 깊이 생각하는 사람들이 하는 일이다.

청명은 붉어진 얼굴로 포방 쪽을 바라보았다.

"헤헷."

청명은 헤헤거리며 웃었다.

'나도 운혜 사손에게 해줘야지.'

청명은 희희낙락 웃으며 주방으로 다가갔다.

주방은 여전히 소란스러웠다. 장삼은 여전히 과를 흔들고 있었고, 치이익거리는 소음과 널름거리는 불빛이 아른거렸다.

하지만 잔심부름을 대충 끝낸 운혜는 여유로웠다.

푹 쉬고 있던 운혜는 문득 누군가의 시선을 느끼고는 고개를 돌렸다. 고개를 돌리니, 청명 사조께서 서 계신 것이 보였다.

"운혜 사손―"

얼굴이 빨개진 청명 사조께서 쑥스러운 듯 웃으며 몸을 배배 틀며 자신을 바라보고 있다.

운혜의 얼굴이 난감하게 변해갔다.

"혜, 혜운이라니까요."

왜 저러시는지는 모르지만, 호칭이 또 틀렸다. 운혜가 얼굴을 살짝 찌푸렸다.

"그런데 왜 그러시는 거예요?"

"헤헷."

괜히 운혜 사손이 예전보다 훨씬 예뻐 보여, 청명은 웃음을 지었다. 그리고는 운혜의 소맷자락을 꼭 쥐었다.

"뭐, 뭘 하시려고……."

청명은 아무런 대답도 하지 않았다. 그저 눈을 꼬옥 감고 입술을 내밀 뿐이었다.

"우움―"

"사, 사조님……."

입술을 내미는 청명의 모습에 운혜의 얼굴이 폭발할 듯 붉어져 갔다.

괜히 청명 사조님의 얼굴이 크게 보인다. 그 입술은 더 더욱.

운혜의 가슴속이 쿵쾅쿵쾅 뛰었다. 부끄러움과 설렘이 폭풍처럼 휘몰아치고 있었다. 그리고 기묘한 행복이…….

운혜는 재빨리 머리를 휘저었다. 행복할 리가 없다.

'도, 도사가 이런 짓에 해, 행복하다니…….'

아니 될 말이다. 하지만 운혜는 왠지 모를 기대감에 눈이 감기는 것을 느꼈다.

마침내, 둘의 얼굴이 가까워졌다.

쿵—

주방 뒤에 위치한 후원의 문에서 무엇인가가 떨어지는 소리가 들려왔다.

안 그래도 부끄러웠던 운혜는 황급히 청명을 밀쳐 냈다.

그리고 후원을 바라보니, 운풍자가 무표정한 얼굴로 서 있는 것이 보인다.

아닌 게 아니라 운풍자는 깜짝 놀란 직후였다. 장작을 들고 주방에 들어와 보니, 청명 사조께서 얼굴을 사매에게 들이밀고 있었다.

욱신.

가슴 한구석이 저려오는 기분이 들어 운풍자는 자신의 가슴께를 한번 내려다보았다.

'무슨 일이지?'

자신이 왜 이러는지 짐작이 가지 않았다. 운풍자는 무표정한 얼굴로 청명을 불렀다.

"사조님."

사조님을 왜 불렀는지 모르겠다.

"…잠시 저를 도와주시지요. 그리고 사매도."

운풍자의 목소리에 운혜는 아주 딱딱한 몸짓으로 고개를 돌렸다.

왜 이렇게 부끄러운지 알 수가 없었다. 아마, 음탕한 짓을 해서는 안 된다는 규율 때문일 것이다.

"사, 사형… 저는 규율을 어긴 것이 아니… 라……."

"……."

운풍자는 천천히 고개를 돌렸다. 평소와 똑같은 모습이었지만, 오랜 시간 운풍자를 봐왔던 운혜는 알 수 있었다.

사형은 전에 없이 차가웠다.

"……."

운혜는 더 이상 변명도 못하고 시무룩한 얼굴로 그 뒤를 따랐다.

*   *   *

선경루는 성도의 구석에 위치했을 뿐만 아니라 주위의 복작대는 건물들 사이에 있었다.

자그마한 목채(木砦)인 선경루의 근처에는 건물들이 많았는데, 그 사이사이로 뚫린 작은 통로들은 모두 선경루의 후원으로 통했다.

운풍자는 무표정한 얼굴로 후원으로 통하는 작은 통로를 주시했다.

"……."

운혜는 괜히 죄를 지은 듯한 얼굴이 되어 고개를 숙였다. 운풍 사형은 아직까지 말이 없었다.

운풍자는 운풍자 나름대로 심란했다.

'왜 마음이 움직이는가…….'

이해할 수 없었다. 사조께서 하신 일이니, 사조를 믿는다면 그것이 헛

된 것이 아니라는 것을 잘 알 수 있다. 하지만······.

운풍자는 매섭게 눈을 빛냈다.

왠지 모르게 가슴이 아렸다. 그리고 이유도 없이 언젠가 사두었던 사매의 옥가락지가 떠올랐다.

"······."

"흥!"

운혜 사손과의 시간을 방해받아 볼이 퉁퉁 부어 있던 청명이 콧소리를 내었다.

그 소리를 들으며 운혜가 질문했다.

"그런데 무슨 일인가요?"

운혜 역시 왠지 모르게 조금 화가 난 듯한 목소리였다. 아쉬운 것 같기도 했다.

운풍자는 무표정한 얼굴로 청명을 돌아보았다.

"약속했던 오 일이 지났으니, 이제 떠날 때가 되었습니다."

"······."

청명은 슬쩍 고개를 숙였다. 그것은 운혜도 마찬가지였다.

'떠나기 싫은데.'

운혜가 생각했다. 비록 부엌데기가 되었고, 그간 배운 것은 온갖 요리 만드는 방법뿐이었지만, 그래도 재미있었다.

할 때는 싫더니, 막상 떠나려고 하니 미련이 남는 것은 무엇일까.

그때였다. 운혜의 상념을 뚫고 아이들이 누구를 놀리는 소리가 들려왔다.

"거지래요— 더러운 거지—"

"시끄럽다!"

후원으로 난 통로들 사이로 거센 고함이 울려 퍼졌다. 그리고 아이들이 도망가는 듯한 발걸음 소리가 들려왔다.

하지만 얼마 지나지 않아 다시 놀림이 시작되었다.

"거지래요—"

"…시끄럽다니까!"

우르르—

또 아이들이 사라진다.

아이들이 잠깐 자리를 비운 틈을 타, 거지 추걸개는 재빨리 작은 통로 사이를 뚫고 들어왔다.

후원에는 이미 운풍자와 운혜, 그리고 선인께서 서 계셨다.

"흠, 흠."

추걸개는 멋쩍은 듯 목을 골랐다. 민망한 기분이 들었다. 사실, 선경루에서 쫓겨난 이후로 온갖 시련이 다 있었다.

예전 선인께서 말씀하셨던 것처럼, 명예에 집착하지 않는 진정한 거지가 되기로 마음먹었던 추걸개는 큰 포부를 가지고 구걸을 했으며, 큰 포부를 저버리고 싶은 마음을 참으며 굶었다. 그리고 가끔은 지금처럼 아이들이 던진 돌에 맞기도 했다.

"……."

하지만 이제 고생 끝이다, 사천을 떠나게 되었으니.

추걸개는 모처럼 밝은 얼굴로 말했다.

"자, 오늘이 떠나는 날일세!"

"……."

운풍자는 무표정히 고개를 끄덕였다. 추걸개는 밝은 얼굴로 말했다.

그동안 구걸하며, 사천을 떠나 어디로 가야 할 것인지에 대한 정보를 차근차근 수집해 둔 터였다.

"이번엔 섬서로 갈 걸세. 그쪽이 조용하고 살기가 좋다는구면."

"……그리하겠습니다."

운풍자는 무표정한 얼굴로 말했다. 청명과 운혜도 고개를 끄덕였다.

"그럼, 자시가 다 되거든 출발하는 것으로 하겠네. 그런데……."

말을 마친 추걸개는 의아한 듯 주위를 둘러보았다. 오늘 운풍자와 잠깐 만나기로 한 것은 맞지만, 이렇게 선인과 운혜 도고까지 나와 있으니 조금 어색하다.

"그런데 왜 다들 나와 있는 겐가? 이 늙은 거지가 보고 싶었나 보이?"

"……이만 들어가겠습니다."

추걸개의 말에는 대꾸도 없이 운풍자가 몸을 돌렸다. 운풍자는 그 상태 그대로 객잔 안으로 횅하니 들어가 버렸다.

"……."

"우리도 들어가요."

시무룩하게 그 모습을 바라보던 운혜는 청명을 바라보았다. 청명은 고개를 끄덕였다.

객잔 안은 변함없이 소란스러웠다.

손님이 계속 밀려들어 오는데, 점소이들이 하나도 보이지 않자 가연은 주위를 두리번거렸다.

"명아— 어디 있니?"

가연이 지친 어조로 고함을 지르는 것이 들려왔다.

"아, 갈게요!"

객잔 안으로 들어온 청명은 얼른 가연에게로 달려갔다.

"으음……."

가연은 달려들어 오는 청명을 보며 고개를 저었다. 머리가 너무 무거웠다. 눈꺼풀이 절로 감기는 듯한 느낌도 들었다.

'조, 졸립네…….'

어지러운 느낌과 동시에 정신이 혼미해지고, 눈꺼풀이 절로 아래로 내려온다.

졸리움? 피곤함? 그런 느낌일까? 가연은 눈을 감으며 생각했다. 마치, 잠에 빠져드는 것만 같았다.

가연의 몸이 비틀거렸다. 눈을 감고 쓰러질 듯한 가연의 모습에 청명이 당황스러운 비명을 질렀다.

"으앗, 주인 어른!"

털썩—

다급히 다가오는 청명 앞에서, 가연은 마침내 쓰러지고 말았다.

객잔 안으로 들어오던 운혜와 운풍자 역시 재빨리 가연에게로 달려갔다.

"……."

가연의 앞에 앉아 있던 청명은 문득 춥다는 것을 느꼈다. 언젠가 운혜 사손한테서 느꼈던 것처럼 추웠다. 그리고 음기들이 모여 있다.

"아……."

청명은 고개를 숙였다. 쓰러진 가연의 옷은 천천히 얼어가고 있었다, 마치 예전 운혜의 옷처럼.

그리고 인연이 바뀌었다.

휘잉—

선경루 밖에서 생경한 바람이 불어왔다. 바람에 의해 낡은 문의 경첩이 삐거덕거렸고, 바람은 삐거덕거리는 소리를 객잔 안으로 옮겨왔다.

끼익—

경첩이 흔들리는 소리가 객잔을 가득 메웠다.

"또 바뀌었군요."

고개를 들어 서쪽을 바라보며 청명이 조그마한 목소리로 말했다. 하지만 그 의미를 알아듣는 사람은 없었다. 왠지 모르게 당혹스러워 보이는 청명의 모습에 운혜와 운풍자는 침묵했다.

'사조님께서는 무엇을 보고 계신단 말인가!'

운풍자는 조용히 청명을 바라보며 생각했다. 사조께서는 쓰러진 가연도우는 돌보지도 않고 다른 곳을 보고 있었다.

운풍자가 대신 가연에게로 다가갔다.

"……."

운풍자의 얼굴이 굳어졌다. 그는 재빨리 머리를 들고 운혜를 바라보았다. 운혜의 얼굴 역시 시퍼렇게 질려 있다.

"사, 사형……."

"……."

충격에 말을 잇지 못하는 운혜를 바라보며, 청명은 시무룩한 얼굴로 입을 열었다.

"인연의 바람이 바뀌었어요."

"예?!"

인연이 바뀌었다는 중얼거림을 들은 적이 언제였더라? 아마도 사조께서 마교로 가시기 직전이었던 것 같다.

왠지 모를 불길한 느낌이 운혜를 감쌌다.

"무, 무슨 일이지요?"

"사조."

운혜의 말에는 대답할 새도 없이, 운풍자가 조심스럽게 청명을 바라보며 무거운 목소리를 내뱉었다.

"네?"

“가연 도우는⋯⋯.”

“⋯⋯.”

청명은 아무런 말도 없이 고개를 푹 숙였다. 청명의 숙여진 고개를 따라 운혜의 시선도 옮겨갔다.

“네, 그녀의 몸은 운혜 사손과 같아요.”

“으으음⋯⋯.”

운풍자의 입에서 신음성이 튀어나왔다. 놀란 것은 운혜 역시 마찬가지였다. 운혜는 눈을 부릅뜨며 청명에게 외쳤다.

“말도 되지 않아요! 내 신체는⋯ 우리 어머니가⋯⋯.”

“⋯그건 인위지요.”

“네?”

알 수 없는 청명의 말에 운혜의 말이 끊겼다.

운혜는 재빨리 머리를 굴렸다. 인위라? 하긴, 자신의 신체는 인위적으로 만든 것과 같다. 얼굴 한 번 본 적 없지만, 자신의 어머니는 자신을 낳기 위해 수십 번도 넘게 음기를 취해야 했을 것이다.

“아!”

그렇다면, 혹시 인위적으로 만들지 않고도 자연적으로 순음지체가 나올 수도 있다는 것일까?

“서, 설마⋯⋯.”

운혜의 생각과 비슷한 종착에 다다른 운풍자가 멍하니 입을 열었다. 사조님의 말씀대로라면, 자연적인 순음지체가 나올 수 있다는 뜻이다.

“설마, 그녀는 자연적으로 만들어진⋯⋯.”

“그건 몰라요.”

청명은 조그맣게 말했다. 그것은 알 수 없다. 하지만 가연 도우는 순음지체였다. 운혜 사손과는 달리 약관이 훨씬 넘어 발동되었지만, 순음지체였다.

마선, 마선이라 말한 노인의 계획 속에 이러한 일들이 있었을까?

"무량수불……."

운풍자의 눈이 주위를 둘러보았다. 유성이 의아한 표정으로 자신에게 다가오는 것이 보였다.

"무슨 일이오? 엇! 관매!"

달려오는 유성의 앞에서, 청명은 부드러운 손을 들어 가연의 얼굴을 훑었다.

청명의 얼굴은 시무룩했다.

*   *   *

마선 역시 같은 바람을 느끼고 있었다.

기묘한 바람 속에서, 마선은 이를 드러내며 웃었다. 청수한 인상의 선풍도골이었지만 이를 드러내자 기묘하게 살기가 어린 얼굴이 되었다.

"바람이 바뀌었군."

마선의 웃음 속에는 환희가 담겨 있었다. 자신의 뜻이 어긋났건만, 하늘은 그에게 다른 기회를 주고 있었다.

"또 있었나."

자연의 조화를 거부한 신체가 하나 더 있을 줄은 몰랐다. 그 신체를 교주가 품는다면 천하는 한손에 마도의 하늘 아래 놓이게 될 것이다. 아니, 자신 아래 놓이게 된다.

"허헛, 하늘이 돕는군."

마선은 이번에는 시선을 돌려 자신이 쥐고 있던 찻잔을 내려다보았다. 찻잔 속을 유영하던 찻잎이 떠오르고 내려가기를 반복하고 있었다.

마선은 슬쩍 웃으며 시선을 돌렸다. 마선이 바라보는 곳에는 마교주 흑마 서중희가 부복하여 앉아 있었다.

"교주."

"…말씀하소서."

"허헛, 그대에게 복연이 닿았구나."

교주는 의아한 얼굴로 마선을 바라보았다. 마선은 빙긋 웃었다.

"사천으로 가거라. 그곳에 새로운 음화신녀가 있으니."

"……!"

마교주, 흑마 서중희의 눈이 부릅떠졌다. 하지만 마선은 이제 교주를 바라보고 있지 않았다.

"허허헛, 어찌할 텐가, 천선."

마선은 다시금 미소를 지었다. 곧 천하는 피를 흘리게 될 것이다, 정파의 손에 의해서.

4장

제4화 많이 가지려 하면 반드시 크게 잃는다

삼일 전.

선경루의 우측에는 사상객잔이 있다.

이 객잔에는 독특한 점이 있었는데, 그것은 바로 점소이들이 모두 여자로만 구성되어 있다는 것이다.

보통의 객잔처럼 고아들을 데려다가 잡부로 쓰는 것이었는데 그녀들은 때로는 밤 접대를 맡기도 했다. 기루보다 가격이 싸기에 범인들이 자주 이용하곤 해 제법 쏠쏠한 돈벌이였다.

하지만 그런 강점에도 불구하고 사상객잔은 고요했다.

왜애앵—

"……."

객잔의 주인인 상덕보는 불쾌한 표정으로 위를 바라보았다.

웬 일인지, 선경루에서나 보여야 할 파리가 눈앞을 맴돌고 있었다.

"이런 제길……."

파리 한 마리 외에 손님이라고는 주정뱅이 한 명만이 앉아 있을 뿐이다.

얼마 전부터, 장사가 무지하게 안 되고 있었다. 그게 모두 선경루에 새로 온 점소이 탓이었다.

"허어—"

상덕보는 한숨을 내쉬었다.

"저 점소이들은 어디서 났기에……."

객잔에 난 조그마한 창문 사이로 상덕보는 건너편의 선경루를 바라보았다. 아니나 다를까, 선경루는 여전히 시끌벅적해 있었다.

이대로는 도저히 안 된다. 될 것도 안 되겠다.

상덕보는 조용히 시선을 돌렸다. 그의 앞에는 대머리의 거한과 야비해 보이는 작은 사내가 앉아 있었다. 이 대머리와 쥐처럼 생긴 사내가 바로 사천쌍살이었다.

"흐훗, 이제 일을 시작해 주셔야겠소."

사실, 사천쌍살을 이용해 선경루를 혼내주려는 계획을 세운 것은 벌써 오래전 일이었다. 하지만 사천 내 시장의 평판이 너무 나쁜 데다가, 당가의 감시가 예전보다 심해져 일을 바로 진행할 수가 없었다.

그동안 선경루를 그냥 내버려 두었는데, 이제 저렇듯 상도의를 어기니 가만히 둘 수가 없다.

대머리 사내가 말했다.

"바로 시작하는 게 좋겠소, 상 대인?"

"흐훗, 나야 빠르면 빠를수록 좋지요."

야비한 사내와 대머리 사내가 동시에 웃었다.

"으하하핫! 그럼 바로 가보도록 하지! 상 대인께 오래 걱정을 시킬 수는 없으니 말이오!"

"고맙소. 하하핫!"

"자, 가볼까, 아우!"

대머리 사내가 근육을 꿈틀거리며 몸을 일으켰다. 대머리 사내의 옆에 있던 야비한 사내 역시, 사악한 웃음을 지었다.

"갑시다."

사천의 무법자, 사천쌍살이 드디어 몸을 일으켰다.

*　　　*　　　*

운풍자는 무표정한 얼굴로 가연을 관찰했다.

이틀 전 가연 도우가 갑자기 쓰러졌을 때였다. 사조님께서 가연 도우의 얼굴을 쓸어 만지자 하늘의 도우심인지 그녀의 숨결이 한결 편안해지는가 싶더니 곧 눈을 떴다.

하지만 그것은 임시방편밖에 될 수 없었다. 운혜 사매는 아직도 사조님께서 계시지 않으면 가끔 음기가 승해지곤 했다.

아마 가연 도우도 그러하리라.

"……."

가연 도우는 청명 사조님을 앞에 놓고 무엇인가 이야기를 하고 있었다. 아마도 심부름을 시키려는가 싶다.

청명 사조의 얼굴은 평안했다. 이틀 전에는 조금 심려가 있으신 듯하더니, 이내 그것을 툴툴 털어버린 듯 평안하시다.

운풍자는 몰랐지만, 청명은 이미 인연은 평범한 사람이 만든다는 것을 잘 알고 있던 터였다.

그것이 청명의 마음에 자그마한 위안을 가져왔다.

"무량수불……."

운풍자는 저도 모르게 진언을 읊조렸다.

가연이 소연과 청명을 부른 이유는 바로 이것이었다.

시장에 몇 가지 물건을 주문해야 하는데, 손님이 이렇듯 많으니 자신이 함부로 몸을 움직일 수가 없다.

가연은 청명을 돌아보며 근심 어린 목소리로 말했다.

"정말 잘 다녀올 수 있니?"

"네!"

"…믿어도 되는 건지 몰라, 정말."

가연의 목소리는 평소와 같았다. 며칠 전의 일은 과로로 치부한 뒤였다. 유성 역시 그렇게 생각한 듯 편안해 보였다.

"소연 도, 아니, 소연이 있으니까 잘 다녀올 수 있어요."

또다시 시장을 구경한다는 것에 청명이 신이 나서는 말했다. 어쩌면, 또 당과를 맛볼 수 있을지도 모른다.

가연은 청명에게서 눈을 떼어 소연을 돌아보았다.

"소연아, 오빠 잘 돌봐야 한다?"

무언가 거꾸로 돼도 한참 거꾸로 된 말이었다. 보통의 경우라면 청명에게 소연을 부탁해야 하련만, 가연은 거꾸로 소연에게 청명을 부탁했다.

"응, 엄마!"

"그럼, 조심해서 다녀와."

가연의 말에 신이 난 청명과 소연은 바구니를 들고 시장으로 나섰다.

희희낙락 달려가는 둘을 보니 손을 꼬옥 잡고 있는 모습이 남매 같다.

"에휴—"

고작 심부름뿐이건만 왠지 걱정이 된다. 그렇다고 돈을 따로 관리할 수는 없으니 자신이 갈 수도 없다. 그렇다고 풍현이란 사내를 시키자니, 그 속 모를 표정이 맘에 걸리고, 유성은 자리에 없다.

게다가, 숙수 장삼과 혜운은 정신없이 바쁘다.

"어쩔 수 없지."

가연은 작게 중얼거리며 고개를 절레절레 저었다.

가연이 고개를 절레절레 저을 때였다.

청명과 소연의 뒷모습이 슬쩍 가려지는가 싶더니, 이내 거대한 몸짓의 사내가 보였다. 사내의 뒤에서 야비해 보이는 사내도 한 명 나타났다.

가연은 얼른 머리를 조아렸다.

"어서 오세……."

"그래, 어서 왔다!"

가연이 인사를 채 끝내기도 전에 대머리 사내가 소리를 질렀다.

"아, 자리를 안내해 드릴게요."

"홍!"

대머리 사내는 거세게 콧김을 내뿜었다.

살벌한 인상의 사내의 시선을 애써 피하며, 가연은 재빨리 달려가 빈자리 하나를 안내했다.

"자, 이쪽으로 앉으세요."

가연은 빈자리로 그들을 안내했다.

대머리 사내와 야비한 인상의 사내는 가연의 뒤를 쫓아 쿵쿵 걷는가 싶더니, 이내 자리에 앉았다.

"주문하시겠어요?"

"이 어르신께서 제법 허기졌으니, 너는 얼른 가서 이 집에서 가장 잘하는 요리를 가져오너라!"

대머리 사내는 크게 외쳤다.

"아, 저희 집에는 화과육이나……."

"그럼 그걸로 가져오지 무슨 말이 그렇게 많느냐!"

"예? 예!"

가연은 저도 모르게 겁을 먹었다. 여자 몸으로 많은 장사를 해왔건만, 대놓고 행패를 부리면 어찌할 도리가 없는 것이다.

"자, 잠시만 기다리세요!"

가연은 재빨리 포방으로 달려가 소리를 질렀다.

"이봐요, 자, 장삼! 화과육 하나를 얼른 요리해 줘요!"

놀란 듯한 어조였다.

난데없는 행패를 부리는 파락호들의 모습에 겁을 먹은 가연은 아무거나 요리해 얼른 먹이고 저 깡패들을 되돌려 보낼 셈이었다. 가연은 그렇게 외치며 주위를 두리번거렸다.

마침 딱 맞게 화과육이 만들어져 있다.

"이거 먼저 가져갈게요, 장 숙수!"

"아, 그것은 다른 손님의……!"

"괜찮아요, 화과육 하나를 다시 요리해 줘요!"

가연은 그렇게 외치며, 포방에 서 있는 운혜를 바라보았다.

"혜운아, 여기 조심히 있어야 돼. 나갔다가 큰일나. 알았지?"

가연은 운혜에게 주의를 주었다. 하지만 운혜는 피식 웃고 서 있을 뿐이었다. 가연은 다시 다급히 말했다.

"얼른 후원으로 나가 있어."

가연은 운혜를 떠밀어 후원으로 보내며, 그쪽에 서 있는 운풍자를 바라보았다.

"이봐요, 풍현! 얼른 도망가요! 남자가 있으면 파락호들이 더 흥분하니까."

"……."

운풍자는 무표정한 얼굴로 고개를 끄덕였다.

가연 도우는 근본적으로 선한 사람이다. 이 상황에서도, 자신들이 다칠까 봐 피하라고 권하는 것을 보면 분명 그렇다. 파락호가 몹시 무서울 것이 뻔한데도.

운풍자는 알았다는 듯 슬쩍 몸을 일으켰다. 하지만 그 눈은 파락호들에게 가 박힌 뒤다.

운풍자와 운혜가 사라진 것을 확인한 가연은 얼른 화과육을 들고 파락호들에게로 다가갔다.

"여, 여기 화과육을 가져왔습니다."

"너무 빠르구나! 들어가야 할 것이 들어가지 않았으면 어쩌려고!"

"아, 이미 완성 된 요리가 있어 대인께 먼저 선뵈려고……."

가연이 어눌하게 변명하자, 대머리 사내는 크게 웃었다.

"으하하핫! 과연, 예의가 바르구나! 그럼, 내 한번 먹어보기로 하지!"

"예, 맛있게 드십시오……."

가연은 눈치를 살피며 머리를 숙이고는 몸을 돌려 뒤로 걸어갔다.

대머리 사내는 껄껄 웃으며 고기를 한 점 집어 들어 입에 넣었다. 그리고는 잠시 오물오물 대다가, 삼키지 않고 퉤 뱉어냈다.

"이것 봐, 이봐!"

대머리 사내는 어깨에 가득한 근육과 근육 곳곳에 배어 있는 흉터들을 과시하며 인상을 찌푸렸다.

"이걸 음식이라고 한 거야?"

대머리 사내 옆에 앉아 있던 자그마한 사내도 젓가락으로 화과육을 집어 들고는 불쾌한 표정으로 바라보았다.

"이렇게 맛이 없는 음식은 내 생전 처음이구만!"

야비하기 짝이 없게 생긴 사내는 집어 들고 있던 화과육을 멀리 던졌다.

툭—

화과육은 오늘도 만두를 먹으러 선경루에 나와 있던 청아와 만옥의 만두 앞에 떨어졌다. 청아와 만옥은 당혹스러운 얼굴로 주변을 둘러보았다. 다른 손님들 역시 아무런 말이 없었다.

"이봐, 이렇게 맛이 없는데 꼭 여기서 먹어야겠나? 그만 먹고 나가는 게 좋지 않겠어?"

야비하게 생긴 사내 옆에 앉아 있던 대머리 거한은 크게 웃음을 지었다.

"으하핫, 그래, 여기 음식이 이렇듯 맛이 없으니 사람을 놀리겠다는 의도가 아니고 무엇이겠느냐! 감히 사천쌍살을 놀리다니, 내 벌을 내려 주지 않을 수 없군!"

사내의 웃음은 극에 달했다. 그와 동시에 손님들의 얼굴도 난감하게 변해갔다.

"재빨리들 꺼져라! 이 객잔 주인과 같이 혼나고 싶은 게냐!"

야비한 사내가 재빨리 외쳤다.

"얼른 안 나가?"

손님들은 주섬주섬 자리에서 일어났다. 그리고는 슬쩍 눈치를 보며 자리를 빠져나갔다.

양심있는 몇몇 사람들이 소매에서 돈을 꺼내려 했다.

"이런 음식을 먹고도 돈을 내려 하다니, 돈을 쓸 줄 모르는 사람이로구만! 그 돈은 우리 사천쌍살에게 기부한 것으로 알겠다!"

손님은 두려운 얼굴로 얼른 고개를 끄덕이고는 소매에 있는 돈을 꺼내었다.

"기부금이 약하구나!"

"…예? 예!"

손님은 겁먹은 얼굴로 얼른 소매에 있는 돈을 모두 털어놓았다. 칼을 들고 있는 건달에게 잘못 걸렸다가는 낭패를 보게 된다.

"이제 얼른 꺼져!"

손님들이 조심스럽게, 그러나 다급하게 객잔 밖으로 빠져나갔다. 사람들이 밖으로 나가는 것을 확인한 사천쌍살이 음흉하게 웃으며 가연을 노려보았다.

가연은 겁을 먹은 듯한 목소리로, 하지만 분개한 표정으로 사천쌍살을 노려보았다. 아무리 무서워도 더 이상은 양보할 수는 없다.

성도에는 당가가 있으니, 행패를 크게 부리지는 못할 것이다.

"왜, 왜 남의 가게에서 행패야! 돌아가지 못해!"

당가의 치안은 깔끔하기 짝이 없었는데…….

"당가가 무섭지도 않아?"

"흐흐흐, 우리는 관도, 무림도 무섭지 않다, 계집!"

가연을 보고 음흉하게 웃던 대머리 거한이 손에 들고 있던 귀두도로 식탁을 내려쳤다.

쾅—

안 그래도 부서질 것 같던 식탁이 산산박살이 나버렸다.

"안 돼!"

가연의 얼굴이 다급해졌다. 이 객잔은 자신의 객잔이 아니다. 비록 자신이 주인으로 있지만 사실 이 객잔의 주인은 언니다.

언니의 꿈과 언니의 희망과 그런 언니를 사랑하는 형부가 죽을힘을 다해 만들어 놓은 것이다. 이렇게 함부로 부술 수 없다.

“하지 마!”

대머리 거한은 커다랗게 웃음을 터뜨렸다.

“으하하핫! 제법 앙칼지구나!”

대머리 거한 옆에 서 있던 야비한 사내가 외쳤다.

“하는 짓이 불쌍하니 내 꾀를 내어 너에게 구명지책을 알려주마. 너는 즉시 이 가게를 옆의 사상객잔에게 넘겨야 할 것이다. 그곳의 주인장이 후덕하고 인심이 좋으니, 이런 무도한 객잔을 그곳에 넘긴다면 우리 형님과 나의 협명이 높아지리라.”

말도 안 되는 소리였다. 하지만 그 말에서 가연은 누가 이 잡배들을 끌고 들어온 건지 짐작할 수 있었다.

“…덕보가 보냈구나!”

“닥쳐라! 네년이 함부로 부를 이름이 아니다! 상 대인의 부탁을 받고 온 것은 맞으나 우리는 그저 네년을 혼내주러 온 것뿐이니, 너는 재빨리 머리를 조아려 빌어야 할 것이다!”

대머리 거한은 다시 귀두도를 들어 다른 식탁을 내려쳤다.

“하지 마! 이익!”

가연의 눈에 눈물이 글썽해져 갔다. 그때, 후원으로 누군가가 걸어 들어오는 것이 보였다.

“아, 풍현…….”

“…….”

운풍자는 무표정하게 사내들을 둘러보았다.

운풍자는 무표정한 얼굴로 가연을 바라보고는 바닥에 흐트러진 식탁의 파편을 쥐어들었다.

식탁의 다리 부분을 마치 몽둥이처럼 집어 든 운풍자는 여전히 무표정한 얼굴로 거한을 바라보았다.

“…….”

웃음 짓고 있던 대머리 거한이 운풍자를 보고는 비릿한 미소를 지었다.

“으하하핫, 가소롭구나!”

상대가 누군지나 알까? 상대는 차대 무당제일검으로 가장 유력하다는 운풍자다. 한낱 파락호가 상대하기엔 너무나 큰 이름인 것이다.

하지만 그것을 모르는 대머리 사내는 호기를 부렸다.

“네 까짓 것이 무슨 강호의 고수처럼 행세를… 헛?”

대머리 사내의 호기는 곧 가셨다.

“나 왔어, 관매… 응?”

객잔의 활짝 열려진 입구에서 유성이 슬쩍 고개를 들이민 것이다.

비웃음을 날리며 뒤를 돌아본 대머리 사내는 경기를 일으키듯 놀랐다.

“어, 어…….”

대머리 사내는 유성을 본 적이 있었다. 사천에 처음 왔을 때, 그때에 보았었다.

유성은 수많은 사람들의 호위 속에서 사천을 걷고 있었고, 검은 들고 있지 않았지만 그는 진짜 무림인이었다.

얼굴을 드러낸 적이 손에 꼽을 정도로 적어 사천성의 사람들은 자세히 몰랐지만, 자신이 알고 있는 정보통에 의하면 그는 사천에서는 모를 수가 없는 집안의 사람이기도 했다.

그때 유성의 주위에 있던 사람들은 유성을 소가주라고 말했다.

“다… 다…….”

대머리 사내가 들고 있던 귀두도를 슬쩍 내리며 어물쩍 말했다.

“다, 당 공자… 당가의 소가주께서 예 계신 줄도 모르고 우리가…….”

“시끄럽다!”

　다급해진 유성은 서둘러 전음을 보내었다. 하지만 이미 대머리 사내는 할 말을 모두 터뜨린 후다.

　무표정하던 운풍자의 안색이 확 바뀌었다. 그 역시 대머리 사내처럼 놀란 것은 마찬가지였다.

　'다, 당가의 소가주?'

　이런 객잔의 숙수가 당가의 소가주라고?

　만일 그 말이 맞다면, 자신들은 지금까지 호랑이 아가리에서 춤을 추고 있었던 것이나 다름없다.

　"무, 무량수불……."

　아무에게도 들리지 않을 자그마한 목소리로, 운풍자가 읊조렸다.

　당황한 유성은 재빨리 몸을 날렸다.

　"이것들이 행패를 부리더니 헛소리까지 하는구나!"

＊　　　＊　　　＊

　청명은 입을 벌리고 주위를 둘러보았다. 주위에는 여러 가지 형형색색의 물건들이 청명을 유혹하고 있었다.

　"우와!"

　청명은 예쁜 노리개들과 비단옷들이 놓여 있는 상점들을 둘러보았다. 사천성은 전국시대부터 있어온 문화도시이니, 이런저런 것들이 많이 발달되어 있다.

　입을 헤벌리고 구경에 여념이 없는 청명을 보고 소연이 샐쭉한 표정을 지었다.

　"오라버니, 빨리 가야 돼. 다음에 갈 곳은 저기야."

　소연과 청명이 가는 곳은 야채들을 파는 상점이었다.

심부름에는 야채와 채소를 사야 하는 것도 있었고, 고기를 사야 하는
것도 있었다.

주문만 하면 물건을 가져다주기로 했으니, 가연은 주문 정도는 소연과
청명에게 맡겨도 될 거라고 생각한 것이다.

문제는, 청명이 주위를 둘러보느라 혼이 팔려 있다는 것이다.

청명은 옆에 있는 과하당점을 바라보며 침을 꿀꺽 삼켰다.

"소, 소연 도우, 저기 당과가 있어요."

"과하당점이네!"

소연 역시 해맑게 웃었다. 아이는 아이인지라, 소연 역시 달콤한 것을
몹시 좋아하고는 했다.

"오라버니, 우리 당과 사먹으러 가자."

"네? 정말요?"

청명의 얼굴이 밝게 변했다. 소연은 고개를 크게 끄덕이고는 걸음을
옮겼다. 청명은 희희낙락 소연의 뒤를 따라 걸었다.

"으앗!"

신난 듯 걸어가던 소연의 몸이 기울었다. 실수로 돌부리 하나에 발이
걸린 것이다.

소연은 비명을 지르며 눈을 꼬옥 감았다. 앞으로 몸이 기우뚱하는 것
이 생생히 눈에 들어왔다. 그 모습에 청명은 서둘러 가연의 몸을 잡았다.

탁—

청명의 손은 완전히 닿지 않았다. 그저, 살짝 스쳤을 뿐이었다.

그런데도 소연의 몸은 멈추었다.

"헤헷, 고마워, 오라버니."

소연이 웃으며 말했다.

소연은 청명이 손으로 자신을 부축한 줄 알고 있었다. 하지만, 사실 청

명은 마음으로 소연을 부축했다.

"…네. 우리 당과를 먹으러 가요!"

청명은 해맑게 웃었다. 하지만 청명은 방금 무엇인가가 이상하다는 것을 깨달았다.

선기가 마음대로 움직이지 않았다. 마음이 행하고 있었는데도 쉽게 움직여지지 않는다.

이틀 전, 가연 도우를 치료할 때도 그러했다. 그때도 선기가 잠깐씩 멈췄었다.

'무슨 일이지?'

청명은 고개를 갸웃했다.

*　　　　*　　　　*

사천쌍살의 얼굴은 엉망이었다. 사천쌍살의 입을 막아보려던 유성이 과하게 손을 쓴 것이다. 특히 입이 메기처럼 부어 있다.

포방에서 객잔을 관찰하던 운혜는 객잔에 나와 웃음을 터뜨렸다.

"호홋……."

운혜는 재미있다는 듯 사천쌍살을 바라보았다. 이게 바로 파락호인가 보다. 양민들을 괴롭히기도 하고, 때로는 저들끼리 무림인들처럼 세력 다툼도 한다는 바로 그 파락호.

운혜는 재미있다는 듯 사천쌍살을 바라보며 입을 열었다.

"유성, 어떻게 하실 예정인가요?"

"보내줘."

"…예?"

당혹스러운 얼굴로 운혜가 말했다. 유성은 웬일인지 무표정한 얼굴이었다. 그는 가연을 살펴보고 있었다.

운혜가 다시 입을 열었다.

"보내주었다가 크게 문제가 나지 않겠어요?"

"……."

유성은 묵묵히 고개를 저었다.

가연은 무덤덤한 얼굴로 사천쌍살을 바라보았다. 그리고는 무심한 얼굴로 그들을 바라보며 말했다.

"가서 상 대인이란 사람에게 전해요. 아니, 바로 옆에 있으니 내가 말을 전해도 되겠군요."

가연은 중얼거리며 옆 사상객잔을 냉혹한 눈으로 주시했다.

"한 번만 더 오거든 나도 참지 않겠다고 해줘요."

가연은 그렇게 말을 맺었다. 그리고는 유성도, 그리고 사천쌍살도 보지 않은 채로 휘청휘청 흔들리는 몸을 추스르며 이층으로 올라가 버렸다.

아마, 유성의 정체가 밝혀진 것이 충격이었나 보다.

유성은 약한 미소를 지으며 운풍자를 바라보았다. 마음이 몹시 무겁다.

"잠시 이곳을 맡기겠소. 정리를 부탁하오."

"……."

운풍자는 묵묵히 고개를 끄덕였다. 유성은 피식 웃으며 이층으로 걸어 올라갔다.

운풍자는 무표정한 얼굴로 사천쌍살을 묶었던 밧줄을 풀어주었다.

"……."

"아, 푸, 풀어주시다니……."

줄이 천천히 풀려나가자, 사천쌍살은 재빨리 머리를 조아리며 몇 번이나 바닥에 이마를 찧었다.

"이 은혜 백골난망이로소이다! 감사하오이다, 감사하오이다!"

"가도 좋다."

"아, 예! 감사합니다. 다시는 그렇게 살지 않겠습니다!"

사천쌍살은 터진 입을 열어 외치며 재빨리 머리를 일으켰다. 그리고는 여전히 뭐라뭐라 말하며 천천히 문으로 걸음을 돌렸다.

"진정으로 협객이십니다! 그럼, 소인들은 이만 물러나겠습니다!"

객잔의 문에 이르자, 사천쌍살은 아무렇게나 중얼거리며 다급히 몸을 돌려 객잔 밖으로 달려나갔다.

"우아아아!"

객잔 밖으로 나온 사천쌍살은 죽을힘을 다해 달렸다. 조금도 쉬지 않고 마구 달린 사천쌍살은 시장을 벗어나서야 마음이 편한 듯 걸음을 멈추었다.

"헉, 헉……."

"헉, 혀, 형님……."

거칠게 숨을 들이키며, 야비해 보이는 사내가 말했다. 대머리 사내 역시 헉헉거리며 고개를 몇 번 휘저었다.

"헉, 저렇듯 작은 객잔에 당가의 소가주가 있다니! 하마터면 큰일이 날 뻔했구나!"

그것도 숙수로 있다. 괜히 두려운 마음이 들어 그쪽으로는 고개도 돌리지 못하겠다.

처음엔 그저 가벼운 마음으로 들어갔던 객잔이지만, 이제는 그곳이 와룡처라는 것을 깨달은 것이다.

야비해 보이는 사내가 입을 열었다.

“그나저나, 상 대인에게 받은 돈은 어쩌지요?”

“상 대인은 무슨 얼어죽을 놈의 상 대인! 고작 은자 마흔 냥이니, 우리는 그 돈을 가지고 확 이 땅을 떠버리면 된다!”

야비해 보이는 작은 사내는 웃음을 지었다.

“켈켈켈, 그렇군요. 다행히 객잔의 고수님이 마음씨가 좋아 사지는 멀쩡하게 보관했으니, 일은 잘 된 셈이로군요!”

본래 돈을 받았으면 그만큼 일을 해주어야 사천 땅에서 파락호로 살아갈 수가 있다. 무려 은자 마흔 냥이나 받았으니 더 더욱 그렇다. 하지만 일을 해주지 못하게 되었으니, 그 마흔 냥이라도 가지고 도망치려는 속셈인 것이다.

“그래, 이제 이곳을 떠나면 된다! 으하하핫!”

“으하하핫!”

거한은 그래도 다행이라는 듯 말했다. 둘의 웃음이 이어졌다.

뒤에서 이상한 목소리가 들리기 전까진.

“떠나긴 개뿔을 떠나느냐.”

“…헉?”

인기척 하나 없이 뒤에서 나타난 사람의 목소리에 사천쌍살은 숨이 멎을 듯이 놀랐다.

“누구냐!”

“거지다.”

사천쌍살은 재빨리 뒤를 돌아보고는, 웬 다 늙은 거지가 서 있는 것을 발견했다. 거지는 추레한 몰골이었지만, 눈빛만은 형형했다.

야비해 보이는 사내가 외쳤다.

“거지가 왜!”

“너희가 건드려서는 아니 될 사람들을 건드렸으니, 혼을 나야 하지 않겠느냐! 으하핫, 나 개방의, 아니지, 이제 개방의 장로가 아니로군. 나 거지 추걸개다!"

"헉?"

개방 이야기가 나올 때부터 둘의 표정은 점점 더 변해가다가 개방의 장로였다는 이야기가 나오자 둘의 얼굴색은 시커멓게 변했다.

야비해 보이는 사내가 비명처럼 외쳤다.

"용서를!"

"시끄럽다!"

추걸개의 장이 터져 버린 사천쌍살의 얼굴을 오갔다.

*　　　*　　　*

가연의 방은 단출했다. 허름한 침상—침상이라기보다 목재로 된 작은 단상 같았다—과 화장대 하나가 전부였다. 선경루를 운영하기 위한 가연의 노력이 느껴지는 듯했다.

가연은 우울한 얼굴로 중얼거렸다.

"왜 날 속였지요?"

유성은 아무런 말도 하지 않았다.

"왜 속인 거지요, 유성? 아니, 이제는 당 공자라고 불러야 하나요?"

"……."

유성은 그저 조용히 앉아 있을 뿐이었다.

가연은 실망감 가득한 표정으로 유성에게 말했다. 아니, 어쩌면 그것은 좌절감 가득한 표정이었을지도 모른다.

연모하던 상대가 사실은 정체를 숨긴 무인이었다. 그것도 보통 무인이 아니라 당가의 소가주다.

“어찌 당가의 소가주가 이런 객잔의 숙수가…….”

가연은 당당히 말했다. 하지만 그 당당함은, 슬픔 속에서 이루어진 것이라 그다지 빛을 발하지 못했다.

“왜 날 속인 거예요?”

“…내 마음을 짐작하고 있잖아.”

마침내 유성, 아니, 당유성이 말했다. 당유성은 무심한 표정으로 중얼거렸다.

가연은 이해할 수 없었다. 자신을 농락한 걸까? 하지만 농락하려면 힘으로도 충분했을 텐데, 왜 숙수로 변장해서 들어오면서까지 자신을 따라다닌 걸까?

“왜… 왜 날…….”

“말했잖아.”

유성은 웃었다. 처음 가연을 보았을 때가 생각났다.

“내가 처음 관매를 봤을 때부터…….”

옛이야기를 꺼내는 유성의 목소리에 가연의 얼굴이 확 굳었다.

“…웃기는 소리하지 말아요, 당 공자.”

가연은 표정을 굳혔다. 유성의 말은 계속 이어졌다.

“나는 당가의 소가주지만 그대가 아는 유성이기도 해.”

“내가 아는 유성은!”

“…….”

가연이 소리를 지르자 유성의 입이 다물어졌다. 가연이 계속 말했다.

“내가 아는 유성은 좋은 사람이었어요. 소연이를 이뻐하고, 요리 실력이 모자라서 한탄하던.”

“…지금도…….”

“당가의 소가주 같은 사람이 아니었어요.”

가연은 무심한 얼굴로 중얼거렸다.

"당가의 소가주라고 나쁜 사람인 건 아니야."

"아니, 나빠요."

나쁘다. 나쁘다. 아주 나쁜 사람이다.

"내가 아는……."

가연은 말을 하다말고 고개를 숙였다.

'내가 아는 유성은 당가의 소가주가 아니야……'

속았다는 배신감이었을까? 아니면, 그와 나는 함께할 수 없을 만큼 신분의 차이가 있었다는 데서 오는 좌절일까? 아니면, 그 모든 것을 이겨내고 혼인하더라도, 혹시라도 소연이 당가에서 받게 될지 모르는 수모를 생각한 것일까?

가연은 생각 끝에, 눈을 감았다.

"관매라고 부르지 말아요. 우리는 어울리지 않아요."

"나는……."

당유성은 침을 꿀컥 삼켰다. 이럴 때는 어떻게 해야 하는지 모르겠다. 잠시 말을 잇지 못하던 당유성은 가연의 얼굴을 살폈다.

평소보다 훨씬 초췌해 보이는 얼굴이었다.

"나는 이만 가보지."

상황에 맞지 않는 말이었다. 그녀를 설득하기는커녕 자리를 피한다는 논리는 옳지 않았다.

하지만 아파 보이는 가연을 보니, 자신이 자리에 앉아 있으면 안 될 것 같았다. 꼭 자신 때문에 아픈 것 같다.

그렇다고 가연에 대한 마음을 포기한 것은 아니다. 그저, 시간을 두자는 것뿐이었다.

"며칠 뒤에 다시 올게. 일단 누워서 쉬어, 아무 생각하지 말고."

“…….”

가연은 아무 말도 하지 않았다. 당유성은 얼른 걸음을 옮겼다.

밖으로 걸어나가던 당유성은 뒤에서 흐느끼는 소리를 들었다고 생각했다.

*   *   *

“헤헷.”

청명은 부드럽게 웃음 짓고 있었다. 그 웃음 속에서 만족감이 묻어났다.

시장에 들른 청명은 청경채 네 단과 돼지고기 아홉 근, 그리고 소고기 세 근과 닭 두 마리, 몇 가지 향신료 등을 주문했는데, 가연이 알려준 대로 모두 기억한 소연이 똘망똘망하게 안내했기에 심부름은 어렵지 않게 끝날 수 있었다.

게다가 돌아오는 길에는, 소연이 당과도 한 줌 사주었다. 청명은 해맑게 웃으며 당과를 오물거렸다.

그리고 비대한 몸짓의 사내를 만났다.

사천쌍살에게 모든 일을 맡기고 혹여 자신에게 의심의 시선이 돌아올까 잠시 객잔을 나섰던 상덕보는 신이 나서는 걸음을 옮겼다.

이제 곧 사천쌍살이 행패를 부릴 거고, 그렇게 된다면 자신은 다시 예전처럼 사상객잔을 운영하면 된다.

사천쌍살이 크게 혼쭐이나 사천 밖으로 도망가고 있다는 것을 모른 채, 상덕보는 크게 웃었다.

“으하하핫!”

상덕보가 통쾌하게 웃으며 길거리를 걸어갈 때였다. 저만치서 당과를 냠냠거리며 먹고 있는 소년과 작은 계집아이가 보였다.

상덕보는 웃음을 터뜨렸다.

"으하핫! 선경루의 점소이와 꼬마 계집이구나!"

맛좋게 당과를 먹던 청명은 깜짝 놀라고야 말았다. 눈앞에 예전에 보았던 욕심덩어리가 서 있었다.

청명은 부지불식간에 한마디를 내뱉었다.

"…돼, 돼지."

청명의 말을 듣지도 못했는지, 상덕보는 너털웃음을 터뜨렸다.

"으하핫! 이봐라, 꼬마 계집! 집으로 돌아가거든 네 어미에게 울고 불고 매달려라. 지금쯤 이미 풍비박산이 나 있겠지만 말이다. 으하하핫!"

신이 나서 흥분한 상덕보를 바라보며 소연 대신 청명이 고개를 갸웃했다. 여전히 놀란 마음이 가시질 않았는지 조그마한 목소리였다.

"왜, 왜 빌어야 하나요?"

"으하핫, 그거야 비밀이지! 하지만 내가 봤을 때 선경루에 웬 무림인들이 들어가고 있던데……."

"무림인이요?"

청명이 고개를 갸웃거리며 말했다.

"그래. 사람 목을 베기를 밥먹듯 한다는 그 무림인 말이다."

"으앗!"

사람 목을 밥먹듯 한단다. 무림인은 아마 못된 마귀인가 보다. 그 무림인들이 청명을 보았다면 고개도 들지 못할 테지만, 청명은 그것을 모르고 겁먹은 듯 주위를 두리번거렸다.

엄마가 위험하다는 것을 느꼈음일까?

청명 대신 소연이 대신 용기있게 외쳤다.

"우리 엄마한테 뭘 한 거야!"

그 목소리에, 주위에 있던 사람들이 두리번거리며 청명과 소연을 돌아보았다.

그게 무슨 재미난 일이라고 사람들은 가던 걸음을 멈추고 조금씩 기웃거렸다.

상덕보는 몸을 뒤틀며 웃었다. 웃을 때마다 뚱뚱한 살결이 흔들렸다.

"으하하핫! 너의 어머니가 도대체 뭐라고 그러는 게냐!"

"우리 엄마는 좋은 사람이야!"

"좋은 사람? 으하핫, 과연 좋은 사람일까?"

분한 듯 소연의 눈에 눈물이 살짝 맺혔다. 소연은 작은 입술을 꼬옥 깨물었다.

"그래! 좋은 사람이야! 이 돼지야!"

"뭣이?!"

상덕보는 눈을 부릅떴다. 이 조그만 계집애가!

하지만 상덕보는 곧 화내려는 얼굴을 수습했다. 생각해 보면 그렇게 크게 화낼 일도 아니다.

상덕보는 음흉하게 웃었다.

"호흐호… 그런데 아직도 너는 관 주인을 엄마라고 부르는구나."

그의 살찐 얼굴은 사악했다. 그는 소연의 상처를 일부러 건드리려고 하고 있었다.

"그녀는 너의 친엄마가 아니……."

상덕보의 말을 끊으며 소연이 외쳤다. 상덕보의 말은 아예 듣지도 않았다.

"엄마가 그랬어! 돼지 아저씨는 옛날에 우리 아빠한테 만날 빌붙어 살았다고! 그래도 우리 아빠는 아저씨한테 잘해줬는데, 아저씨는 우리 아빠를 속였다고 했어! 그래도 우리 엄마랑 아빠는 용서해 줬대! 그러니까 우리 엄마는 좋은 사람이야!”

소연은 당당하게 말했다.

사실, 소연이 알고 있는 것은 가연의 언니, 소희와 형부의 이야기였다. 하지만 소연은 그것을 가연과 죽어버린 아빠의 이야기인 줄 알고 있었다.

상덕보의 볼이 부르르 떨렸다.

“네… 네가…….”

“돼지 아저씨는 그 다음에 우리 아빠를 미워했잖아! 그래서 우리 아빠 죽었잖아!”

눈을 꼬옥 감고 한을 토해내듯 소연이 외쳤다. 아이답지 않은 어줍잖은 논리였다. 그저, 아무렇게나 찔러본 것에 불과한 억측이었다.

하지만 그 말은 상덕보에게 ‘죽었잖아’ 가 아닌 ‘죽였잖아’ 로 들렸다. 상덕보는 놀란 듯 입을 벌렸다.

‘어, 어떻게…….’

사실, 가연의 언니와 형부를 친 마차는 상덕보의 것이었다. 가연의 언니, 소희는 가연을 구하려 뛰어든 것이지만, 사실 그 이전부터 마차는 기회를 엿보며 소희의 뒤를 쫓아다니고 있었다.

그 사실은 하늘도 모르는 비밀이었는데…….

“네, 네가 어찌…….”

“아저씨 미워! 못됐어!”

상덕보는 이를 악물었다. 아이가 모든 것을 알고 있으니, 오늘 크게 모진 짓을 해야겠다.

“네 말버릇이 그렇듯 고약하니, 가정교육이 제대로 되지 못한 게로구나! 그렇다면 내 친히 훈계를 내려주지 않을 수 없군!"

상덕보는 손을 휘저었다. 그리고 그와 동시에 소연의 얼굴이 홱 돌아갔다. 찰싹!

소연의 얼굴에서 울음이 터져 나왔다.

"으아아앙!"

찰싹, 픽!

소연의 따귀를 후려친 것으로 모자란지 상덕보는 주먹을 들어 소연의 얼굴을 쳤다.

사람들이 술렁거렸다. 이제 한적한 길가에는 두세 명밖에 서 있지 않았다.

아낙 하나가 아이를 후려치는 상덕보를 보고 눈살을 찌푸리며 걸음을 옮겼다.

"에잉, 쯔쯔… 너무 심하구먼."

남의 일에는 쉽게 참견하지 않는 것이 보통의 상식이다. 아낙은 눈살을 찌푸리면서도 바지런히 걸음을 옮겼다.

그것을 구경하던 사내들 역시 마찬가지였다.

곧 한산한 길가에는 상덕보와 청명, 그리고 소연밖에 남지 않았다.

상덕보가 말했다. 그 눈에서는 살의가 빛나고 있었다.

"몇 대로는 내 분이 풀리지 않으니 너는……."

"그만 둬요."

가만히 그 모습을 보고 있던 청명이 말했다. 그 목소리는 차분히 가라앉아 있었다.

'어찌 그런 짓을……'

청명은 슬픈 얼굴이었다. 방금, 상덕보의 마음이 하나하나 전해져 들어왔다. 미움과 질투와 시기와 욕망.

상덕보는 자신보다 잘난 가연의 형부를 미워했고, 질투했으며, 그의 가게가 잘되는 것을 시기했고, 그가 가진 것을 넘어 다른 사람이 가진 것까지 가지려 했다. 사람을 죽여서까지…….

"심히 아끼려 하면 반드시 잃게 되고, 많이 가지려 하면 반드시 잃게 되는 법인데……."

"시끄럽다, 이 점소이 녀석이! 무슨 개소리를 지껄이는 게냐!"

청명은 화가 잔뜩 난 눈으로 상덕보를 노려보았다.

"만족을 알면 욕됨이 없는 법인데, 당신은 만족을 모르니 반드시 하늘의 벌이 있을 거예요."

"으하핫, 네가 무슨 신선이라고 천벌을 논한단 말이냐!"

상덕보는 몇 겹으로 주름진 턱을 흔들어가며 웃었다. 허세였다. 청명의 말이 끝나자, 오한이 잔뜩 밀려온다. 괜히 두려운 마음이 들었다.

청명이 선언하듯 말했다.

"그대가 그렇듯 광오하지만, 하늘의 그물은 성겨 보여도 놓치는 것이 없어요."

"하하핫!"

억지로 상덕보가 웃음을 터뜨렸다.

"……."

욕심으로 더 가지려 하고, 더 가지기 위해 인위를 만드니 하늘의 도에서 멀어져 가는 것은 인간뿐이다.

'원시천존님, 인간에게 도가 있나요?'

청명이 생각했다. 하늘을 바라보니, 상덕보의 인연은 얽히고설켜 후일 크게 벌을 받게 될 상이다.

'인간은 못됐어요.'

청명은 속으로 나지막 중얼거린 다음, 손가락을 들어 나무를 가리켰다. 그와 동시에 먹구름이 몰려들어 왔다. 맑은 하늘에서 갑자기 몰려들어 오는 먹구름은 신비로웠다.

청명이 외쳤다.

"떨어져라!"

콰콰과광!

단숨에 벼락이 떨어져 나무에 내리 꽂혔다. 그리고 몸을 뒤틀며 웃어 대던 상덕보의 입에서 놀란 신음 소리가 새어 나왔다.

"으헉!"

"엄마야!"

그것은 소연 역시 마찬가지였다. 옛날에 못된 사람에게 하늘이 번개를 내려 훈계한다는 이야기를 들은 적이 있었다. 소연은 제가 못되어 하늘이 벌을 내리는 줄 알고 눈을 꼬옥 감았다.

잠시 뒤, 소연이 눈을 떴을 때는, 상덕보가 기대고 서 있던 나무가 산산조각 나 있었다.

"어, 어, 어떻, 어떻게……."

상덕보는 입을 찢어져라 벌리고는 멍하니 중얼거리고 있었다. 어버버거리는 소리가 들려왔다.

소연은 눈을 크게 떴다.

'저, 저 아저씨가 욕심쟁이라… 하늘의 벌을 받은 거야?'

소연은 두려움 가득한 눈으로 하늘을 바라보았다. 어둑어둑한 먹구름이 가득하던 하늘은 어느새 차분히 가라앉아 있었다.

소연은 다시 청명을 바라보았다. 생각해 보면, 하늘의 벌을 내린 사람은 바로 명이 오라버니다.

"오빠!"

소연은 작은 몸을 움직여 청명에게 다가갔다. 청명은 눈을 감고 휘청이고 있었다. 몸이 이상했다. 아니, 몸은 그대로인데 선기가 움직이질 않는다.

'원시천존님⋯⋯.'

휘청거리던 청명은 잠시 뒤 몸을 바로 세웠다. 기절할 것처럼 위태로워 보였는데, 몸을 꼿꼿이 세운 것을 보니 별일 아닌가 싶다.

하지만 청명의 얼굴에는 당황스러운 표정이 떠올라 있었다.

'서, 선기가⋯ 움직이지 않아.'

"오빠, 괜찮아?"

"⋯네. 저는 괜찮아요."

청명은 곱게 중얼거리며 손을 들었다. 그리고 손바닥을 뚫어져라 주시하며 몇 번 손을 쥐었다 폈다 했다.

"아⋯⋯."

청명은 신음성을 내며 손을 바라보았다.

어딘가 이상했다. 아직도 몸에 선기는 가득하고, 그리고 또 인연의 바람이 불어오는 것이 느껴졌다.

따듯한 소연의 마음도 눈에 보이듯 읽히고 있었다. 평소랑 같지만 어딘가 이상했다.

"인위⋯⋯."

청명은 조그맣게 중얼거렸다. 무엇인가 자신의 몸 상태를 인위적으로 막고 있었다. 한 그루의 나무처럼 자연스러워야 할 몸이 부자연스러웠다.

누군가가 나무 주위로 울타리라도 쳐놓은 것처럼 답답한 마음이 들었다. 자연적으로 자라야 할 가지를 인위적으로 꺾어놓은 느낌마저 들었다.

"원시천존님⋯⋯."

이런 일을 할 수 있는 사람은 없다. 청명은 고개를 들어 하늘을, 그리고 그 너머를 올려다보았다.

선기를 봉인당했다.

4장

제5화 애정지사(愛情之事)

그리고 오늘.

밤이 깊어가고 있었다. 한동안 서류를 정리하던 가연은 피식, 웃음을 지었다.

"여하튼 졸리니까 먼저 잘게. 가게 뒷정리 좀 부탁해도 되지?"

"네, 언니는 얼른 들어가서 자요."

운혜는 얼른 고개를 끄덕였다. 가연은 알았다는 듯 웃으며 소연을 불러들였다.

"소연아, 가서 자자."

"어, 엄마, 나 더 놀면 안 돼?"

"응, 안 돼."

가연의 짧고 단호한 한마디가 이어졌다. 저렇게 말할 때는 하늘이 두 쪽 나도 안 되는 일이다. 소연은 시무룩한 얼굴로 운풍자의 무릎에서 내려왔다.

곧 가연은 소연을 데리고 이층의 방으로 올라가 버렸다.

"그럼, 내일 봐!"

"예, 주인 어른."

잠시 쿵쾅거리는 발소리가 이어졌다. 남은 사람들은 침묵했다.

"…으음."

"어쩌지요, 사형?"

걱정스럽다는 듯 운혜가 중얼거렸다.

"이제 시작되고 있어요."

"…그런 듯하구나."

"사조께서 계시니 별일은 없겠지만……"

운혜의 얼굴이 조금씩 어두워졌다. 가연의 사정은 남 같지 않았다. 정말 남 같지 않았다.

"……."

묵묵히 앉아 있던 운풍자가 청명을 돌아보았다.

"사조님."

"예?"

"아직 선기를 이용하실 수 없습니까."

"…네."

며칠 전, 상덕보에게 벌을 내린 것이 하늘의 뜻에 반하는 행동이었을까?

분명히 자연 지물을 함부로 훼손한 것은 잘못이었다. 번개가 내린 나무에도 목영(木靈)이 있을 것이고, 그 목영은 난데없이 내린 벼락에 비명에 간 것이나 다름없다.

뇌신(雷神)님의 허락을 받지 않고 벼락을 내렸으니, 잘못을 저지른 것은 맞는 이야기였다.

하지만 상덕보는 그보다 더 큰 벌을 받을 사람이었다.

"아직… 사용할 수 없어요."

하늘의 벌을 내린 것 자체가 잘못이었을까?

하지만 선계에 오른 선인은 뇌신이나 다른 지신들보다 우선한다. 선인끼리의 위계가 없지는 않으나, 자연 지물에 담긴 영보다는 우선하는 것이다.

그런데도 자신은 선기를 봉인당했다.

"하아—"

운풍자는 한숨을 내쉬었다.

운풍자의 옆에 앉아 있던 운혜는 어두운 얼굴로 이층을 올려다보고 있었다.

이층에 올라온 가연은 침상에 털썩 누웠다.

너무나 피곤해서 몸을 움직일 수 있을 것 같지가 않았다. 무엇보다 마음이 피곤했다. 유성은 더 이상 오지 않았고, 사천쌍살이 소란을 일으킨 객잔을 정리하는 것도 피곤했다.

'예전엔 그래도 버텼는데. 그동안 몸이라도 상한 걸까?'

저절로 눈꺼풀이 아래로 내려오고 있었다.

"엄마."

가연을 따라 쪼르르 들어온 소연은 밖으로 나가지 않았다.

자신의 방이 따로 있음에도, 소연은 나가기는커녕 가연의 옆에서 물끄러미 가연을 올려다보고 있을 뿐이었다.

"엄마, 나 추워."

"응? 엄마는 괜찮은데?"

가연이 의아한 듯 말했다. 하지만 방 안의 온도는 으슬으슬 추웠다.

온도가 조금씩 올라가야 할 봄인데도 가연의 방은 차가웠다.

가연은 고개를 갸웃했다.

"여하튼, 엄마 졸리니까 이만 나가봐, 소연아."

"싫어, 엄마— 나 옛날이야기해 줘."

"엄마 피곤하다니까."

가연은 짜증을 내며 몸을 일으켰다. 하지만 소연의 눈에는 왠지 모를 애절함이 느껴지고 있었다.

무슨 이유에서였을까? 아이다운 직감력으로, 소연은 무엇인가를 불안해하고 있었다.

그 절박한 시선이 가연의 마음을 녹였다. 가연은 피곤함을 억누르며 웃었다.

"그래, 오랜만에 소연이한테 이야기를 해줘야겠구나. 음— 무슨 이야기를 해줄까?"

"효녀 이야기!"

소연은 자신이 가장 좋아하는 이야기를 외쳤다. 가연은 피곤한 나머지 부들부들 떨리는 손으로 소연의 머리를 쓰다듬었다.

엄마의 손이 전에 없이 차가와 소연은 목을 움츠렸다.

"옛날 옛날에……."

가연이 하는 이야기는 민간에 전해져 내려오는 흔한 효녀 이야기였다. 어머니가 아프시자, 효녀의 꿈에 산신령님이 나타나 어머니를 낫게 할 비법을 알려주었다. 그 비법은, 험준한 산에 있는 샘물을 떠다 마시게 하라는 것이었는데, 결국 효녀는 집을 떠나 갖은 고생 끝에 산에 있는 샘물을 떠 어머니를 낫게 해준다.

그 이야기를 들을 때마다, 소연은 자신이 그 효녀가 된 것처럼 기뻐하곤 했다.

"그래서 효녀는 산신령님이 내려주신 물을 떠서 어머니께 드렸단다."

"그래서 어머니가 확 나았구나!"

"응, 그래."

가연이 빙긋 웃으며 말했다. 조금 더 딸과 이야기하고 싶지만, 그럴 수 있을 것 같지는 않았다.

졸리고 피곤한 순간 순간을 이겨내고 겨우 이야기를 끝마칠 수 있었지만, 더 버티는 것은 무리다.

이야기를 다 들은 소연은 헤헤 웃었다. 잠시 꼬물꼬물거리던 소연은 곧 고개를 쳐들었다.

"근데, 우리 아빠는 어딨어?"

소연의 질문에 가연의 얼굴이 굳어졌다.

"…먼 곳에 있어, 소연아."

"어디에?"

소연이 여전히 순진무구한 얼굴로 질문했다. 가연은 빙긋 미소를 지었다. 서둘러 말을 돌려야겠다.

"엄마도 모르는 먼 곳에. 자! 소연이는 이제 잘 시간이야. 엄마도 졸립고. 엄마 푹 쉬고 내일 또 열심히 일해야 하니까, 소연이는 이제 가서 자야지?"

"…응."

가기 싫었지만, 말을 하는 엄마의 표정이 정말 졸려 보여 소연은 고개를 끄덕일 수밖에 없었다.

*　　　*　　　*

다음 날. 사천성 관문.

"이제 다 왔구먼!"

사천성 관문로 들어가는 관도에서 한숨을 내어 쉬며 당선규(唐善奎)가 혼잣말을 중얼거렸다.

당가의 직계 혈족인데다가, 무림인보다 평범한 사람과 친교 맺기를 더 좋아한다고 해서 민중협(民中俠)이라고 불리는 기린아가 바로 당선규다.

당선규는 시선을 돌려 자신의 뒤에 서 있는 당가의 무사들을 바라보고는 피식 웃었다.

"자네들은 이제 좀 쉬게나. 왜 그리 긴장하고 있는 겐가?"

"그리하겠습니다."

당가의 무사가 당선규에게 포권하고는 뒤를 흘끗 돌아보았다. 그의 수하들이 곧 절도있는 동작으로 검을 챙겨 들고 자세를 편하게 했다.

"이곳부터 당가보니 이제 문제 생길 일도 없을 걸세."

"그렇군요."

당선규의 말에 무사는 고개를 끄덕였다.

아미파는 사천의 중앙에서 살짝 남쪽으로 걸쳐 있고, 당가는 중앙에서 성도에 있다. 그리고 당가 근처에 청성파가 위치해 있다.

사천을 놓고 정도 무림의 가문과 세가가 세 군데나 있으니 자리 싸움이 치열할 수밖에 없었는데, 결국 세 문파는 협의 끝에 적절히 구역을 나누었다.

그 결과 사천의 북동쪽은 당가보가 차지하고 있었다.

현재 당선규와 무사들이 서 있는 곳이 사천의 동문이니 이곳부터가 당가의 영역, 당가보라고 할 수 있는 것이다.

"하핫, 이제 얼른 들어가 쉬면 될 일이지!"

당선규는 천하제일가에 다녀오는 길이었다.

구파일방만이 모이는 회합이었기에 참석할 수는 없었지만, 그렇다고 무림의 중요한 사항이 결정될지도 모르는 일을 무시하고 넘어갈 수는 없었다.

그리고 그 결과 검을 타고 천하제일가 안으로 날아들어 오는 검선을 볼 수 있었다.

"으음……."

앞으로 강호의 판세가 얼마나 뒤집힐 것인가!

당유성은 묵직하게 한숨을 내쉬었다.

덜그럭―

당선규의 상념을 뚫고 덜그럭거리는 소리가 들려왔다.

"음?"

당가의 무사 하나가 의아한 듯 뒤를 돌아보았다. 뒤에는 커다란 짐수레가 덜그럭거리며 지나가고 있었다.

당선규가 웃으며 말했다.

"아, 짐수레로군. 먼저 지나가게 해주세. 보아하니 장사치 같은데, 괜히 겁을 줄 필요는 없지."

검을 든 무사가 가득 있으니 장사치들로서는 두려울 수밖에 없다. 장사치를 배려하는 모습에 무사가 웃음을 지었다.

"역시, 세상에서 당선규 소협을 왜 민중협이라고 하는지 알겠군요."

"으하핫, 자네도 이리 되어야 할 걸세! 우리 당가의 이념이 바로 제세구민(濟世救民)이 아닌가!"

'아마 모든 정도 문파의 이념이 그럴 테지만.'

당선규는 크게 웃고는 짐마차를 바라보았다.

짐마차 속에서는 냉막한 인상의 사내가 말을 몰고 있었다.

"무림인들이로군."

사내는 무거운 목소리로 중얼거렸다. 사내는 잠시 짐마차 내부를 흘끗 돌아보았다.

짐 사이에 앉아 있던 누군가가 입술을 달싹였다.

"역용하는 게 좋겠군."

"…뜻대로 해주지."

냉막한 인상의 사내는 조그맣게 중얼거리며 부드럽게 얼굴을 쓸어 만졌다.

"큼, 큼……."

그리고 목이라도 아픈지 사내는 몇 번이나 큼큼 소리를 내었다.

놀라운 것은, 얼굴을 쓸어 만지는 손이 지날 때마다 냉막한 인상이 점점 바뀌어가고 있다는 점이었다.

얼굴에는 주름살이 더 생겼고, 그리고 코밑에는 염소 수염이 매달렸다. 눈가는 조금 찢어졌고, 입술이 조금 얇아졌다.

얼굴을 훑던 손이 지나자, 냉막한 얼굴의 사내는 장사치의 얼굴로 변해갔다.

상승의 역용술!

가다듬던 목소리 역시 가느다랗게 변해 있었다. 완벽한 장사치로 분한 사내는 일부러 겁먹은 체하며 짐마차의 속도를 올렸다.

곧 마차는 무림인들의 앞에 다다랐다. 사내는 마차를 천천히 몰며 두려움 섞인 얼굴로 당선규를 바라보았다.

"…머, 먼저 지나가도 되겠습니까요?"

"하하핫, 그러시게!"

장사치 사내가 조심스럽게 중얼거리자 당선규는 너털웃음을 터뜨리며 고개를 끄덕였다. 사내는 몇 번이나 머리를 조아리며 마차를 빠르게 몰았다.

“너무 두려워말게! 우리는 당가의 사람들이니.”

“아이구, 감사합니다요, 감사합니다요! 그럼, 먼저 가겠습니다, 무사님들!”

사내의 짐마차는 점점 더 빨라졌다. 당가의 무사들은 그것을 조금도 이상하게 보지 않았다.

무림인들 곁을 지났음에도 사내는 역용술을 풀지 않았다. 성도로 향하는 관문에서 벌어질 검문을 염려하는 것이다.

사내는 흘끗 뒤를 돌아보았다. 그리고 이번엔, 직접 목소리를 내지 않고 입술을 달싹였다.

“네 뜻대로 했다, 염화대주.”

“고맙군.”

마차 뒤에서 들려온 전음은 마교의 염화삼대주 마규상의 것이었다.

마규상의 전음을 들은 비화이대주 기경식은 다시 시선을 돌리며 불쾌한 표정을 지었다.

‘맘에 들지 않는군⋯⋯.’

하지만 사천성의 관문을 바라보니 슬쩍 미소가 나온다.

“흐흐흐훗⋯⋯.”

기경식의 입에서 사이한 웃음소리가 새어 나왔다. 정도 무림이 아무것도 모르고 있는 동안, 마교의 역사는 새로 쓰여질 것이다.

*　　　*　　　*

사천당가!

당가의 이름은 오랜 세월의 풍상 속에서도 굳건했다. 처음 세가가 세워질 때만 해도 암기와 독을 주로 다룬다는 사실 덕택에 정사지간의 가문으로 취급받곤 했었지만, 지금에 와서 그런 말을 할 사람은 아무도 없으리라.

당가는 독과 암기를 사용하지만 엄연한 정도의 길을 걸었고, 유수한 세월 동안의 협객행과 제마행 끝에 명문정파로 거듭날 수 있었다.

그러나 명문정파로 인정을 받았음에도 불구하고 초기 당가의 명성은 초라하기 짝이 없었다. 이십오 년 전, 사천대협겁이 일어났을 때에야 비로소 당가의 명성이 확고히 다져졌다고 할 수 있을 것이다.

이십오 년 전. 다른 문파들이 정예를 끌고 사천으로 모일 때, 당가는 모든 가솔들이 직접 전쟁에 나섰다. 생활의 기반이 될 터전들을 버리고, 목숨까지 도외시한 그 결단에 많은 강호인들이 찬탄을 보냈었다.

당가에 도착한 당선규는 찻잔을 들어 입가로 가져갔다. 모처럼 돌아온 집이니 마음이 절로 평화로워진다.

가주께 보고를 마쳤고, 태상가주도 뵈었다. 명을 받아 무사히 행하고 돌아왔으니, 당분간은 당가 내에서 밥이나 축내며 하루하루를 보내면 될 일이었다. 앞으로 모처럼 여유롭게 생겼다.

그때, 밖에서 인기척이 들려왔다.

드르륵—

문이 열리자 당선규는 찻잔을 내려놓고는 몸을 일으켰다. 문에서 나타난 것은 당가의 소가주였다.

당선규는 호탕하게 웃었다.

"하핫, 오랜만일세, 아우! 그간 잘 지냈나?"

"…돌아오셨다는 소식을 듣고 바로 찾아왔습니다."

당유성은 씁쓸한 미소를 지었다. 사실, 이 시간이라면 자신은 선경루에서 관매와 함께 웃음 짓고 있었을 것이다. 하지만, 이제는 그곳에 찾아가도 예전처럼 웃을 수 없으리라.

처음 만난 이후부터 꾸준히 정체를 숨겨왔는데, 며칠 전 어이없이 들켜 버리고야 말았다.

"……."

조금 씁쓸해 보이는 당유성을 바라보며 당선규는 의아한 듯 눈살을 찌푸렸다.

"무슨 일 있나?"

"아, 아무것도 아닙니다. 형님은 명을 무사히 마치셨나 보군요?"

"그래, 마쳤지. 처음엔 그저 천하제일가를 구경하나 싶었는데, 그것보다 훨씬 파란만장했네."

심란해하던 당유성의 눈에서 이채가 떠올랐다.

"남궁가는 어땠습니까?"

"말도 말게."

당선규는 눈을 가늘게 뜨며 말했다.

"난리도 그런 난리가 아니었어. 음화신녀가 무당파와 함께 나타난 이후부터 그랬지."

"으음……."

"음화신녀의 얼굴을 확인하려 했네만, 워낙 은밀하게 움직인 데다가 창천각에 있어서 얼굴을 보지는 못했어."

당선규가 이야기를 꺼내기 시작했다.

음화신녀가 있었고, 음화신녀를 독살하려는 무리가 있었으며, 그리고 검선이 나타났다 했다.

당유성은 딱딱한 얼굴로 고개를 끄덕였다. 소문으로 조금은 알려져 있던 정보지만, 막상 목격자의 입에서 들으니 색다른 느낌이 든다.

"그렇다면, 참으로 신선이……."

“그렇다네. 검을 타고 소년의 모습을 한 누군가가 날아가고 있었어.”

당선규의 말에 당유성의 얼굴이 조금 더 심각해졌다. 정말 신선이라면 강호의 판도가 바뀐다.

“…….”

방 안의 공기가 무거워졌다. 당유성이 심각한 얼굴로 무엇인가를 생각하고 있는 것이다.

그런 당유성을 바라보던 선규는 웃음을 터뜨렸다. 분위기를 바꿔봐야 겠다.

“뭐가 그리 심각한가! 너무 걱정하지 말게나. 하늘의 그물은 성긴 데가 있어도 빠져나가는 것이 없다네.”

“예. 하핫.”

당유성은 미소를 지으며 고개를 끄덕였다.

“으하핫! 그보다 아우. 잠시 놀러 나가지 않겠는가?”

당선규는 슬쩍 몸을 일으켰다. 그리고는 호탕하게 웃으며 말했다.

“오다가 재미있는 것을 보았거든!”

“예?”

당유성은 어리둥절한 얼굴이 되었다. 오늘 도착한 형님께서 어디를 간단 말인가!

“하나 형님께서는…….”

“저녁 식사야 물론 당가에서 하겠네만, 아무래도 호기심을 참을 수 없어서 말이지. 이 정도 무례는 참아주게나.”

“혀, 형님…….”

“하하하!”

당선규와 조금 난감한 표정을 짓는 당세준을 번갈아 바라보던 당유성은 웃음을 터뜨렸다.

“좋습니다. 형님께서 무엇을 발견하셨는지 몰라도 제가 얼른 안내하지요.”

“좋아, 사실 내가 가고 싶은 곳은 객잔이라네. 오다가 보았는데 사람들이 바글바글거리던데 그런 곳이라면 특이한 점이 하나쯤 있게 마련이지!”

“…예?”

당유성은 멍하니 중얼거렸다.

‘사천 내에서 사람이 바글바글한 객잔이라면……’

당유성은 눈을 가늘게 떴다.

“호, 혹시…….”

당선규가 마침내 입을 열었다.

“내가 가고 싶은 곳은…….”

＊　　　　＊　　　　＊

“선경루라는 곳입니다.”

어두컴컴한 창고에 부복하여 앉아 있던 마규상이 입을 열었다. 그는 눈앞에 선 늙은이에게 그동안 파악해 온 정보들을 보고하고 있었다.

마규상이 서 있는 창고는 관아에서 물품을 이송할 때 쓰는 창고였는데, 그 내부는 어두컴컴했다. 빛이라고는 한 점도 없는 칠흑의 창고 내부에는 작은 촛불 하나만 일렁이고 있었다.

그림자, 귀곡자가 중얼거렸다.

“그곳에 있다고?”

“…예.”

마규상은 느릿하게 중얼거렸다.

하지만 보고보다 다른 것이 마음에 걸린다. 최근 몇 달간의 당주의 행적을 알 수가 없었다. 당주께서는 그동안 본 교에도 돌아오지 않았고 그렇다고 정파에 새로운 일을 꾸민 것도 아니다. 그동안 있었던 귀곡자의 행적은 완벽하게 가려져 있었다.

귀곡자는 웃음을 지었다.

"참으로 새로운 음화신녀를 발견했다?"

"미륵의 가호로……."

"헐헐헐, 교주께 그런 눈이 있는 줄은 몰랐구나."

귀곡자는 헐헐 웃으며 뒷짐을 지었다.

'교주께 새로운 눈이 있군.'

어디서 정보를 얻는지는 모르겠지만, 교주에게만 충성을 바치는 정보통이 있다는 뜻. 비화당 말고도 정보를 취급하는 단체가 또 있다는 것이다.

귀곡자가 다시 입을 열었다.

"으흠, 객잔 자체는 어떻던가?"

"조용하고 좋은 곳입니다. 하나……."

"하나?"

마규상은 침을 꿀꺽 삼켰다. 그곳에서 발견한 사람을 말한다면 모두들 깜짝 놀라고 말 것이었다. 오늘 그곳을 감시하러 갔다가 심장이 멎는 줄 알았었다.

"…그곳에는 신선이 계십니다."

창고 안에 있던 마교도들이 술렁거렸다. 그들은 신선이 대한 정보를 모두 접하고 있었다.

그중 대표적으로, 귀곡자가 경악을 표시했다.

"뭣이?"

귀곡자가 수염을 꿈틀거렸다. 그는 이미 신선의 공포를 잘 알고 있는 사람이다. 바로 앞에서 그의 이기어검을 당해보았으니.

"말도 되지 않아! 어찌 천하제일가에 있다던 선인이……."

귀곡자가 모처럼 흥분해 외쳤다. 합비에 있다던 선인이 무슨 수로 사천에 왔단 말인가! 설마, 두 번째 음화신녀의 존재를 알고……?

흥분한 귀곡자를 바라보며 마규상이 조용히 입을 열었다.

"하나, 진실입니다. 어떤 사정인지는 모르나, 그곳에 계신 것은 참으로 선인이었습니다."

"이런……."

귀곡자가 멍하니 중얼거렸다.

그런 귀곡자를 바라보며 마현희가 한숨을 내쉬었다.

"으흠… 그렇다면 일이 어렵게 되었군요. 신선은 장로들의 무공을 모두 폐할 정도의 실력을 가지고 있다고 했는데……."

교주는 장로들을 놓아주고, 백련교로 돌아가 '장로들은 신선의 무공에 당해 내공이 폐해지고 사지근맥이 절단되어 다른 곳에서 은거에 들어갔다' 는 말을 남겼다.

그로서는 교도들의 신임을 얻고 있는 장로들의 명성을 함부로 다룰 수 없었던 것이다.

마현희는 그 말을 다시 꺼내고 있었다.

"지화당주께서는 어찌 생각하시나요?"

마현희의 옆에 앉아 있던 지화당주가 피식 웃었다.

"그야 부딪쳐 봐야 알겠지요. 한데, 허황된 정보들이 너무 많다보니 무엇을 믿어야 하고 무엇을 믿지 말아야 하는지 알 수가 없더이다."

청수한 수염을 쓰다듬으며 영진이 말했다. 주위의 마교도들이 다시 술렁거리기 시작했다.

마규상은 경이에 가득 찬 눈으로 주위를 둘러보았다.

현재 창고에 있는 마교도는 단 스무 명뿐이었다. 십만 교도를 자랑하는 마교에서 고작 스무 명이라니.

하지만 그 스무 명은 결코 작지 않은 스무 명이었다.

서열 오십위에서 삼십위까지의 인물이 네 명, 서열 삼십위에서 십위까지의 인물 중에서 일곱 명, 나머지 인원은 마교 서열 십위 안에 드는 극마의 고수들이었다.

마교 전력의 반이 와 있다고 말해도 과언이 아니리라.

마규상의 귓가에 귀곡자의 음성이 들려왔다.

"으흠… 속전속결은 글렀구려. 이렇게 된 바, 음화신녀를 포기하던가, 아니면 모든 교도들을 불러 총력전을 펼치는 것이 낫겠소."

귀곡자는 나직하게 중얼거렸다. 좌중이 다시 술렁거렸다.

"말도 되지 않소!"

"신선을 상대하는데 전 교도가 필요하다니!"

귀곡자는 술렁거림 속에서 고개를 저었다. 아니, 나머지 교도들을 모두 부른다고 해도 신선의 상대가 될 것 같지는 않다.

마현회의 옆에 서 있던 석마당주 조성욱이 크게 웃었다.

"으하하핫! 영감! 겁을 먹었구나!"

"……."

귀곡자는 아무런 말 없이 조성욱을 노려보았다. 조성욱은 어깨를 으쓱했다.

"으흠, 그래, 정확하네. 나는 그 신선이 두렵다네."

귀곡자는 차분한 음성으로 말했다. 아마 누가 가장 두려워하는 것을 묻는다면 자신은 신선이라고 대답할 것이다.

"그를 이길 수 있는 사람은 천하에 드물 걸세. 교주는 가능할까? 파천화련공을 극성까지 연성한다면 혹 모르겠네만, 그렇지 않다면 아마 상대하기 어려울걸."

귀곡자는 피식, 미소를 지었다. 그 미소에 석마당주는 동의할 수 없다는 듯 소리쳤다.

"으하핫! 그렇게 강하다면 이 석마당주 조성욱이 한 번 상대해 볼 만하지!"

"음?"

귀곡자가 의아한 신음 소리를 내뱉었다.

석마당주는 더 말할 것이 없다는 듯 몸을 일으켰다. 직접 맞부딪치러 가는 것이다.

마현희가 깜짝 놀라 그를 막았다.

"가시면 아니 되요!"

"호오, 본좌를 걱정해 주는 것이오? 하핫, 걱정 마시오! 본좌는 무사히 돌아올 터이니. 저 노란내나는 영감이야 신선, 신선 나불거리며 두려워할 테지만, 내게 무서운 것은 아무것도 없다오!"

석마당주의 호언장담에 마현희가 발끈해서 뭐라 말하려 했다.

그때, 귀곡자의 음성이 들려왔다.

"…보내주게."

마현희가 날카로운 음성으로 귀곡자에게 외쳤다.

"하, 하지만 갔다가 목숨을 잃기라도 하면!"

"괜찮아. 선인은 살생을 즐기시지 않으니."

귀곡자는 여유로운 음성으로 말했다.

사실, 귀곡자의 머릿속에는 다른 생각이 벌어지고 있었다. 기왕 음화신녀를 납치할 바에는 운혜라는 도사가 아닌 가연이라는 여자가 낫다. 운혜는 서희의 딸이니까.

그렇게 되려면, 운혜를 보호하는 신선에 대한 공포심이 교도들에게 남아 있어야 한다.

"끌끌끌……."

귀곡자는 슬쩍 미소를 지었다. 경고의 의미로, 저 아둔한 석마당주를 보내는 것도 괜찮을 것이다.

석마당주는 껄껄 웃었다.

"으하하핫! 그럼, 내게 사람 몇을 붙여주서야겠소! 예전 신선을 뵈온 적이 있는 염화대주면 좋겠는데……."

싫다.

마규상의 얼굴이 새파랗게 변했다.

하지만 그의 마음과는 달리, 귀곡자는 편안히 고개를 끄덕였다.

"그러시오. 아마 신선만이 있는 것은 아닐 테니, 염화 사대주를 모두 데려가도 좋겠지."

귀곡자의 음성을 들은 석마당주가 껄껄 웃음을 터뜨렸다.

"으하핫! 그럼, 이제 이 조성욱이 신선을 처단하고 오는 것을 보면 되겠구려! 다들 따듯한 술이나 준비하고 기다리시오. 아니, 그것보다는 오래 걸리려나? 으하하하핫!"

삼국지연의에 나오는 관운자의 이야기를 들먹거리는 석마당주를 바라보며 귀곡자도 웃었다.

*   *   *

선경루는 오늘도 바빴다.

사람들은 해맑게 웃는 점소이를 보러, 혹은 오늘도 냉엄하고 무서운 점소이에게 겁을 먹을 손님들을 구경하러 선경루를 찾았다.

옆의 사상객잔은 며칠 전 망했다고 해도 과언이 아니었다. 객잔의 주인에게 '천벌'이라는 벼락이 떨어졌으니 사람들은 천벌이 두려워서라도 그곳에 가지 않으려 할 것이다.

'그런데 웬 벼락이지?'

희희낙락 손님을 맞으며 가연이 생각했다. 사상객잔이 망한 것이야 잘되었지만, 상덕보에게 벼락이 떨어진 것은 이상했다.

'정말 천벌인가?'

가연은 고개를 갸웃했다. 의구심이 뭉클뭉클 피어오르고 있었다. 하지만 이런들 어떠하며 저런들 어떠하리!

사실 정말 천벌이 내렸다고 해도 믿을 만큼 상덕보의 됨됨이는 모질었다.

가연은 이내 생각을 그만두고는 웃으며 객잔을 돌아보았다. 마침, 주문을 하는 사내가 보였다.

"점소이! 여기 주문 안 받나?"

"네? 네, 저는 주문을 받으러 갈 거예요."

청명은 해죽 웃으며 고개를 끄덕였다. 부드러운 목소리 속에서 느껴지는 안온함에 사내의 기분이 쾌활해졌다.

"하핫, 그럼 얼른 이리 와야지 뭘 하고 있는 겐가?"

"네, 제가 뭘 하고 있냐면, 이 손님께서 맛있는 것을 준다고 하셔서 그걸 기다리고 있는 거예요."

"…으하하핫!"

손님은 웃음을 터뜨렸다.

"얼른 주문받아!"

가연이 빽, 소리를 질렀다.

청명을 귀엽게 여긴 중년 사내가 먹고 있던 낙산봉봉계를 조금 나눠주겠다고 하자, 청명은 꼼짝도 않고 거기서 기다렸던 것이다.

청명은 시무룩한 얼굴이 되어버렸다.

"이, 이 손님께서 닭고기를 나눠준다고 했는데……."

"시끄러워!"

청명은 뽀로통한 얼굴이 되어 가연을 바라보았다. 잠시 가연을 바라보던 청명은 가연의 얼굴 표정이 변하지 않자, 화가 난 듯 흥, 소리를 내고는 손님에게로 걸어갔다.

"가연 도우는 못됐어요!"

"도우?"

"아니, 주인 어른은 못됐어요!"

청명은 얼른 자신의 말을 정정하고는 손님에게로 걸어갔다. 손님은 이제 너털웃음을 터뜨리고 있었다.

"으하핫! 걱정 말게, 점소이! 나도 고기를 시킬 테니, 내가 좀 나눠줌세!"

"와아—"

뽀로통했던 청명의 얼굴이 헤벌쭉 벌어졌다.

가연은 인상을 찌푸리며 고개를 절레절레 저었다. 어릴 적에 먹을 것을 못 먹었는지 엄청나게 먹을 것을 밝히는 점소이였다.

가연의 짐작은 반만 맞았다. 음식을 많이 먹어보지 못하고 자란 것은 맞지만, 어릴 적뿐만이 아니라 다 자라서도 먹어보지 못했다는 점은 틀린 것이다.

"에휴—"

가연은 한숨을 내쉬며 이번엔 포방을 바라보았다. 불퉁한 얼굴로 밀가루를 반죽하는 운혜의 모습과 바쁜 객잔을 도우려는 듯 그릇을 챙기는 운풍자가 가연의 눈에 들어왔다.

"풍현! 당신은 객잔으로 나오면 안 돼요!"

운풍자가 객잔으로 나서면 손님들이 겁을 먹는다는 것을 잘 알고 있는 가연이 또 소리를 질렀다.

"⋯죄송하오."

무표정한 얼굴로 중얼거리며 운풍자는 챙기던 그릇을 가지고 주방으로 사라졌다. 하지만 가연의 가늘어진 눈은 변하지 않았다.

풍현이라는 저 사내는 명이를 엄청나게 아끼니, 아마 명이가 바빠지거든 반드시 다시 일을 도우러 올 것이다.

"에휴⋯⋯."

가연은 다시 청명을 바라보았다.

청명은 주방으로 걸어가 주문받은 양육과자(羊肉鍋子)를 가지고 뒤뚱뒤뚱 걷고 있었다.

가연은 긴장한 듯 그 모습을 자세히 바라보았다. 저러다가 언제 넘어져 그릇을 깰지 모른다.

손님들도 청명이 그릇을 깨기만을 기다리는 듯 긴장한 얼굴로 청명을 주시하고 있었다.

끼이익─

긴장이 이어지는 와중에 객잔의 문이 열렸다. 그리고 새로운 손님이 들어왔다. 하지만 주인도, 그리고 다른 손님들도 그들을 바라보지 않았다.

"⋯⋯?"

문을 열고 들어온 손님, 당선규는 고개를 갸웃했다. 객잔 안에는 팽팽한 긴장감이 맴돌고 있다. 모두들 그릇을 옮기는 점소이를 주시하고 있었는데, 그 시선에는 긴장감이 가득했다.

아무도 알아차리지 못하던 새로운 손님의 등장을 점소이는 알아차렸다.

"아, 어서 오세요!"

청명은 인사를 하려고 시선을 돌렸다. 물론, 시선을 옮긴 동안 주의 깊게 바닥을 살피지 못하고 발을 헛디뎠다.

"으앗!"

챙강―

그리고 당연한 수순으로, 그릇에 담겨져 있던 양고기를 땅에 떨어뜨리고 말았다.

"으하하핫!"

손님들은 그제야 안심한 듯 와― 하고 웃었다. 선경루의 점소이가 그릇을 무사히 가져오면 그날 하루는 운수가 좋다는 소문이 돌만큼 점소이의 그릇 옮기는 실력은 일천했다.

사실, 그릇이 떨어지는 것이 더 재미있다.

"또 떨어뜨렸구나!"

"으앗, 마귀다!"

청명은 비명을 지르며 몸을 피했다. 하지만 가연은 얼른 달려가 청명의 머리를 쥐어박았다.

"아얏!"

"또 양고기를 떨어뜨리다니! 오늘만도 세 번째구나!"

"그리고 지금까지 육십칠 번째야, 엄마."

재미있다는 듯 웃으며 그 모습을 바라보던 소연이 말했다. 청명은 불퉁한 표정으로 소연을 바라보았다.

"하, 하지만 새로운 손님이……."

"가서 양육과자를 다시 만들어달라고 해!"

가연은 날카로운 어조로 말하고는 청명을 들여보냈다. 손님이 주기로

했던 닭고기만을 기다리던 청명은 시무룩한 얼굴이 되어 주방으로 걸어
들어갔다.

"운, 아니, 혜운 소저, 주인 어른은 못됐어요."

"그건 도련님이 요리를 떨어뜨렸으니까 어쩔 수 없는 거예요."

이제는 해탈한 미소를 지으며 운혜가 말했다.

요즘 자신과 숙수 장삼은 주문이 들어오면 요리를 두 번 할 준비를 마
치고 요리를 시작한다.

"하지만요, 주인 어른은 꿀밤도 매일 때리고요, 고기도 주지 않아요."

운혜는 씁쓸히 웃었다. 사실, 내가 주인이라도 청명 사조님을 곱게 보
지만은 않을 것이다.

운혜는 투덜투덜대는 청명에게서 시선을 돌려 객잔을 둘러보았다.

그것은 운풍자 역시 마찬가지였다. 운풍자는 새로 들어온 손님을 주의
깊게 바라보고 있었다. 당가의 소가주와 함께 들어왔다. 그리고 말을 편
안하게 하는 것으로 보아 당가의 무인.

일단 자리를 피해야겠다.

"사매, 사조님을 모시고 후원으로 오도록."

운풍자는 차가운 눈으로 운혜를 주시하며 입술을 달싹였다.

"으하하핫!"

객잔 안에 웃음소리가 터졌다.

주의 깊게 객잔 안을 살피던 당선규가 웃음을 터뜨린 것이다. 점소이
와 주인의 실랑이가 몹시도 재미있었는지, 당선규는 웃음을 참지 못했
다.

"어서 앉으세……!"

당선규는 직접 빈 자리를 찾았다. 점소이의 안내도 없이 직접 자리를

찾는 것이었지만, 사실 선경루에서는 점소이의 안내를 받는 것보다 받지 않을 때가 더 많다.

"자, 자. 재미있어 보이는 객잔이지 않은가? 사람들이 많은 곳은 뭔가 특이한 점이 있기 마련이지. 어디가 특이한지 한 번 보세나!"

"…하핫."

당유성은 웃음을 터뜨렸다. 그 재미있어 보이는 객잔의 숙수가 자신이다.

당선규는 왠지 모르게 쾌활해 보이는 당유성을 보면서 고개를 갸웃했다. 어딘가 이상했다. 이렇듯 과하게 좋아하는 것을 보니, 아무래도 이 객잔에 뭔가 특이한 점이 있는가 싶다.

당선규는 슬쩍 객잔을 훑어보았다.

"……."

곧 당선규는 가게의 주인인 듯한 여자를 발견할 수 있었다.

그녀는 뚫어져라 당유성을 바라보고 있었다. 서운한 기색이 역력했지만, 왠지 모르게 당선규는 그 시선이 따듯하고 반가워하는 것 같다고 생각했다.

"……!"

그 시선을 따라 당유성을 바라본 당선규는 흠칫 놀랐다. 우울한 기색을 보이는 여주인에게 약하게 웃고 있는 당유성을 발견한 것이다. 그 눈에는 연정이 숨어 있었다.

'서, 설마?'

그럴 리가 없다. 당가의 소가주가 이런 작은 객잔의 여주인을 좋아할 까닭이 없다.

하지만 어딘지 수상쩍은 기분이 들었다. 하지만 여주인은 곧 몸을 돌려 계산대 안으로 사라져 버렸다.

그리고 그와 동시에, 당유성의 얼굴이 씁쓸하게 변해갔다.

"……."

알 수 없다는 듯, 당선규는 고개를 갸웃했다. 하긴, 이렇든 저렇든 상관이 없다.

'뭐, 소가주께서 나중에 내게 말해줄 테지.'

그렇게 생각한 당선규는 껄껄 웃으며 옆 탁자를 바라보았다. 옆 탁자에서는 웬 나무꾼 하나가 객잔을 둘러보며 흥겹게 술을 들이키고 있었다.

"이보오, 형장! 잠시 말 좀 물어봅시다."

"아, 그러시오!"

나무꾼은 경쾌한 목소리로 대답했다. 그 모습이 몹시 마음에 들어 당선규는 껄껄 웃으며 무릎을 쳤다.

"몹시 시원스러운 형장이로구나! 그렇다면 내 술을 한잔 아니 살 수 없지. 내 약소하나마 술 한 병을 낼 테니, 이 객잔에 사람이 붐비는 이유를 좀 알려주시오."

"그거라면 쉽소이다!"

나무꾼은 껄껄 웃으며 말했다. 안 그래도 소개해 줄 판인데 술까지 사주겠단다. 나무꾼은 흥겨우니 입을 벌렸다.

"이곳은 만상객잔이라고 불린다오! 이곳에서는 볼거리가 적지 않은데, 첫째가 바로 저 점소이요, 둘째가 살벌한 섬소이고, 셋째는 아리따운 소녀라오!"

"오, 명물?"

당선규는 대단히 기대한다는 듯 말했다. 그리고는 객잔을 훑어보기 시작했다. 그간 사천을 비운 사이에 명물이 생겼다니, 한번 구경해 보고 싶다.

하지만 조금 전만 해도 보이던 점소이들은 하나도 보이지 않았다.

"자리에 없구먼."

"뭐, 일이 바쁜가 보지요. 잠시만 기다리시면 아마 나올게요. 첫째로 꼽은 소년은 귀여운 점소이인데……."

나무꾼의 흥거운 설명이 이어졌다. 하지만 점소이들은 여전히 얼굴을 드러내지 않았다.

*　　　*　　　*

점소이들은 모두 객잔 뒤에 위치한 손바닥만 한 후원에 모여 있었다.

청명은 이상한 눈으로 운풍자를 바라보았다. 고개를 갸웃거리는 모습이 운풍자의 모습이 깨나 이상한가보다.

'왜 저러지?'

운풍자는 전에 없이 심각한 모습이었다. 사실, 가연 몰래 청명과 운혜를 불러들이는 모습 역시 전에 없이 다급했다.

"……."

운풍자는 흘긋 객잔을 살펴보았다. 아니나 다를까, 당가의 무인과 이전부터 자주 보였던 당가의 소가주가 한 식탁에 앉아 있다. 이보다 큰일이 어디 있을까!

"이거 호랑이 굴이었구먼. 이를 어찌하나……."

운풍자의 심정을 대변하듯, 추레한 몰골의—길바닥에서 자야 했던 터라 정말로 추레했다—추걸개가 말했다.

늘 객잔을 예의주시하고 있던 그는 당가의 소가주와 민중협을 가장 먼저 알아볼 수 있었다. 그리고 그들의 얼굴을 알아보자마자 작은 소로를 통해 후원에 들어와 있는 중이었다.

운혜 역시 마찬가지였다.

"이, 이제 어떻게 해요, 사형?"

"……."

운풍자는 재빨리 머리를 굴렸다. 자신들은 이곳을 떠날 수 없다. 이곳에 있는 순음지체는 운혜 사매뿐만이 아니다. 가연 도우까지 순음지체이니, 그 정체를 감추어야 한다.

"떠날 수 없군."

운풍자가 신음처럼 중얼거렸다. 떠날 수 없다. 운혜 혼자뿐이었다면 미련없이 이 객잔을 벗어났겠지만, 지금은 불가능하다.

'가연 도우를 데리고 도주한다면?'

운풍자의 머릿속이 바빠졌다. 그녀를 데리고 떠난다면, 두 명의 음화신녀를 데리고 숨어야 한다. 하지만 그렇게 되려면 당가의 소가주의 눈을 먼저 피해야 한다.

"으음……."

아니, 더 큰 문제가 있다.

'청명 사조께서 능력을 잃어버리셨으니…….'

운풍자는 자신을 이상하게 바라보는 청명에게 조그맣게 중얼거렸다.

"사조께서는 다시 선술을 사용하실 수 있습니까."

"아니요."

청명의 얼굴이 의아한 얼굴에서 시무룩한 표정으로 변해갔다.

"아마 원시천존님의 명을 어겨서 그런가 봐요."

왠지 모르게 청명은 무기력했다. 앞으로의 일이 작지 않건대, 원시천존께서는 어찌 능력을 봉인하신단 말인가! 앞으로 마선의 음모를 어찌 막아야 할지 짐작도 가지 않는다.

청명의 얼굴이 우울해지자, 운풍자는 시선을 돌려 운혜를 바라보았다.

"…운혜 사매, 몸은 어떻더냐."

"괜찮아요."

운혜는 자신의 몸을 내려다보며 말했다.

음기로 인해 졸음이 쏟아져야 하건만, 아직 졸립지 않은 걸 보니 청명 사조의 선기가 몸에 배이긴 했나보다. 생각해 보면, 가연 도우 역시 보통 사람들처럼 생활하고 있다.

"그렇다면, 사조님의 영향력이 완전히 사라진 것은 아니로군."

운풍자는 딱딱하게 말하고는 다시 객잔을 주시했다. 옆에서 그 모습을 바라보던 추걸개가 흥분된 목소리로 외쳤다.

"그렇다면, 선인께서 계시기만 하다면 괜찮겠구먼! 저 여자를 데리고 떠나세!"

"저도 그러고 싶습니다만, 당가의 소가주가 마음에 걸립니다."

"으음……."

추걸개가 생각 속에 잠겨들었다. 당가의 소가주의 이목을 훑어내는 일에 먼저 집중해야 한다. 하지만 자신들의 정체를 밝힐 수 없으니 어찌하랴! 당가의 소가주를 떼어내려면…….

"일단, 사정을 그녀에게 말하세."

"예?"

운풍자가 멍하니 추걸개를 바라보았다. 추걸개는 헝클어진 수염을 쓰다듬었다.

"그리고 그녀로 하여금 직접 당가의 소가주를 떼어내게 해야지. 지금으로서는 별다른 방법이 보이질 않는구먼."

추걸개는 그렇게 말하며 청명을 바라보았다.

청명은 아직까지도 우울한 얼굴이었다. 혹시 자신은 도(道)에서 가깝지 않은 일을 벌인 걸까? 물론 원시천존께서 내리신 명을 거역하는 것은 해서는 안 될 일이었지만, 그렇다고 도에 가깝지 않은 행동을 한 것은 아니었다.

그 사람은 본래 하늘의 벌을 받게 되어 있었다.

'선계로 올라갔다면 이런 일은 없었어도 되는데.'

청명은 볼을 부풀리며 하늘을 올려다보았다. 괜히 원시천존님이 원망스러웠다.

"큼, 큼……."

추걸개는 그런 청명을 바라보며 목을 가다듬었다.

그때였다.

후원으로 난 자그마한 문이 벌컥 열리며 가연이 얼굴을 들이밀었다. 조그맣게 중얼거리던 추걸개가 헛바람을 들이켰다.

"서둘러야 할 듯하네. 시간이 그리 많지가 않아……. 헛!"

"여기서 뭐… 엇? 또 거지구나!"

가연의 얼굴도 단숨에 딱딱하게 굳어졌다. 가연은 크게 소리를 지르며 외쳤다.

"왜 네가 여기 있는 거냐! 도대체 어떻게 들어온 거야!"

"아이쿠 죄송하오!"

추걸개는 얼른 머리를 조아리고는 재빨리 걸음을 옮겨 후원으로 난 틈을 파고들었다.

"썩 꺼져!"

"알았소, 알았소! 이만 가겠소이다!"

추걸개는 능청스럽게 연기하며 뒤를 흘끗 바라보았다. 그리고는 입술을 달싹이며 운풍자에게 전음을 보내었다.

"조심하게. 일단 자네들이 무당을 떠난 바가 적어 얼굴을 아는 사람이 없으니 평소처럼 지내게나. 자네나, 음화신녀, 신선께서는 아마도 들키지 않을 확률이 높네.”

추걸개는 소리 소리를 지르는 가연의 눈치를 대충 피해 나가며 작은 틈 사이로 사라졌다.

가연은 사라지는 추걸개를 보며 몇 마디 더 소리 지르다 시선을 돌려 청명과 운혜, 운풍자를 바라보았다.

청명과 운혜, 운풍자의 얼굴이 전에 없이 심각하다.

“…음?”

“……”

살펴보면 살펴볼수록 분위기가 심상치 않다. 가연은 조심스럽게 눈치를 살피며, 평소라면 화를 내었을 일을 차분하게 말했다.

“바빠 죽겠는데 이렇게 자리를 비우면 어떻게 해요? 뭘 하는지는 모르겠는데 얼른 들어와요.”

더군다나, 목소리가 상냥하기까지 하다.

“예, 알겠습니다.”

무표정한 얼굴의 운풍자가 말했다. 가연은 고개를 끄덕이고는 다시 객잔 안으로 사라졌다.

“……”

운풍자는 추걸개의 전음을 생각했다.

일단, 자신은 지금부터 객잔에 들어가는 것을 피하는 것이 좋다. 사조님과 운혜 사매는 이번이 첫 강호출도지만, 자신은 두어 번 강호를 돌아다녀 본 경험이 있다. 당가의 소가주야 얼굴 아는 사람이 드물다고 말해질 정도로 신비공자니 자신을 알아보지 못했겠지만, 강호 생활이 많아 보이는 저 당가의 무사는 또 다를지도 모른다.

운풍자는 시선을 돌려 운혜를 바라보았다.

“으음……”

운혜의 얼굴을 보니 운혜 역시 얼굴을 들이밀어서는 안 될 것 같다. 얼굴이야 알려지지 않았지만 현 무림의 가장 중요한 인물이 바로 운혜 사매다. 혹시 모를 긁어 부스럼을 만들 필요는 없다.

그리고 사조께서는…

"다행이군."

조그맣게 운풍자가 중얼거렸다. 사조께서는 무공을 익힌 티가 조금도 나지 않고 있었다. 숨소리는 고르다기보다는 평안했고, 보폭도 들쭉날쭉이라 그릇을 깨기 일쑤다.

운풍자는 청명을 불렀다.

"사조께서 먼저 나가보셔야겠습니다."

"네?"

"먼저 나가서서 평소처럼 일하시면 됩니다. 다만, 절대 우리가 무당의 도사라는 것을 말하면 아니 됩니다."

운풍자가 주의점을 알려주자, 청명은 고개를 갸웃했다. 자신은 무당의 도사인데 그 사실을 말하면 안 된단다.

"왜 그런데요?"

"운혜 사매가 위험합니다."

"네?!"

운혜가 위험하다는 말에 청명은 깜짝 놀라 운풍자를 바라보았다. 운풍자는 쓴웃음을 지으며 말을 이었다.

"우리가 무당파의 도사들이라는 것을 알게 되면 저들이 손을 써 운혜 사매를 데려가게 됩니다. 그렇다면 사매는 많이 위험해지지요."

"아, 알았어요."

청명은 침을 꿀꺽 삼키고는 긴장한 듯 고개를 끄덕였다. 이제 정말 조심해야 한다. 한 달 전의 일처럼 못된 사람들이 운혜 사손을 괴롭힐지도 모른다.

청명은 각오 어린 얼굴로 운풍자를 흘끗 바라봐 주고는 객잔 안으로 걸음을 옮겼다.

객잔 안.

나무꾼은 신이 나서 이야기를 떠벌이고 있었다. 제법 말재주가 있었는지, 당유성은 이미 알고 있는 이야기임에도 흥겹게 이야기를 들을 수 있었고 당선규는 아예 신이 났다.

"그래서 우리는 하루의 시름을 모두 잊을 수 있다오. 나무를 납품하는 점포에서 생트집을 잡아 하루 일진이 괴로워도 이 객잔에만 오면 마음이 편해지니 참으로 신기한 노릇이라 하지 않을 수 없지요."

"오오, 보기만 해도 마음이 편해지는 소년이라니, 신기하구려!"

"참으로 그렇소이다! 그러니 우리가 어찌 이 객잔에 오지 않을 수 있겠소이까! 아마, 형장께서도 한번 그 소년을 보기만 하면 내 말을 이해할 수 있을 것이외다."

나무꾼의 말에 당선규는 고개를 끄덕이며 시선을 돌렸다. 주방 뒤로 난 작은 문에서 주인인 듯한 여인이 걸어오는 것이 보였다.

당선규는 눈을 가늘게 뜨며 객잔을 세세히 훑었다.

"음, 그런데 그 소년이 아니 보이는군."

"그러게 말이오. 지금쯤 나타날 때가 되었는데… 아, 저기 오는구려!"

"오오!"

방금 들어온 여주인의 뒤로 마침내 청명이 모습을 드러냈다. 청명은 딱딱한, 아주 딱딱한 몸짓으로 객잔 안으로 걸어 들어왔다.

당선규가 신이 나서 외쳤다.

"이보게, 점소이! 여기 주문 받게!"

“네? 네…….”

깜짝 놀랐던 청명은 조심스럽게 당선규에게 걸어갔다. 아니, 조심스럽다기보다는 부자연스러울 정도로 딱딱한 몸짓이었다.

천천히 걷던 청명은 당선규의 앞에 섰다.

“여기 마파두부하고 낙산봉봉계, 그리고 죽엽청 한 병만 주게나.”

“네.”

청명은 조심스럽게―여전히 딱딱히―머리를 숙여 보인 다음 주방으로 걸음을 옮겼다.

그 모습에 당선규는 입술을 비죽거리며 말했다.

“아무래도 무림인들을 보는 게 처음인 모양이로구먼. 민간에는 무림인들이 모두 살인귀인 양 알려져 있지.”

투덜투덜거리며 당선규는 턱을 괴었다. 자신을 두려워하니, 재미있는 구경은 놓친 것이나 다름없다.

“모처럼 재미있는 구경거리가 있는 줄 알았더만, 영 틀렸어.”

당유성이 말했다.

“그 점소이들이 궁금한 모양이로군요?”

“음, 그렇지. 하나 이미 내게 겁을 먹은 모양이니 부를 수도 없게 되었네.”

“이곳의 주인을 마침 잘 알고 있으니 잘 되었습니다. 제가 소개시켜 드리지요.”

당유성이 차분하게 그러나 단호하게 말했다. 이제 바야흐로 모두에게 가연의 존재를 알리려는 것이다.

당선규는 눈을 가늘게 뜨고는 당유성을 바라보았다. 아니나 다를까, 예감은 곧 현실이 되었다.

“관… 매! 잠깐만 와주지 않겠어?”

당유성은 처음엔 어색하게, 하지만 이내 강하게 가연을 불렀다. 당선
규의 얼굴이 당황스럽게 변해갔다.

'관매?'

보통 의남매를 맺거나, 혹은 연인일 때 성씨 뒤에 '매' 자를 붙인다.
의남매 간이라면 좋겠지만, 만약 연인이라면…….

가연은 조금은 우울한 얼굴로 성큼성큼 걸어왔다.

그 얼굴을 바라보며 유성이 말했다.

"형님, 제 정혼자 관가연입니다. 관매, 내 사촌 형님이셔."

"저는 당신의 관매가 아니에요."

털썩—

당선규가 들어올렸던 찻잔이 바닥에 떨어져 깨졌다.

'다, 당가의 소가주가 객잔 주인을 정혼자라고 소개하고 객잔 주인은
당가의 소가주를 거절했다?'

당선규는 호기심이 가득 어린 시선으로 가연을 바라보았다.

"누가 당신의 정혼자예요……."

가연은 서글픈 얼굴이 되어 있었다. 가연은 떨리는 마음속에서 침착히
입을 열 수 있었다.

"그런 장난은… 더 이상 치지 말아요."

당유성의 얼굴이 딱딱하게 굳어갔다.

"장난이 아니야, 관매. 관매의 허락만 있으면……."

"난 당신과 어울릴 수 없어요."

가연은 어두운 얼굴로 입을 열었다. 당유성의 얼굴이 우울하게 변해갔
다. 하지만 각오를 이미 단단히 다지고 온 터.

당유성은 단호하게 당선규를 바라보았다.

"형님, 바로 이 여자가 제 정혼잡니다. 머지않아 혼인할 생각입니다."

“무, 무슨……”

충격을 받아 황망한 지경이었던 당선규는 잠깐 고개를 도리도리 저었다. 이게 도대체 무슨 일인지 알 수가 없었다.

유성 이 녀석은 제갈가의 여식과 혼약이 되어 있다고 알고 있었는데…….

‘그런 거군.’

아마도 유성이 녀석은 따로 연모하는 여인이 있었던 것일 게다. 그리고 그 여인은 평범한 양민이다.

당선규는 고개를 끄덕였다. 그런 상황이라면 오히려 이해할 수 있다. 응원하고 싶은 마음도 있다. 자신의 별호는 민중협, 특별히 반대하고 싶은 마음은 없었으니까.

“으음……”

시선을 돌려 보니 당유성의 눈에서 불꽃이 튀고 있다. 당선규는 웃으며 시선을 돌렸다.

당가의 소가주와 일반 양민의 만남이었지만, 선규는 너무나 평범한 남녀 사이처럼 생각했다.

‘이런 남녀 사이에는 끼지 않는 것이 상수!’

재빨리 몸을 빼기로 한 당선규는 호탕하게 웃으며 말을 돌렸다.

“사랑싸움은 나중에나 하게나, 아우. 일단은 나에게 점소이들을 좀 소개시켜 주지 않겠나?”

“아, 그리 하지요. 관매, 점소이들을 좀 불러주겠어? 우리 이야기는 나중에 하지.”

당유성은 침착한, 하지만 어두운 어조로 말을 끝맺었다. 가연도 더 이상 여기서 자신들의 문제를 왈가왈부하는 것을 불가하다고 여겼는지, 고개를 끄덕이며 걸음을 옮겼다.

가연은 우울한 얼굴로 자리에 앉았다. 그리고는 청명을 불러 세워놓고는 입을 열었다.

"명아, 잠시 저쪽에 좀 가줘."

"네?"

운풍 사손이 가까이 가지 말라고 한 사람들이다. 청명은 고개를 도리도리 저었다.

"아, 안 되는데……."

"다른 사람들도 불러서 함께 가. 너를 때리거나 혼내지 않을 거니까."

가연 역시 청명이 겁먹어 떨고 있다고 생각했는지, 부드럽게 말을 이었다. 하긴 당가의 소가주는 자신도 두려운 상대다. 하지만 청명은 이번에도 고개를 도리도리 저을 뿐이었다.

"그래도 안 되는데……."

"한번에 말 좀 들어! 왜 안 되는데?!"

가연이 소리를 빽 질렀다. 안 그래도 유성 때문에 심란한데 점소이마저 답답하게 굴고 있다. 짜증이 샘솟아 올랐다.

"하지만 가연 도우, 무당의 도사인 것을 말하면 안 된다고 운풍 사손이… 헙!"

무심코 예전처럼 말을 잇던 청명은 깜짝 놀라 얼른 두 손으로 입을 막았다. 아이쿠, 큰일났다!

가연은 고개를 갸웃했다. 도우? 운풍?

"운풍이 누구니?"

"무당현검(武當玄劍) 운풍자!"

멀찍이서 조용히 이야기를 듣던 당선규가 벌떡 몸을 일으켰다. 운풍자라는 이야기를 듣는 순간 무엇인가가 머리에 떠올랐다.

당대의 무당제일검 현무 진인이 은거한 직후 차기의 무당제일검으로 꼽았다는 운풍자!

그리고 자신이 직접 행차했던 천하제일가에서 음화신녀와 신선을 모시고 사라졌던 도사이기도 했다.

"이보게, 점소이. 우, 운풍자라니……?"

놀란 눈이 청명에게 향했다. 청명은 입을 막은 채로 고개를 도리도리 저었다. 말 안 할래요.

당선규는 의혹이 가득 어린 시선으로 청명을 바라보았다.

"저, 정말로 차대 무당제일검이 이 자리에 있단 말인가?"

청명은 이제 숫제 울상을 짓고 있었다. 말 안 할 건데…….

당유성은 놀란 기색을 숨기지 못했다. 그동안 봐왔던 냉엄한 얼굴의 사내가 운풍자라니.

만나본 적은 없지만, 운풍자는 무표정한 얼굴에 도인으로서의 모든 철칙을 준수하는 바른생활 도사라고 불릴 만한 자라고 알고 있었다.

그리고 객잔에서 보았던 풍현이라는 사내 역시 무뚝뚝했다.

결정적으로 그는 고기는 먹지 않았다.

'그렇다면…….'

"모든 손님은 들으시오. 이곳에 강호의 행사가 있을 듯하니, 잠시 자리를 피해주셔야 할 것이오. 그에 대한 피해는 당가에서 보상하리다."

묵직하고도 우렁찬 목소리였다. 당유성은 날카로운 눈으로 주위를 주시하며 말했다.

"지금 당장 피해주시기를 바라오만……."

당유성의 말에 객잔 안에 있는 사람들의 움직임이 바빠졌다. 무림의 행사란다. 일반 양민이 껴들었다가는 누가 목을 베어가는 줄도 모르고 베인다는 무림의 행사란다.

객잔이 부산스러워졌다.

"예, 다, 당장 나가겠습니다요."

"서, 서두르세!"

사람들은 먹던 음식도 내버려 두고 도망갔다. 하지만 도망가면서도 흘 끔흘끔 뒤돌아보는 모습을 보아하니, 점소이들과 무림인들이 무슨 관계 인가 싶은가 보다.

당선규는 단호히 외치는 당유성을 보고는 고개를 끄덕였다. 만일, 그 사실이 맞다면 지금 자신들은 정사대전을 일으킬 씨앗을 만나고 있는 건 지도 모른다.

당유성은 한참 동안이나 생각에 빠져 있든 듯 조용하더니 마침내 입을 열었다.

"…그러고 보니 풍현이라는 사내는 소문으로 듣던 운풍자와… 비슷하 군요, 형님."

긴장한 듯한 당유성의 대답이 이어지자, 당선규는 놀란 눈을 흡뜨며 주위를 둘러보았다. 비록 창천각에 가볼 수는 없어 얼굴을 본 적은 없었 지만 남궁세가에서 돌아오는 길이니, 운풍자가 누구와 있는지는 잘 안 다.

"그럼 이곳에 음화신녀가 있단 말 아닌가?!"

고함을 지르던 당선규가 눈을 부릅떴다. 음화신녀 말고 다른 사실이 더 기억났다. 강호에 검선이 내려왔다. 그 모습은 자신의 눈으로 직접 목 격했다.

그는 무당파의 장로 배분을 가진 전대의 고수라 했다. 반로환동하여 소년의 모습을 가지고 있다고도 했다.

"그렇다면……"

그리고 소년은 운풍자를 사손이라고 칭했다.

"그렇다면 저분이……."

당선규가 멍하니 중얼거렸다. 그리고는 당유성을 바라보았다.

"이게 어떻게 된 일인가, 소가주!"

"……."

당유성은 놀란 마음을 진정시키고 있었다. 살령(殺令)은 아니었지만, 천하제일가에서 반드시 추적해야 한다고 말한 강호의 비밀이 바로 관매의 객잔에 있다.

'관매, 어쩌자고…….'

당유성은 얼른 머리를 돌렸다. 가연 역시 모르고 있었던 듯, 얼굴이 딱딱하게 굳어져 있다.

당선규는 천천히 청명에게로 걸어가고 있었다.

"혹시……."

"읍, 으읍!"

청명은 입을 막은 채로 고개를 도리도리 저었다. 말 안 할래요.

"…선계에 오르신 분입니까?"

청명은 울상을 지었다. 말하면 안 된다고 했는데, 자기가 말을 다 해버렸다. 청명은 입을 막았던 손을 떼고 울먹거리며 말했다.

"우, 운풍 사손……."

"……."

후원의 입구에서 주의 깊게 내부를 살피고 있던 운풍자가 무표정한 얼굴로 객잔 안으로 들어왔다.

'이런…….'

객잔 안으로 들어서며, 운풍자는 부엌에 숨어 있는 운혜에게 살짝 눈짓을 보냈다.

운혜는 그 말을 알아듣고는 고개를 끄덕였다.

나가지 말라는 뜻일 게다.

"저, 정말로 운풍자로군……."

신음처럼, 당선규가 중얼거렸다. 그것을 확인해 주기라도 하려는 듯, 운풍자가 입을 열었다.

"무량수불."

"…다, 당가의 당선규입니다."

운풍자라면 무림의 배분상 당선규의 한 단계 위에 있다. 누가 뭐래도 갓 강호에 출도한 자신들과는 달리 엄연한 무당의 일대제자인 것이다.

운풍자는 무표정한 얼굴로 고개를 끄덕였다.

"당 도우셨구려. 빈도는 무당의 제자로 도호는 운풍이라 하외다. 무량수불."

"천하제일가 근처에 계신 줄 알았는데, 내가 이토록이나 투미했구려."

"사정이 있으니 시선을 피할 수밖에 없었소, 민중협."

당선규의 말에 운풍자는 무표정한 얼굴로 대답했다. 인사가 끝나자, 운풍자는 시선을 돌려 청명을 바라보았다.

그리고 청명의 앞에 시립하여 머리를 숙였다.

"헛!"

당선규와 당세준의 입에서 탄성이 새어 나왔다. 정말 배분상 저 소년이 운풍자의 위에 있단 말인가!

"그렇다면 정말로……."

청명은 울상을 지으며 운풍자를 바라보다가, 운풍자가 의외로 화를 내지 않자 조금은 안심했는지 해죽 웃었다.

"미안해요, 운풍 사손."

당선규는 긴장한 얼굴로 청명을 돌아보았다. 만약, 만약 저 말이 맞다면, 지금 자신의 앞에 서 있는 사람은 참으로 신선일 게다.

당선규는 슬쩍 눈치를 보며 말했다.

"…다, 당가의 당선규가 신선을 뵙습니다."

"네, 저는 청명이에요."

청명은 해죽해죽 웃으며 마주 머리를 조아렸다. 당선규는 깜짝 놀랐다. 목례하여 인사를 했는데 신선께서 마주 목례하시니, 자신은 더 낮은 곳에서 예를 취해야 한다.

당선규는 서둘러 땅에 엎드렸다.

"어, 어?"

청명은 이해할 수 없는 당선규의 행동에 눈을 동그랗게 뜨고 운풍자를 바라보았다. 자기도 엎드려야 하냐는 뜻이었다.

운풍자는 고개를 저었다.

"이, 일어나세요, 당 도우."

"예, 선인."

당선규는 천천히 몸을 일으켰다. 그리고는 공손한 자세로 시립했다. 천하제일가에서 소년이 검을 타고 하늘을 노니는 것을 보았다. 눈으로 보았던 것이니 믿지 않을 수도 없다.

당선규는 흥분한 기색으로 청명을 훑어보았다. 당선규 대신 당유성이 당혹스러운 어조로 물었다.

"참으로 신선이십니까?"

"예. 저는 선계에 올랐었어요."

꿀밤 맞고 다시 떨어졌지만 분명히 오르기는 올랐다. 청명의 대답에 당선규는 놀람 가득한 얼굴로 당유성을 바라보았다.

유성은 딱딱한 얼굴로 청명을 주시했다. 운풍자는 믿을 수 있지만 이 소년은 믿을 수 없었다. 신선이라고 보기엔, 그간 봐왔던 철부지 꼬마아이의 모습들이 그 믿음을 가로막았다.

"당가의 소가주, 당유성이 신선을 뵙습니다."

"……."

절을 받고 있던 청명은 울상을 지으며 시선을 돌려 운풍자를 바라보았다. 이런 과공은 받아본 적이 없다.

운풍자는 이번에도 고개를 젓고는 한숨을 내쉬었다.

슬슬 인사가 끝나가니, 곧 본론이 나올 것이었다. 아마도 음화신녀에 관한 이야기가 될 것이다.

하지만 운풍자가 간과하고 있는 것이 있었다. 가연과 소연의 모습이 그것이었다.

"으아아아앙!"

어른들의 심각한 분위기 탓일까. 소연은 울음을 터뜨렸다.

가연은 당황한 얼굴로 소연을 품에 안았다.

"쉬이, 괜찮아, 소연아, 괜찮아."

"으아아앙!"

"울지마, 엄마가 있잖아. 괜찮아, 소연아, 괜찮아."

가연은 소연을 품에 안고 토닥이며 청명을 바라보았다. 무슨 이야기인지 잘 알아듣지는 못하겠지만, 소년의 신분이 대단하다는 것은 알 수 있었다. 그 잘났다는 당가의 소가주가 머리를 조아려야 할 정도라면, 소년의 신분은…….

'그, 그동안 꾸, 꿀밤을…….'

가연의 얼굴이 시퍼렇게 변해갔다. 자신은 소년을 수도 없이 구박했었다. 신분이 높은 사람은 자신들의 목숨 같은 것은 하나도 중요하게 여기지 않을 텐데…….

가연은 저도 모르게 당유성을 돌아보았다. 당유성 역시 침묵하고 있었다.

"……."

무당의 인물을 객잔의 점소이로 부리며 구박했으니, 관매는 어쩌면 크게 사단이 날지도 모른다.

명예를 중시하는 정파 무림인답게, 그간의 모욕을 청산하겠다! 하고 나서면 할 말이 없는 것이다. 무당의 도사가 온후하다고 했으니, 믿을 것은 그것뿐이다.

"…으음."

당유성은 슬쩍 걸음을 옮겨 청명의 시선에서 가연을 가렸다.

그때였다.

콰차창—!

선경루의 문이 박살나는 소리가 들려왔다. 마치 벽력탄이라도 터진 듯, 선경루의 문이 박살났다.

산산조각난 나뭇조각들이 비산했다.

"무, 무슨……."

당혹스러운 어조로 당선규가 주위를 둘러보았다.

이내 부서진 문 뒤에서 몇 명의 무림인들이 나타났다. 한 명은 근육질 가득한 거한이었고, 나머지 인원들은 얼굴에 흰 복면을 뒤집어쓰고 있었다. 그리고 또 한 명은 평소처럼 얼굴을 드러내고 살벌한 얼굴로 객잔을 둘러보았다.

선경루가 부서지는 소리에 놀란 가연이 비명을 질렀다.

"꺄악!"

"크흐흐흐……."

가연의 웃음소리 뒤로 눈썹이 위로 치켜 올라간 근육질 거한의 사이한 웃음소리가 들려왔다.

새로이 나타난 사람은 석마당주 조성욱과 마규상, 그리고 기경식이었다. 그리고 그 뒤로 몇몇의 염화대주들이 걸어왔다.

"여기에 신선이 있다던데, 그게 누구냐!"

들어서자마자 조성욱이 커다란 목소리로 외쳤다.

새로 들어온 인원 중 적어도 한 명은 알아볼 수 있었던 운풍자의 눈길이 깊어졌다. 저 사람은……

"마교……."

운풍자와 마찬가지로, 상대를 알아본 청명의 얼굴에서 미소가 새어 나왔다.

"와, 마 도우! 반가워요!"

"……."

마규상은 조용히 고개를 돌렸다. 다시 신선을 만난다는 것은 상상하기도 싫은 일이었다. 하지만 결국 만나게 되었으니 어찌하랴!

청명의 반가워하는 기색에도 불구하고 마규상은 애써 시선을 피하고는 입술을 달싹였다.

뒤에 있는 염화대원들에게 전음을 보내는 것이다.

"모두들 움직이지 마라. 신선의 능력이 대단하니, 교주가 아니거든 승부를 볼 수 없다."

"…존명!"

염화대원들은 묵묵히 대답했다. 복면 아래에 숨겨진 그들의 얼굴에서 살짝 불쾌한 표정이 떠올랐다. 대주님께서는 신선, 신선하시지만 자신들은 한 번도 신선의 능력을 본 적이 없다.

비슷한 생각을 하고 있던 조성욱이 크게 외쳤다.

"으하하핫! 신선의 능력이 얼마나 대단한지 어디 보자! 너희들이 즐겨

하는 비검방식으로 겨루어줄 테니, 신선은 목을 깨끗이 씻고 앞으로 나오너라!"

정파인들이 즐겨하는 비검방식이라면 일 대 일 비무를 말한다. 즉, 저거한은 일 대 일로 신선의 무위를 확인하겠다는 것이었다.

운풍자는 가볍게 그의 말을 무시했다. 사조께서 선술이 있으셔도 보내지 않을 판국인데 선술까지 없으시다.

보낼 마음은 조금도 없다. 운풍자는 소리를 질렀다.

"운혜 사매! 검을 가져와!"

운혜의 얼굴이 다급해졌다.

재빨리 사라지는 운혜를 보며, 석마당주가 비웃었다.

"이게 바로 정파에서 말하는 도리냐! 모두 무용하구나! 나는 정중히 비무 신청을 했거늘!"

정중하게 비무 신청을 한 것은 물론 아니었다. 문을 부수는 태도와 정중함은 거리가 멀다.

"감히 나를 무시하는 거냐!"

석마당주가 도를 날렸다. 기병에 속하는 석마당주의 거도는 그 큼직한 크기에도 불구하고 정확히, 그리고 빠르게 청명에게로 날아가고 있었다. 청명의 얼굴이 시퍼레졌다.

"으앗!"

깜짝 놀란 청명은 발을 떼지 못했다. 그저 가만히 서 있을 뿐이었다. 검 운혜라도 있으면 모르겠지만, 그것은 자신의 방에 놓아두었다.

"사조님!"

운풍자가 재빨리 달려들었다.

"큭!"

신음 소리가 절로 터져 나왔다. 석마당주의 거도는 면적이 넓어서 손바닥으로 치기가 쉬웠지만 문제는 그것이 너무 빠르다는 점이었다.

"으하핫! 무인이 되어 남의 뒤에 숨다니!"

"난 무인 아닌데……."

청명은 조그맣게 중얼거렸다. 하지만 청명의 중얼거림을 들은 사람은 아무도 없었다.

석마당주는 재빨리 주위를 둘러보았다. 염화대원들이 무표정하게 석마당주의 뒤에 서 있었다. 마치 싸움에는 끼어들지 않겠다는 듯한 그 태도에, 석마당주는 흥, 하고 콧소리를 내었다.

"쓸모없는 것들!"

석마당주는 다시 앞을 돌아보았다. 그리고 곧 염화대원들이 움직이지 않는 이유를 알아챘다. 바로 앞에는 무림인인 듯한 사내들 몇 명이 서 있었던 것이다.

상대의 정체를 알 수 없으니 움직이지 못하는 것이 당연하다.

물론 염화대원들이야 대주의 명을 따르고 있는 것뿐이었지만, 석마당주는 그것을 몰랐다.

"좋구나! 계속 그렇게 서 있도록! 으하하핫!"

석마당주는 광소를 터뜨리며 청명을 돌아보았다.

"그냥 싸우면 재미없을 테니 이 객잔의 여주인을 거는 것이 어떻소? 여주인을 내기 상품으로 걸었는 데도 안 나오진 않겠지!"

청명이 자신들과 싸우기 싫어 전투를 피하는 것으로 착각한 석마당주가 어설프게 격장지계를 펼쳤다.

우리는 두 번째 음화신녀가 누군지 알고 있으니, 그녀를 데려가려는 것을 막으려면 공격해 보라는 것이다.

석마당주의 목소리에 마규상이 이를 악물었다.

'바보 같군.'

마규상은 청명을 바라보았다. 청명은 아직도 고개를 갸웃하고 서 있을 뿐이었다.

"나오지 않겠다, 이거냐! 그렇다면 이 광귀도법을 받아보아라!"

광귀도법이라는 것의 창시자는 석마당주였다. 외문무공으로 대성해 내가기공이 부족했던 석마당주로서는 도에 대한 조예도 부족했다.

결국, 아무렇게나 검을 휘두르는 것에 불과하다.

하지만 속도가 빠르고 혼란스러웠다.

운풍자는 재빨리 몸을 뒤로 빼었다.

"큭! 사조님!"

몸을 뒤로 빼고 생긴 빈틈으로 도를 찔러 넣는 석마당주를 보며 운풍자가 신음을 터뜨렸다.

도는 빈틈 뒤에 있던 청명에게로 날아가고 있었다.

그때였다.

운혜는 재빨리 검을 챙겨 들고 내려왔다. 아니, 내려오기도 전에 검, 운혜와 운검을 청명과 운풍자에게 던졌다.

"으앗!"

뾰족한 검끝이 날아오자, 청명은 재빨리 자신의 검을 피했다.

"……."

석마당주는 당황했다. 청명이 검, 운혜를 피하는 동시에 자신의 도도 피해 버린 것이다. 게다가, 웬 검 한 자루가 자신에게 날아온다.

"이기어검을 사용하는 극강의 고수라네."

"우, 우아앗!"

석마당주는 비명을 지르며 몸을 뒤로 빼었다.

"후아―"

석마당주가 사라지자, 잠시 놀란 듯 가슴을 쓸던 청명은 쪼르르 달려가 자신의 검 운혜를 쥐어 들었다. 예전에 곽 도우와 했던 것과 같은 비무인가 보다.

그 모습에, 석마당주는 껄껄 웃었다.

"으하핫, 이제 제대로 놀아볼 수 있겠구나!"

"…무량수불!"

운풍자는 운혜가 던진 자신의 운검을 들고 횡으로 그었다. 부드러운 봄바람이 살랑거리듯 불어왔다. 다름 아닌 오행검(五行劍)의 십이초식 만화변(萬花變)의 초식이었다.

"으하핫, 조무래기는 비키거라!"

석마당주는 껄껄 웃으며 검을 바라보았다. 그저 그뿐, 피하지도, 어떤 움직임도 취하지 않는다. 석마당주의 무기는 도지만 그의 주특기는 외공이었다. 어지간한 보도도 그의 살갗을 베지는 못한다.

사악―

하지만 내기가 충만한 검객이라면 이야기가 다르다. 조성욱의 피륙이 베어져 나갔다.

운풍자의 예리한 검기가 석마당주의 피부와 살을 분리해 놓고 만 것이다.

"큭?"

조성욱은 깜짝 놀랐다. 자신의 외공이 깨지다니? 있을 수 없는 일이었다.

그와 동시에, 운풍자 역시 놀랐다. 검기를 최대한 끌어올렸는데도, 조성욱의 팔을 완벽히 잘라내진 못했다. 그저 거죽에 조그마한 상처를 낸 것에 불과했다.

그리고 청명도 놀랐다.

"피, 피가 나요, 운풍 사손!

"…무량수불……."

대꾸도 없이, 운풍자는 슬쩍 뒤로 물러섰다.

그와 동시에 석마당주의 도가 위에서 아래로 천근거력으로 날아들었다.

휘잉―

귓가에 울리는 바람 소리를 피하며 운풍자는 뒤로 몸을 날렸다. 그것은 석마당주가 원하던 바였다. 석마당주의 본 목적은 청명이었으므로.

거도에 어울리지 않는 놀라운 속도로 도는 청명에게로 날아갔다.

"으앗!"

청명은 비명을 질렀다. 마음이 가는 길대로 움직이면 되겠지만, 마음이 가는 길을 원시천존님께서 막아두셨던 탓에 저 검을 막을 수 있을지, 없을지는 자신도 모른다.

청명은 저도 모르게 눈을 꼬옥 감았다.

챙―

다행히 청명의 앞을 다시 운풍자가 막아섰다.

"……."

마규상은 이상한 듯 그 모습을 바라보았다. 선인께서는 왜 이기어검을 사용하지 않으실까? 청명이 능력을 잃었다는 것을 모르는 마규상으로서는 이해할 수 없는 일이었다.

석마당주는 껄껄 웃었다. 이기어검을 펼친다는 것은 거짓말이었나 보다. 아까의 이기어검도 우연의 일치일 뿐이겠지.

청명과 운풍자에게 온갖 신경을 집중하느라 그 뒤에 있던 두 명의 사내를 잊고 말았던 석마당주는 자신의 몸 상태를 아직도 알아차리지 못하고 있었다.

"으하하핫! 하핫! 하… 하?"

상처가 난 피부의 느낌이 이상했다. 간질간질거리는 것이 마치 독에 중독된 것처럼…….

'독?'

어디서 독이 튀어나왔단 말인가! 석마당주의 얼굴이 다급해졌다. 코로 흡입한 것도 아니고, 독은 상처 속으로 바로 파고들어 혈관을 돌아다니고 있었다.

그리고, 석마당주의 얼굴 위로 당유성의 암기가 날아들었다.

"큭!"

석마당주는 피할 새도 없이 그것을 다 맞고 말았다. 하지만 두터운 외문무공의 탓인지, 암기는 석마당주의 얼굴에 완전히 침투하지 못하고 거죽에만 꽂히고 말았다.

고슴도치와 같은 얼굴로 석마당주가 노호성을 터뜨렸다.

"비겁하구나! 암기를 날리다니!"

"……."

비겁하다는 것은 당유성도 안다. 하지만 지금은 어쩔 수가 없었다. 당유성으로서는 이 내기의 상품이 가연이라는 소리를 듣자마자 참을 수가 없었다.

"비겁하다 말해도 할 말은 없군."

석마당주의 얼굴이 시퍼레졌다. 그나마 조금 있는 내공을 운용해 보니 독이 제법 맹독이다.

'이렇게 강한 독을 쓰는 놈이 여기 있을 줄이야…….'

하지만 더 생각해 보니, 이곳은 사천이다. 당가의 무인이 모래알처럼 많은 곳이다. 그런 곳에서 혼자 행동하겠다고 호언장담했다니!

외공이 강하고 내공이 미약한 자신으로서는 가장 무서운 적이 바로 독을 쓰는 자였다.

사천당가를 떠올린 석마당주는 새파랗게 질린 얼굴로 외치며 신형을 뒤로 빼었다.

"퇴각!"

"…존명!"

마규상은 묵묵히 외치고는 뒤로 물러섰다.

처음부터 상대가 당가의 무인인 것을 짐작한 마규상은 석마당주의 전투에도 몸을 움직이지 않고 있었다. 신선이 없었다면 필살의 기세로 싸워보겠으나, 신선이 계시니 덤벼드는 것은 그저 자살밖에 되지 않는다.

하지만 그 의아한 시선은 청명에게 가 박혀 있었다.

'왜 이기어검을 쓰지 않는가…….'

마규상은 마지막으로 청명을 흘끗 바라보고는, 석마당주를 따라 경공을 펼쳤다.

석마당주와 마규상이 사라지자, 황망한 얼굴로 당선규가 주위를 돌아보았다. 검을 가져왔던 여도사의 얼굴이 눈에 들어왔다.

"저, 정말 음화신녀였구려……."

당선규는 운혜를 바라보며 생각에 빠져 들어갔다.

하지만 당유성은 달랐다. 그는 거대한 체구의 마두가 가연에 대해 논하는 것을 보았다.

"……."

당유성은 주위를 둘러보았다.

객잔은 박살이 나 있었다. 성한 찬탁은 하나도 없었고, 성한 찬위도 없다.

산산조각난 객잔을 둘러보며, 당유성이 말했다.

"저 마두가 관매를 내기 상품으로 걸었소."

“……”

운풍자는 아무런 말도 하지 않았다.

“…말하시오. 그들은 왜 관매를 노리는 거요?”

당유성은 뒤에서 황망히 주위를 둘러보고 있는 가연을 보고는 이를 악물었다. 운혜라는 여도사라면 모르겠지만, 왜 가연을 노린단 말인가!

“……”

여전히 운풍자는 아무런 말도 하지 않았다. 그저 고요히 주위를 둘러볼 뿐이었다. 그의 시선에 운혜가 들어왔다.

“왜 관매를 찾느냔 말이오. 그 이유를 말씀하시오.”

아무런 말도 없는 운풍자에게 당유성이 따지듯 물었다. 목소리에 약간의 살기가 섞여 있었다.

운풍자는 그제야 고개를 끄덕였다.

“알고 있소이다.”

“말해보시오.”

당유성이 차갑게 말했다. 차가운 눈이었지만, 그 속에 이글이글 광기가 타오르는 것이 조금은 이성을 잃은 듯한 모습이었다.

당유성의 말에 운풍자는 고개를 저었다.

“말해도 될지 모르겠구려.”

“말하시오. 나는 알 권리가 충분한 사람이니.”

당유성이 화를 내며 말했다. 운풍자는 말을 꺼내기 주저하는가 싶더니 이내 단호히 입을 떼었다.

“…그녀는 음화신녀요.”

운풍자는 그렇게 말하고는 묵묵히 당유성의 눈을 노려보았다. 당유성의 눈이 부릅떠졌다.

4장

제6화 마음으로 가는 길

한 시진 뒤.

운풍자는 무표정한 얼굴로 앞에 앉은 가연을 바라보았다.

심각한 이야기, 어찌 보면 한 인생의 끝이 될 슬픈 이야기를 하는 와중에도 운풍자의 표정은 바뀌지 않았다.

운풍자는 그나마 피해가 덜했던 선경루의 이층에 앉아 가연에게 그 정체에 대한 이야기를 해주고 있었다. 음화신녀가 무엇인지, 그리고 순음지체란 무엇인지, 어떤 위험이 있는지.

가연보다 먼저, 당유성이 반발했다.

"운풍 도장, 도장께서 실수를 하신 것은 아니오? 순음지체는 여덟 살 때부터 발동한다고……."

"실수는 아니오."

운풍자는 무표정한 시선으로 당유성에게로 시선을 돌렸다.

"인위적인 것이 아닌 자연적인 순음지체이니, 발동이 늦을 수도 있다는 것이 사조님의 의견이셨소.”

당유성은 입을 다물었다. 그럼, 스물셋, 넷이 넘은 가연은 자연적인 순음지체인 탓으로 이제야 발동을 시작했단 말인가?

가연이 입을 열었다.

“그럼 저는 죽게 된다는 말씀이신가요?”

운풍지는 고개를 저었다.

“그렇지만은 않습니다. 저희 사조님과 함께 계시면 별다른 탈없이 지내실 수 있습니다.”

무덤덤한 목소리였다.

“명이, 아니, 신선께서 없다면 죽은 목숨이로군요.”

“그렇습니다.”

“……”

가연은 고개를 푹 숙였다. 머릿속에는 따듯하게 웃고 있는 언니의 모습이 떠오르고 있었다. 만두를 주던 언니, 그리고 늘 자신을 보호해 주던 언니, 자신을 위해 죽은 언니.

‘언니… 나 죽는 거야?’

가연은 마치 아이처럼, 살아 있지도 않은 언니에게 물었다. 죽음이라는 것, 어떻게 보면 무섭지 않았다.

‘그럴 거면 왜 살렸어?’

차라리 죽게 내버려 두고 언니나 살 것이지… 어차피 죽을 목숨이라면 차라리 그렇게 할 것이지.

‘언니, 소연이는, 소연이는 어떻게 해? 내가 없으면 소연이는?’

가연은 고개를 살짝 들었다. 자신의 목숨은 그렇다 치고 소연이는 앞으로 어떻게 해야 한단 말인가!

“살려면 제가 이 객잔을 떠나야 한다고요?”

"그렇습니다."

운풍자의 대답은 주저함이 없이 냉혹했다.

가연은 눈을 꼬옥 감았다. 언니의 추억 하나하나가 어린 객잔을 저버려야 하는가. 소연을 살리려면, 자신이 살리면…….

"서둘러 결정하셔야 합니다. 저희에게는, 그리고 관 도우에게는 시간이 그리 많지 않습니다."

운풍자는 여전히 무표정한 얼굴이었다. 두 명의 음화신녀를 데리고 정파인들도, 마도인들도 모르게 사천을 떠나야 한다.

정파의 도움을 받는 것이 더 나을 수도 있지만, 구파의 장문인들은 아마도 두 명의 음화신녀를 모두 제거하려 할 것이었다. 그렇다면 그들의 도움을 받을 수는 없다.

운혜 사매도, 그리고 이 여도우도 죽게 할 수 없으니까.

"……."

운풍자는 고민하는 가연에게 말했다.

"가연 도우의 음기는 언제 폭발할지 모릅니다."

가연이 항변하듯 말했다.

"…신선께서 계시면 괜찮다고 하셨잖아요."

"사조께서는……."

운풍자는 말을 모두 잇지 못했다. 현 상태의 사조님이시라면 미봉책은 될 수 있지만 최선책은 뇌시 못한다.

청명 사조께서는 능력을 잃으셨어도 음기와 양기의 조화를 적절히 맞춰주실 수 있지만, 그것은 언제나 곁에 계셨을 경우에 불과했다.

발동을 늦출 수는 있어도 완전히 막을 수는 없었다.

"……."

가연은 고개를 푹 숙였다. 방법이 없다. 소연이를 두고 먼 곳으로 갈 수는 없다. 가연은 다시 고개를 들고는 애정 어린 눈으로 객잔을 훑어보았다.

'언니… 미안해.'

추억이 어려 있다고 객잔을 버리지 못할 만큼 감성적인 사람은 아니었다. 하지만 소연에게 조금이나마 친어머니의 향기를 맡게 해줄 수 있게 하고 싶었다. 그도 이제는 글렀지만.

"떠날게요. 소연도 함께."

"같이 가지."

"……."

당유성의 목소리에 운풍자의 시선이 옮겨졌다.

"소가주……."

"저도 따라가야겠습니다, 운풍 도장."

당유성은 침착한 어조로 말했다.

운풍자의 무표정은 깨지지 않았다. 조금은 그 마음을 짐작하고 난 후였다. 하지만 가연은 깜짝 놀라 당유성을 바라보았다.

"당 공자……."

"나도 갈래, 관매. 나만 내버려 두고 산천 유람을 다니는 건 너무하지 않아?"

여기까지 와서도 농담이다. 가연은 씁쓸히 웃으며 고개를 저었다.

"…안 돼요."

"갈 거야."

가연은 얼굴을 들고 당유성을 바라보았다. 당유성에 대한 서운함도 이때만큼은 가셨다. 모든 것을 버리고 자신을 따라나서겠다고 말하고 있지 않은가!

"하지만 당신은 당가를 맡아야 하잖아요."

가연은 고개를 푹 숙였다. 아무리 모르더라도 소가주가 어떤 직위인지는 잘 안다. 하지만 당유성은 꾸준한 밝은 어조로 말했다.

"소가주 직을 버리면 돼. 괜찮아. 걱정하지 마, 관매."

당유성의 얼굴은 밝았다. 가연을 생각해서라도 어두운 얼굴을 만들 수는 없다.

"괜찮을 거야, 관매. 관매는 죽지 않아."

가연은 고개를 푹 숙인 채로 중얼거렸다. 왜 저 남자는 자신을 이렇게 따라오려 할까? 왜 자신의 모든 것을 버리면서까지 나를?

생각은 입을 타고 밖으로 번져 나갔다.

"당신은… 당신은 왜 내게……."

"사랑하니까."

조금의 기다림도, 머뭇거림도 없이 당유성은 확고히 말을 내뱉었다. 그는 신념 어린 목소리로 말했다.

"당신이 나를 사랑하는 것처럼."

"……."

당유성의 말에는 조금의 의심도 없었다. 마치 가연이 자신을 사랑하는 것이 당연하다는 것처럼 확고한 음성이었다.

당유성은 그렇게 말하고는 가연의 대답은 들을 필요가 없는 것처럼 운풍자를 바라보았다.

"저도 데려가 주십시오. 방해는 되지 않을 겁니다."

"……."

운풍자는 고심했다. 당가의 소가주를 데려간다면 당가의 추적이 반드시 있을 것이다.

"소매라도 찢으라면 찢을 수 있습니다."

소매를 찢는다는 것은 절연을 뜻한다.

운풍자는 무표정히 당유성을 바라보았다. 그리고 그 눈에 담긴 확고한 신념을 발견했다.

"……."

결국 운풍자는 아무런 말 없이 고개를 끄덕였다. 어차피 마교도들의 추적을 받게 되었으니, 이쯤 되었으면 차라리 보표를 더 만드는 것이 낫다.

운풍자는 무표정한 얼굴로 몸을 일으켰다.

"그럼, 내일 출발하오리다. 몸을 조심하십시오."

"…예."

가연은 조그맣게 중얼거리곤 슬픈 얼굴로 객잔을 둘러보았다. 객잔의 기둥 하나에까지 어려 있던 자신의 추억이, 소연의 친어머니의, 언니의 향기와 눈물이 하나하나 가슴에 새겨지는 듯했다.

가연은 울음을 터뜨렸다.

다음 날.

선경루는 더 이상 장사를 하지 않았다.

선경루에 무림인들이 나타나 점거하고 있다는 소문이 돌았다. 정체 모를 무림인들이 당가의 영역을 침범했다는 소문이 돌았는데도 당가는 움직이지 않았다.

당유성이 그곳에 있는 것을 모르는 듯, 그리고 그곳에 또 다른 무림인들이 왔었다는 사실을 모르는 듯한 움직임이었다.

그 결과를 유도해 내기 위해 당유성과 당선규는 친히 선경루의 일에 대한 관심을 해소해야 했다.

강호인이 당가의 시선을 피하기는 어려우나, 당씨가 당가의 시선을 피하기는 도리어 쉬운 법.

당유성은 마치 파락호와 같은 기벽을 가진 소가주로 행세했고, 당선규는 그런 당유성을 참지 못해 비무를 신청했던 것으로 사건을 일단락되었다.

“…….”

운풍자는 무표정히 짐을 챙겼다. 오늘, 사천을 떠난다. 아마 떠나는 길에 마교의 움직임이 몇 번이나 더 있을지 모른다. 그들의 추적을 피하려면 고된 일이 될 것이었다.

아직 마교도들이 침범하지 않았으니, 시간은 이쪽에 있다.

운풍자는 슬쩍 객잔 밖을 바라보았다. 하늘의 도우심인지, 자신들의 정체는 드러났지만 추걸개 선배가 사천에 있다는 것은 드러나지 않았다.

추걸개 선배는 지금 그림자처럼 움직이고 있었다.

이제 도주로를 확보하는 일도 추걸개 막 선배가 도와줄 것이다.

“…무량수불.”

운풍자는 시선을 돌려 가연을 바라보았다.

가연은 몇몇 보따리를 챙겨 들고 슬픈 눈으로 다 부서진 객잔을 둘러보고 있었다.

‘언니…….’

언니의 모든 것이 담긴 객잔을 버리고 떠나게 된다. 소연을 위해서, 자신을 위해서.

어쩔 수 없는 선택이었지만, 괜히 눈물이 솟아오를 것 같았다. 가연은 억지로 웃으며 운풍자를 바라보았다.

“출발은 언제인가요?”

“사시에 출발하게 될 것입니다.”

밤에 움직일 경우, 도주로는 여러 곳이 있겠지만 마교의 눈을 피하기는 어렵다. 그럴 바에는 낮에 움직이는 것이 더 낫다. 낮에는 당가의 시선을 피하기 위해서라도 조용할 테니.

"그렇군요."

가연은 고개를 살짝 숙였다. 지금은 진시이니, 다행히 언니의 무덤 가에 가볼 수 있는 시간은 있는 셈이다.

가연이 말했다.

"그렇다면 저는 잠시 언니의 묘에 가보고 싶어요."

"…불가하오."

운풍자는 무표정한 얼굴로 고개를 저었다. 불가능한 일이다. 그녀는 객잔 밖으로 나서면 아니 된다. 나섰다가 백련교도들의 눈에 띄기라도 하면 돌이킬 수 없어진다.

가연이 애절하게 말했다.

"부탁드려요. 마지막으로 한 번만……."

"…무량수불."

운풍자는 도호를 읊조리며 억지로 시선을 돌렸다.

어찌해야 할 것인가! 이성적으로 생각하자면 절대 불가한 일이지만, 마음은 계속 그녀를 보내라고 말하고 있었다. 가연의 언니가 어떤 사람인지 아는 탓이었다.

운풍자는 다시 이층 창가 아래를 내려다보았다.

"그래도 불가하오."

갈 수 없다.

운풍자의 심사를 읽기라도 한 듯, 가연을 쓸쓸하게 바라보던 당유성이 입을 열었다.

"보내주시오."

"……."

당유성은 일의 심각함을 잘 알면서도 보내자고 말했다. 그는 적어도 무덤 가로 돌아가는 일이 안전하다는 것을 잘 알고 있었다.

"언니의 무덤은 당가보로 가는 길목에 있소. 사람들이 워낙 많이 다니는 길인 데다가, 걸어서 반 각도 걸리지 않는 곳이오."

"그래도 불가하오."

백련교도들이 만약 사람들의 시선을 무시하고 움직이기로 한다면 어떻게 하겠는가!

당유성 역시 같은 생각을 한 듯했다.

"위험하다는 것은 잘 알고 있소."

'그런데 왜?'

의아한 시선으로 운풍자가 당유성을 바라보자 그는 피식 웃었다.

"내가 같이 갈 거요."

운풍자의 얼굴이 단숨에 굳어졌다. 설마, 당 공자는 당가에 이 사실을 알린 것일까?

"무슨 짓을……."

"그런 표정 짓지 마시오. 관매의 목숨을 위해 당가에 알리지는 않았으니."

"그럼 어떻게……."

"말씀드릴 수 없소."

당유성은 슬쩍 웃었다.

"위험하다는 것은 알고 있소. 이성적으로 생각하면 가지 않아야 할 것도 알고 있소. 하나, 그녀는 다녀와야 하오."

"……."

운풍자는 아무런 말도 하지 못했다. 언뜻 가연의 눈을 바라봤기에 더더욱 그러했다.

"…그럼 다녀오리다."

조용히 서 있는 운풍자를 흘끗 바라본 당유성은 몸을 돌려 가연과 함께 걸어갔다.

*　　　*　　　*

가연과 당유성이 객잔을 나설 때쯤엔 해가 중천에 떠 있었다. 운풍자는 무표정한 얼굴로 이층 아래, 후원을 돌아보았다.

청명 사조께서 검, 운혜를 들고 작은 나무 아래 서 계셨다.

무공을 수련하기 위한 공간치고는 턱없이 좁은 공간이었지만, 어차피 신법이나, 경공에 대해서는 문외한에 가까운 청명 사조시니 모자랄 것도 없었다.

"……."

운풍자는 걸음을 옮겨 계단을 내려갔다. 그리고 포방을 넘어 후원으로 걸어갔다.

청명은 조용히 검을 높이 들어올렸다.

"합!"

어설픈 검이 위에서 아래로 베어졌다. 직선도 아니고, 그렇다고 곡선도 아닌 부드러운 검놀림이 위에서 아래로 내려 그어졌다.

그 다음, 검은 부드럽게 원을 그리며 다시 위로 올라갔다.

'천(天)…….'

청명은 검을 들어 두 번째 기수식을 취했다. 머릿속에는 상념이 가득했다.

'원시천존님은 왜 평범하라는 명을 내리신 걸까?'

두 번째는 지(地)의 초식이었다. 검을 땅과 수평으로 들어 옆으로 베어나간다. 하지만 이번에도 검로는 흔들렸고, 옆으로 베어진 검은 다시 제자리로 돌아오며 원을 그렸다.

'왜 선기를 봉인하신 거지?

청명은 고개를 갸웃했다. 마지막은 인(人)의 초식이다. 하지만 청명은 검을 움직이지 않고 꼿꼿이 섰다.

"너의 뜻한 바가 있거든, 나의 명을 좇지 말라……."

예전, 사부께 직접 들었던 원시천존님의 말씀이었다. 뜻한 바도 없으면서 평범하게 살라는 원시천존님의 말씀을 거역했기 때문일까? 더 이상 자연지기가 움직여지지 않았다.

"원시천존님……."

청명은 나지막이 중얼거리며 다시 검을 들었다. 원시천존님의 명을 따르지 않아도 될 만한 뜻이 자신에게 서 있을까?

그런 것 같지는 않았다.

그동안 원시천존님의 말씀대로 평범하게 살았다. 평범한 도사들처럼 무공을 익혀보았고, 평범한 사람들처럼 농사도 지어봤다. 그리고 평범한 장로들처럼 무공을 연구해 보기도 했고, 지금은 끝났지만 점소이의 일을 해봤다.

하지만, 평범한 사람이라면 불가능한 일을 너무나 많이 저지르고 말았다. 평범한 사람은 비를 내리게 해서는 안 된다고 했는데, 비를 내려 비렸다. 그리고 평범한 사람은 번개를 내릴 수도 없는데 자신은 번개를 내려 버렸다.

'뜻한 바가 있거든…….'

청명은 어깨에서 힘을 빼고 검을 내렸다. 나의 뜻함은 어디에 있는가!

"비우고 비워 무위에 달했으니, 못 이룰 것이 없는 법인데……."

청명은 우울한 얼굴로 고개를 숙였다. 앞으로 어떻게 해야 할지 모르겠다. 인연은 얽히고설켜 복잡하게 변해 있었다.

"……."

청명은 고개를 들어 하늘을 보았다. 파아란 하늘이 눈앞에 보였다. 파아란 하늘에는 흰 구름 한 점이 몽실몽실 흘러가고 있었다.

그 모습에 청명은 헤헷 웃었다.

사실, 구름이 흘러가는 것이 아니라 자신의 마음이 흘러가는 것이었다. 도를 깨달을 때 보았던 것과 같은 것이었다.

청명은 다시 시선을 내렸다.

구름은 움직이고 있었지만 사실 구름이 아니라 자신의 마음이 움직이고 있는 것이다.

선기를 움직일 수 없었지만, 아마 선기가 아니라 자신의 마음이 움직이지 않는 것이리라.

청명은 생각을 마쳤다. 마음이 움직이지 않는다고 해서 억지로 무언가를 해보려는 것도 좋지 않다. 그저 순리대로 흘러가게 놔두는 것이 나으리라.

"운혜 사손을 보러 가야지."

청명은 해맑게 웃으며 검을 챙겨 들었다. 문득 보니 이 검도 운혜다.

"헤헷."

"사조님."

청명의 웃음소리를 뚫고 자그마한 목소리가 들려왔다. 청명이 검무를 시작한 지 얼마 되지 않던 때부터 자리에 있었던 운풍자였다.

"예?"

청명이 의아한 시선을 들어 반문했다.

"…그 무공은 무엇입니까."

운풍자는 알 수 없다는 듯한 시선으로 청명을 돌아보았다. 청명은 고개를 갸웃하다가 이내 웃었다.

"아, 이 무공은 운풍 사손이 가르쳐 준 삼재검이에요."

그럴 리가.

삼재검일 리가 없었다. 삼재검은 저렇게 흐느적거리지도 않고 저렇게 원을 그리지도 않는다.

그렇게 원을 그리며 검을 놀리는 수법은 강호에도 몇 개 없다. 그리고 거기에 사조님처럼 현기까지 어린 무공은…….

'태, 태극혜검?'

운풍자의 눈이 부릅떠졌다.

한 달 전 천하제일가에서 현평 진인은 청명의 무공을 알아보고 직접 그 무공을 쓰게 된 연유에 대해 물어보았었다.

그때 청명 사조께서 너무나 천연덕스럽게 태극혜검을 배운 적이 없다고 말씀하시는 바람에 운풍자는 그 사실에 깊게 신경을 쓰지 않았었다.

하지만 연무하시는 모습을 보니, 진정 태극혜검이다.

"어, 어찌……."

"네?"

청명은 고개를 갸웃했다. 무슨 말을 하는 건지 알 수가 없다.

눈을 부릅뜬 운풍자가 말했다.

"대, 태극혜검을……."

"저는 태극혜검을 배운 적이 없어요."

"하지만 그 검은 태극혜검입니다!"

청명의 천연덕스러운 말에 운풍자가 반박했다. 그의 얼굴 표정에서 무표정이 사라지고 경악스러움이―다른 곳은 무표정한데 눈만이 부릅떠져 있었다―나타났다.

“아닌데…….”

청명은 시무룩한 얼굴로 말했다. 그런 무공은 모른다.

운풍자는 머리를 굴렸다. 태극혜검은 태극검의 요체를 기본으로 하여 원융의 이치를 포함시킨 무공이다.

거기서 더 나아가 태극검은 태극권에 기반을 둔 무공이다. 태극권이야말로 무당 무공의 모든 것이라고 할 수 있는 것이다.

즉, 태극혜검 역시 태극권의 원리를 따르게 되어 있다.

운풍자는 멍하니 입을 열어 물었다.

“유약승강강(柔弱勝剛强) 불위항류(不違抗流)의 의미를 아십니까?”

“네.”

청명은 벙긋벙긋 웃으며 고개를 끄덕였다. 운풍자는 입을 살짝 벌렸다.

“무슨 뜻인지요.”

“강함이 약함을 이기고 약함이 강함을 이기니, 오직 순리를 거스르지 않는다는 뜻이에요.”

“허어…….”

운풍자는 멍하니 한숨을 내쉬었다. 해석만으로는 흠잡을 데가 없다. 본래 태극권은 도덕경에서 나온 무공이니, 해석이 가능할 수도 있다. 하나, 엄연히 태극권은 무공이다.

“…사조께서는 무공을 모르시지요?”

“아니에요, 이제 저는 삼재검을 알아요.”

청명이 볼을 부풀리며 반박했다.

“그리고 저는 도(道)를 알아요.”

“……!”

운풍자는 눈을 부릅떴다.

무당 무공의 근간은 도(道)에서 나왔다. 무당산에 가득 찬 도가의 경전을 읽던 조사들께서 문득 무리를 습득하여 만든 무공들이 무당 무공의 근간을 이룬다. 도가 경전이야말로 진정한 의미의 진무경이라고 해도 과언이 아닌 것이다.

무엇보다, 장삼봉 개파조사께서도 도덕경의 문구에서 태극권을 창안하지 않으셨던가!

그렇다면, 경전을 읽고 깨달았다는 것은, 즉 도(道)에 다달았다는 것은 무당 무공의 근간을 모두 깨달았다는 것을 뜻한다.

물론, 무공을 사용할 줄 모르니 그 무리들을 사용할 수는 없겠지만, 사조께서는 선계에 올라 선술을 익히셨으니, 모자랄 것이 없다.

"무, 무, 무량수불……."

운풍자는 놀란 마음을 진정시키기 위해 진언을 읊조렸다. 그런 관점에서 보면 사조께서는 살아계신 무당의 보고나 마찬가지였다.

선술이 없다고 해도 말이다.

운풍자는 저도 모르게 입을 열었다. 사조께 한 가지 무리를 여쭈어보려는 것이다. 만약 정말 사조님께서 이루신 도가 무당의 무공의 근간을 이루는 그 도(道)라면, 무당 무공에서 가장 상위권에 속한다는 태극양의 심공의 구절도 해결할 수 있을 것이다.

"무릇, 무극에서 태극이, 태극에서 음양이 나온 것처럼 만물은 하나이고 하나에서 마음이 나왔으니 때로는 뜻이 나뉘니, 이를 어찌하오리까."

청명은 슬쩍 웃었다. 본래 마음은 하나지만, 동시에 여러 개이기도 하다.

"나는 언제나 나를 봐요."

청명은 선문답 같은 한마디를 남겼다. 운풍자는 멍하니 청명을 바라보았다.

사조께서는 싱긋, 웃고는 운혜를 보러 객잔 안으로 들어가 버리셨다.

"나는 나를 본다?"

운풍자는 멍해져 있었다.

태극양의심공!

뜻을 두 개로 품는다. 마음을 나눈다고도 한다.

내가 나를 보려면, 나는 나뉘어 있어야 한다. 하나는 나를 관조하는 마음과 하나는 행동하는 마음. 스스로를 관조하는 두 개의 마음을 보면 장자께서 말씀하셨 듯 어느 마음이 자신의 것인지 모른다.

더 깊이 들어가면 마음조차도 없는 것이 아닐까?

운풍자는 상념에 빠져 들어갔다. 그 얼굴에 미소가 어렸다.

*　　　*　　　*

가연은 힘겨운 걸음을 떼었다.

관도를 터덕터덕 걷는 걸음은 힘겨웠다. 객잔 안에 있을 때는 몰랐는데, 지금은 걸음걸음 옮기는 것이 점점 더 힘들어진다는 것을 깨달았다.

한 걸음 한 걸음이 고역이었다. 천천히 움직이고는 있었지만, 몸은 천근만근을 어깨 위에 올려놓은 것처럼 무거웠다.

'피, 피곤해⋯⋯.'

가연은 졸린 눈을 끔벅거리며 생각했다. 걷는 것이 점점 더 힘들어져 별수없이 옆에서 걷고 있는 당유성의 어깨를 빌릴 수밖에 없었다.

"괜찮아, 관매?"

"예⋯⋯."

스르륵 감기는 눈을 억지로 떠가며, 가연은 걸음을 옮겼다.

가까운데⋯ 저렇게나 가까운데.

그다지 높지도 않은, 작은 묘소로 걸음을 옮기는 것이 이렇게 괴로운 일이 될 줄이야!

가연은 천천히 눈을 감았다.

"다 왔어, 관매. 이제 일어나 봐."

옆에서 당유성이 몸을 흔드는 것이 느껴졌다. 하지만 벌써 눈에는 아무것도 보이지 않는다.

'언니… 미안.'

이렇게 죽나보다. 멍청하게…….

'나 잘해보려고 했는데, 잘 안 됐어. 나 좋아하는 사람이 생겼는데.'

가연은 흐린 눈가 사이로 보이는 당유성을 바라보며 울음을 삼켰다. 멀리서 언니가 걸어오는 듯, 나비가 팔랑팔랑 날아오르는 것이 보였다.

'우리 소연이… 어떻게 하지.'

가연은 완벽히 눈을 감았다. 가연의 옷자락이 얼어가고 있었다.

당유성은 비명을 질렀다.

"관매, 관매! 괜찮아, 관매? 관매!"

가연은 그 목소리를 들으며 생각했다.

'언니… 나는 괜찮은데, 우리 소연이… 소연이 돌봐줘. 언니 딸이잖아.'

가연은 그 생각을 마지막으로 정신을 잃었다.

"관매! 이런 제길!"

사아아—

가연의 몸을 중심으로 주변이 얼어가고 있었다. 가연이 입고 있던 옷이 얼어붙은 것이 제일 빨랐다. 그리고 가연을 부축하던 자신의 옷이 얼어붙었다.

예전 현무 진인이 운혜를 안고 갈 때처럼 빠른 속도는 아니었다. 자연적으로 발생한 순음지체와 인공적으로 만든 순음지체의 차이가 그토록이나 큰 것이다.

하지만 그렇다고 해도 얼어붙는 속도는 빨랐다. 이대로라면 반 각 안에 가연은 물론이거니와 주위의 모든 것이 얼어붙게 생겼다. 자신조차도……

"제길!"

당유성은 재빨리 가연을 들쳐 업었다. 조금이라도 늦었다간 둘 다 동사한다.

'하나 그것도 괜찮지. 관매랑 함께니까.'

당유성은 피식 웃고는 경공을 펼쳤다. 그의 인생에서 가장 빠르게, 그리고 그의 인생에서 가장 다급하게.

＊　　　＊　　　＊

상념에 빠진 운풍자는 눈앞에 무엇인가가 아른거린다고 생각했다. 그것은 환희이기도 했고, 또 그것은 끝없는 세계를 안내하는 작은 깃발이기도 했다.

자신은 그 깃발을 따라 걸어가고 있었고, 그리고 자신은 깃발을 따라 걸어가는 자신을 관조하고 있었다.

마음은 하나로서 존재하지만 나는 나를 보는 법!

운풍자는 환희 속에 빠졌다. 하지만 자신을 기다리고 있는 저 깃발은 너무나 멀었다.

눈앞에 보이는 저 무리를 잡을 수만 있다면, 바로 지금, 저것만 잡아낼 수 있다면……

"이보시오, 운풍 도장!"

운풍자는 누군가의 다급한 목소리에도 눈을 뜨지 않았다.

'다… 다 왔다……'

운풍자는 마지막 한 발자국을 떼기 위해 고심했다. 아직, 양의를 얻지는 못했지만, 조금만 더 궁리한다면 얻을 수 있을 것 같았다.

"운풍 도장!"

툭―

당유성은 다급히 운풍자의 팔을 툭 쳤다.

무아지경에 빠졌던 운풍자의 눈이 마침내 떠졌다.

"……"

단 한 순간.

자신을 괴롭히던 그 무리를 풀 수 있었건만 한 순간이 어긋났다. 결국, 태극양의심공의 깨달음을 해석하는 한가운데에서 운풍자는 눈을 뜨고야 말았다.

운풍자는 무덤덤히 당유성을 돌아보았다. 많이 아쉬울 법하건만, 그리고 흥분할 법하건만 의외로 그렇지는 않았다. 오늘 보게 된 그 광경만으로도, 자신은 앞으로 다시 그 문을 열 수 있을 만한 기반을 닦은 셈이나 다름없다.

운풍자는 슬쩍 웃으며 시선을 돌렸다. 하지만 그 표정은 금세 굳어버리고 말았다.

"……!"

"선인께서는 어디 계시오!"

가연을 업은 당유성이 다급히 외쳤다.

반 각 뒤.

청명은 우울한 얼굴로 가연의 얼굴에 손을 가져갔다. 가연의 얼굴을 어루만지던 청명은 부드럽게 손을 내렸다.

"어떻게 되었습니까, 사조님."

"…차가워요."

첫 느낌은 차가웠다. 몸의 온기가 모두 배제된 차가움 속에서 청명은 괜히 소름이 돋는 것 같아 몸서리를 쳤다.

추운 겨울의 한가운데도 이렇지는 않다. 겨울 속에서도 생명은 있고, 그 생명은 적당한 온기를 지니게 마련이다.

겨울에 음기가 승하는 것은 분명하지만, 양기가 없지는 않은 것이다.

하지만 가연 도우의 몸에는 양기가 없었다. 아주 조금, 한 움큼 남아 있던 양기가 점점 더 사라져 가고 있었다.

"큰일났어요, 운풍 사손. 가연 도우는 추워서 죽어버릴지도 몰라요."

"…무량수불."

방법이 없다. 발동이 시작되었다면, 가연 도우는 살 방법이 없다. 사조님께서 능력을 되찾는다면 발동을 늦출 수 있겠지만 사조님께서 능력을 다시 되찾는다는 시점이 언제가 될지는 아무도 모른다.

"그렇다면 방법이 없겠습니까?"

"네."

청명은 우울한 얼굴로 고개를 끄덕였다. 그리고 다시 손을 들어 가연의 얼굴을 어루만졌다. 몸에 가득했던 선기는 아직도 그대로다. 하지만 선기를 이용해 자연지기를 움직일 수가 없다.

'마음이 닿아 있는데……'

마음을 가로막을 수도 있던가? 무릇 무위에 이른 사람이라면 그것이 가능해도 하지 않을 뿐더러, 그 마음을 막아보았자 무용하다는 것을 알 것이다.

하지만 원시천존께서는 마음이 흐르지 못하도록 막으셨다. 아니, 마음이 흐르고 있었지만 그 마음은 마음만으로 끝났다. 마치 보통 사람처럼……

"……"

운풍자는 무표정한 얼굴로 청명에게서 시선을 돌렸다. 당유성의 냉혹한 얼굴이 보였다. 하나밖에 없는 연인의 위기여서였을까? 그의 얼굴에는 냉기가 어려 있었다.

"관매는… 살 수 있는 겁니까."

"……"

운풍자는 말을 하지 않았다.

한때, 자신의 능력으로 못할 것이 없다고 여기던 때가 있었다. 그때에는 한 자루 검과 무당산의 품 안에서 부족한 것 없고 모자람없이 살았었다.

하지만 막상 바라는 것이 생겼을 때는 아무것도 얻지 못했다.

자신은 운혜 사매의 위기를 막아내지 못했고, 그리고 사조님과 효원이라는 작은 도우가 위기에 처하는 것을 막아내지 못했다. 그리고 지금은 가연 도우의 위기도 구경만 해야 할 처지였다.

'내가 뭐라고 모든 것을 이루려 한단 말인가!'

한탄하던 운풍자는 이를 악물었다. 이런 생각을 할 때가 아니다. 지금은 뭐라도 이루어야 할 시점이 아닌가!

운풍자는 무표정한 얼굴로 상념에 빠져 있다가, 문득 시선을 돌려 운혜를 돌아보았다.

"……"

운혜는 아무런 말도 하지 않았다. 그저 가연을 바라보고만 있을 뿐이었다. 하지만 그 얼굴 속에서 느껴지는 오묘한 감정은, 차마 말로 다 할 수 없을 정도로 깊었다.

자신과 같은 상황인데, 느끼는 감정이 남들과 다른 것은 어쩌면 당연한 것일지도 몰랐다.

운풍자는 무표정한 얼굴로 고개를 숙였다. 사조께서 능력을 되찾으신다면, 사조께서 능력을 되찾으신다면 모든 일이 가능할 텐데.

"관매……."

당유성은 운풍자를 바라보다 시선을 돌려 가연을 내려다보았다. 가연의 초췌한, 그리고 얼어붙어 버린 몸은 천천히 녹아가고 있었다. 어떻게 된 일인지는 모르지만, 음기는 전신을 지배하기 전에 그 움직임을 멈추었다.

"…관매, 괜찮아. 관매는 죽지 않아."

당유성이 중얼거렸다. 나직한 중얼거림이었지만, 그 중얼거림은 운혜에게는 낯익은 목소리였다.

같은 말을 언젠가 들었던 적이 있다.

'사부…….'

운혜는 고개를 떨구었다.

"엄마!"

소연은 울먹거리며 가연의 손을 잡았다. 잠에 빠져 깨어나지 못하는 가연의 모습에 소연은 마침내 참아왔던 눈물을 터뜨렸다.

"흑, 흑, 엄마… 이제 당과 사달라고 안 할게, 엄마."

"……."

하지만 잠에 빠져 있는 가연이 대답할 리는 없었다. 가연은 아무 소리도 듣지 못한 것처럼 조금의 움직임도 없이 누워 있을 뿐이었다.

하지만 운혜는 잘 알고 있었다. 자신도 저렇게 잠에 빠져들어 며칠씩 누워 있곤 했었다. 아무도 몰랐겠지만, 그때에는 주위의 모든 소리를 민감하게 듣곤 했었다.

몸은 움직일 수 없지만, 정신은 차릴 수 있었던 것이다.

그래서 무당산에서 자신은 아무도 말해주지 않았던 자신의 정체를 미리 알 수 있었다. 자신이 음화신녀였다는 것도, 그리고 자신이 죽어야만 한다는 것도.

"흑, 흑… 엄마, 이제 청소도 열심히 할게, 엄마. 일어나……."

운혜의 귓가에 소연의 울음소리가 들려왔다. 운혜는 알고 있었다. 저 울음소리는 아마 가연 도우의 머릿속에 하나도 여과없이 전달되고 있을 것이다.

"……."

고개 숙인 운혜의 옆에 서 있던 당유성은 억지로 웃음을 지으며 소연을 달랬다.

"괜찮아, 소연아. 괜찮아."

"흑, 아저씨……."

엄마를 바라보며 훌쩍이는 소연을 뒤에서 안아주며 당유성은 웃었다. 억지웃음이었지만, 아이를 안심시키는 데는 효과가 있으리라.

"흑, 아저씨… 엄마는 죽는 거야?"

당유성은 고개를 저었다. 죽지 않는다. 자신이 죽게 하지 않는다.

"엄마는 괜찮아. 그냥 잠깐 자는 거야."

'아저씨가 그렇게 만들게.'

당유성은 속으로 생각했다. 소연은 순진한 눈으로 당유성을 올려다보았다.

"아저씨, 정말 그냥 자는 거야?"

"그래, 엄마는 그냥 자는 것뿐이니 걱정하지 않아도 괜찮아."

당유성은 스스로도 놀랄 만큼 부드럽게 말하며 소연의 머리를 토닥였다. 소연은 걱정스럽게 가연을 돌아보았다.

“늦잠꾸러기네.”

당유성은 쓴웃음을 지으며 소연을 다독였다.

한동안 소연을 다독이던 당유성은 운풍자에게 전음을 보내었다.

“잠시 이 아이를 맡아주시기 바랍니다, 운풍 도장.”

“소가주께서는…….”

무표정한 운풍자가 전음으로 대꾸하자, 당유성은 슬쩍 웃었다.

“음기가 너무 과하니, 양기라도 넣어주어야지요.”

“…….”

운풍자는 아무런 말도 없이 당유성을 바라보았다.

예전, 현무 사숙께서도 가지고 있는 양기를 모두 운혜에게 줬었다. 당유성 역시 그런 희생을 하겠다 말하고 있었다.

“그럼, 잠시.”

당유성은 말을 끝맺으며 소연을 운풍자에게 넘겼다.

“이제 자러가야지, 소연아. 엄마 피곤하시겠다.”

“안 잘 거야.”

소연이 고집스럽게 말했다. 제 깐에는 엄마가 걱정되어 잠을 잘 수가 없었던 것이다. 하지만 당유성은 고개를 저었다.

“안 돼, 엄마 피곤하시니까 소연이 너는 들어가서 자야 돼.”

“안 잘래!”

소연이 외쳤다. 당유성은 쓴웃음을 지었다.

“자꾸 그러면 엄마가 낫지 않을지도 몰라.”

“안 잘 건데…….”

소연의 고집스러움은 조금 꺾여 있었다. 자기 때문에 엄마가 다치게 될까 무섭다.

“저, 정말 나 때문에 엄마가 안 나아?”

"그럴지도 몰라."

당유성은 부드러운 미소를 지으며 천연덕스럽게 말했다. 소연의 고개가 살짝 떨구어 졌다.

"그럼 가서 잘래."

소연이 조금 울먹거리며 말했다. 그 말에, 당유성은 다시 운풍자를 바라보며 입술을 달싹였다.

"아이를 잠시만 부탁하겠소."

"알았소. 하나, 만약 소가주께서 모든 양기를 가연 도우에게 주려 한다면……."

당유성은 고개를 저었다.

"그런 것쯤은 나 스스로 조절할 수 있으니 너무 걱정하지 마시오."

"……."

운풍자는 아무런 말 없이 당유성을 바라보았다. 그리고 시선을 돌려, 소연을 안고는 뚜벅뚜벅 걸어가 방 밖으로 나섰다.

"그럼, 조심하시오."

운풍자와 소연이 밖으로 나서자, 방은 곧 고요해졌다.

쌕쌕거리는 가연의 숨소리와 가끔 울리는 풀벌레들의 소리가 아련하게 객잔 안으로 들려오고 있을 뿐이었다.

당유성은 조심스럽게 손을 들어 가연의 얼굴을 훑었다.

"관매……."

그러더니 피식 웃는다.

"잘도 자는구나, 관매."

당유성의 말에 대꾸해 줄 사람은 이미 깊은 잠에 빠져 있었다.

"우리 처음 만났을 때 기억 나?"

"……."

"꼭 그때 같네. 당신이 자고, 나는 이렇게 깨어 있으니까 상황은 반대지만."

당유성은 혼잣말처럼 중얼거렸다.

당유성은 당가 내에서도 신비로운 사람이었다.

갓난아이 시절의 소가주는 어머님의 품에 안겨 그럭저럭 많은 활동을 했었지만 당유성이 다섯 살이 되어 소가주의 위를 상속받은 그때, 그를 눈여겨본 태상가주께서 폐관을 명하셨다.

물론 폐관이라고 해도 스승이 들락날락거리며 무공을 가르쳐 주는, 폐관이라기보다 수련관이었지만 다섯 살 난 아이에게는 얼마나 잔혹한 짓이었는지 모른다.

그러한 생활을 스무 살까지 해야 했었다.

스무 살이 되었을 때, 당가에서 당유성을 건드릴 수 있는 사람은 아무도 없었다.

십오 년의 수련 기간 동안, 당유성은 당가의 비공들을 모두 익혀 버린 것이다.

물론 나이만큼 내공은 일천했고 독에 대한 면역력도 부족했지만, 모르는 독이 없었고 날리지 못할 비침이 없었다.

당유성은 스무 번째 해의 원단에 당가를 탈출했다.

그리고, 우연히 숨어들었던 그곳에서 그는 가연을 처음 만났다.

가출한 소가주를 잡으러 덤벼드는 당가의 손길을 피해 숨어들었던 그때 가연은 울고 있는 갓난아이를 어르고 있었는데, 그는 한눈에 그녀가 자신의 신붓감임을 알아볼 수 있었다.

태상가주의 수면 침에 맞아 잠에 빠져들기 직전에.

“관매는 죽지 않아.”

당유성은 조용히 가연의 몸을 일으켜 앉혔다. 추욱 늘어지는 가연의 몸을 들어 앉히며, 당유성은 그 뒤로 장심을 가져다댔다.

“내가 살릴 거니까.”

당유성은 내기를 끌어올려 화승(火昇)의 묘로 가연의 몸에 주입했다. 양기가 부족하니, 양기가 가득한 내기를 넣어 주어야 한다.

*   *   *

어느새 밤이 깊어갔다. 시간은 벌써 술시를 넘어서고 있었고, 하늘에는 별과 달이 어스름이 빛났다.

선경루의 꼬마, 소연은 시간이 깊었는데도 아직 잠에 빠져들지 않고 있었다.

소연의 머릿속에는 예전에 엄마가 들려줬던 옛날 이야기가 떠오르고 있었다.

“그래서 효녀는 엄마를 구하러 깊은 산으로 들어갔단다. 가는 도중에 늑대도 만났고, 무서운 호랑이도 만났고, 그리고 절벽에서 떨어지기도 했지만 효녀는 결국 소원을 들어준다는 샘에 도착한 거야. 효녀는 샘에 ‘엄마를 낫게 해주세요’ 하고 정성껏 빈 다음 그 물을 떠 가지고 돌아왔단다. 효녀의 엄마는 어떻게 되었는지 아니? 물을 먹자마자 병이 씻은 듯이 나아버렸단다!”

자신의 침상에 누워 커다란 눈을 끔뻑끔뻑거리고 있던 소연은 조그마한 몸을 일으켰다.

‘소연이가 엄마를 구해야 돼.’

소연이는 자신의 생각에 공감하는 듯 눈을 빛냈다. 엄마가 아프니 얼른 가서 소원의 샘을 찾아야 했다. 소원의 샘을 찾아 떠나는 것은 힘들지만, 그래도 엄마를 살리려면 떠나야만 한다.

“웃차!”

침상에서 일어난 소연의 몸놀림이 분주해졌다.

방 안에 있던 조그마한 봇짐을 꺼내든 소연은 그 안에 이것저것 짐을 우겨 넣었다.

대충 천을 기워 만든 봇짐은 엉성하다시피 할 정도로 추레했고 또 작았지만, 소연의 몸집에는 그것이 딱 맞았다. 소연은 그 안에 조그마한 옷 한 벌—상의밖에 넣지 않았다—을 넣고는 ‘식량도 있어야 되는데’ 라고 중얼거리며 주섬주섬 방 안을 뒤지더니 곧 당과가 들어 있는 주머니를 찾아냈다.

“이거랑…….”

소연은 짧게 중얼거리며 방 안을 둘러보았다.

‘맞아! 엄마가 사람은 돈이 있어야 된댔어.’

소연은 쪼르르 달려가 당과를 사고 남은 돈이 들어 있는 주머니를 열었다. 그동안 잔돈을 몰래 숨겨둔 주머니였는데, 구리가 사십 문이나 있다.

소연은 입을 헤벌리고 웃었다.

‘와, 많이 있다!’

사실 사십 문이라면 소면 한 그릇이나, 만두 한 그릇 정도의 가치밖에 없는 작은 돈이었다. 하지만 소연의 눈에는 그 돈이 너무나 커 보였다. 든든한 마음이 들어 소연은 미소 지었다.

소연은 주머니를 봇짐 안에 넣고는 조그마한 손을 오물거려 봇짐을 봉했다. 그리고는 봇짐을 어깨에 메어 들고 굳은 얼굴로 방 밖을 바라보았다.

'엄마, 소연이가 샘물을 떠다 줄게. 조금만 기다려.'

소연은 봇짐을 챙겨 들고 밖으로 빠져나갔다.

다행히, 객잔을 벗어나는 동안 소연은 아무에게도 들키지 않았다. 밤에 외출하면 꾸중을 듣기 마련인데 들키지 않았으니 다행이었다.

가연의 상태가 점점 심각해짐에 따라, 모든 이의 관심이 그곳으로 쏠린 것이다.

운풍자는 청명 사조께서 말씀해 주신 묘리를 생각하고 있었고, 청명은 쿨쿨 잠에 빠져들었으며 당유성은 가연을 고치기 위해 애쓰고 있었다.

그리고 운혜는 소연이 밖으로 나가는 모습을 보았지만, 그저 어딘가를 가나 보다하고 의아하게 생각할 뿐 자세히 보지 않았다.

소연은 결국 무사히 객잔 밖으로 나올 수 있었다.

"자, 이제 가야지!"

소연은 씩씩하게 말하며 당당하게 걸음을 옮겼다.

4장

제7화 모녀지정

해가 떠올랐다. 어스름이 빛나던 해는 곧 그 전신을 드러내었다.

눈가로 짓쳐드는 햇살에 가연은 초췌한 얼굴로 눈을 떴다.

창밖에서는 새가 지저귀고 있었다. 평화로운 아침이었지만, 그 아침을 즐길 만한 여유는 없다.

가연은 고개를 들었다.

"으음……."

"괘, 괜찮아, 관매?"

당유성이 얼른 다가와 조심스럽게 가연의 곳곳을 살폈다. 당유성이 자신을 걱정하는 것이 절절히 느껴져 가연은 슬쩍 웃었다.

가연은 천천히 고개를 끄덕였다.

"난 괜찮아요. 소연이는요?"

"…아, 금방 데려올게."

당유성은 부드럽게 미소를 지었다. 누가 딸 좋아하는 가연 아니랄까 봐 깨나자마자 소연이를 찾는다. 기왕이면 자신도 좀 찾아주지.

"기다려."

당유성은 미소를 지으며 천천히 몸을 일으켜 가연의 방을 나섰다.

가연의 방 바로 옆에 소연의 방이 있다.

방이라고 할 것도 없는 조그마한 다락이지만, 소연이 깨나 좋아하는 장소다. 당유성은 그 앞에 서서 말했다.

"소연아, 엄마가 찾으신다."

아무런 답변이 없다.

당유성은 슬쩍 문을 열어보고는 안에 아무도 없는 것을 확인했다.

'어디에 간 거지?'

당유성은 의아한 듯 방을 둘러보고는 몸을 돌려 선경루 일층으로 내려갔다.

그리고 선경루를 구석구석 뒤졌다.

소연은 포방에도 없고, 그렇다고 평소처럼 찬탁에 앉아 있는 것도 아니었다. 객잔을 샅샅이 뒤졌건만, 소연은 보이질 않는다. 당유성은 슬슬 불안한 마음이 들기 시작했다.

그때 뒤에서 목소리가 들려왔다.

"무슨 일인가요?"

운혜였다. 당유성은 황망한 얼굴로 운혜를 돌아보았다.

"소연이가 보이질 않아 찾고 있소이다."

"네?"

운혜는 눈을 동그랗게 뜨고 주위를 둘러보았다. 그 아이라면, 어젯밤에 보았었다.

“그 아이라면 어젯밤에 나가는 것을 보았는데…….”

“예?”

이번엔 당유성의 얼굴이 곤혹스럽다는 듯 변해갔다. 밤에 어디를 나갔단 말인가!

“어, 어디를…….”

“그, 글쎄요? 측간이라도 나가 싶어 별로 신경을 쓰지 않…….”

“선경루 안에 소연이 없소이다!”

당유성은 운혜의 말을 끊으며 소리를 질렀다.

콰당탕!

당유성은 재빨리 몸을 날려 선경루 밖을 확인했다. 아무도 없다. 소연이 이 시간에 밖으로 나갈 리도 없는데.

“이런…….”

당유성의 입에서 신음 소리가 새어 나왔다.

*　　　　*　　　　*

선경루는 성도의 구석에 위치해 있다. 거기서 조금만 더 걸어가면 관도가 나오고 그 관도를 따라 걸으면 간양으로 이어지는 관도가 나타난다.

소연은 두 시진이나 걸어 간양으로 가는 관도에 올랐다. 많이 걸었는데 소원의 샘이 있는 산은 보이지도 않는다.

‘힘들다…….’

소연은 속으로 중얼거리며 주위를 둘러보았다. 주위에는 사람이 한 명도 없었다. 고요한 관도가 왠지 무서워 소연은 어깨를 움츠렸다.

드르륵—

어디선가 짐마차가 끌리는 소리가 들려왔다. 소연은 걸음을 멈추고 소리가 들려오는 곳을 주시했다.

곧 뒤에서 짐마차가 모습을 드러냈다. 마차를 몰던 마부는 평화로운 얼굴로 노새를 다독거렸다.

"워, 워—"

"아저씨!"

소연은 마부를 보고 외치며 짐마차 앞으로 뛰어들었다. 짐마차는 갑자기 달려드는 아이로 인해 멈추었다.

"무슨 일이냐!"

소연은 애절한 얼굴로 말했다.

"아저씨, 소원의 샘물이 있는 곳은 어디인가요?"

"뭐?"

마부는 멍한 표정으로 소연을 내려다보았다. 이게 무슨 소린지 알 수가 없다. 꼬마 혼자 이 시간에 돌아다니는 것도 이상한데 소원의 샘물이라니?

소연은 재차 질문했다.

"아저씨, 근처에 샘이 있는 산은 어디에 있어요?"

"산은 간양으로 가다보면 하나 나온다만……."

마부는 떨떠름한 얼굴로 대답했다. 소연은 해죽 웃으며 머리를 숙였다.

"감사합니다, 감사합니다."

"그, 그래……."

소연은 인사가 끝나자 걸음을 옮겼다.

"허어. 괴이한 일이로고……."

마부는 괴이한 것을 보았다는 듯 고개를 갸웃하며 다시 마차를 몰았

다. 하지만 가면서도 뒤를 흘끗흘끗 돌아보는 것이 무슨 일인가 싶은가
보다.

＊　　　＊　　　＊

소연이 마부를 만나 산으로 향할 때였다. 소연이 없어졌다는 소식을
들은 가연은 비명을 지르고 있었다.

"소연이가 없어지다니요!"

가연이 벌컥 몸을 일으키자 당유성은 재빨리 가연의 어깨를 잡았다.
안 그래도 아픈데 흥분은 몸에 좋지 않으리라.

"괜찮아, 관매. 걱정하지 마."

"찾아야 돼요!"

가연은 몸을 벌떡 일으켰다. 직접 찾으러 갈 생각인 것이다. 그 모습
을 바라본 운풍자가 고개를 저었다.

"아니 되오. 지금은 나가실 수 없소."

"찾아야 돼!"

"아니 되⋯⋯."

"비켜!"

가연은 비명과도 같은 고함을 지르며 운풍자를 밀쳐 냈다. 하지만 운
풍자는 조금도 움직이지 않았다. 비켜줄 수 없다.

"아니 되오."

"흑, 흑⋯⋯."

마침내 가연의 눈에서 눈물이 솟아올랐다. 소연이는 언니의 딸이지만
지금은 자기의 딸이다. 소연이 없이는 하루도 살 수가 없었다.

"소연아, 엄마는⋯ 소연아, 엄마는 어떻게⋯⋯."

"…정파의 명숙들이 많이 계시니 찾을 수 있을 겁니다."

운풍자는 무표정한 어조로 말했다. 옆에서 걱정스럽게 그 모습을 지켜보던 운혜 역시 입을 열었다.

"언니, 우리가 찾을 수 있어요. 많은 사람들이 우리를 도와줄 거예요."

가연은 천천히 고개를 들고 운혜를 바라보았다. 느릿한 그 몸짓에 담긴 절박함이 운혜의 마음을 무겁게 했다. 가연은 그야말로 절박한 시선으로 운혜를 바라보았다.

"어… 어떻게? 어떻게, 혜운아?"

"개방이라는 거지 집단이 있소. 천하에 깔린 것이 거지이니, 그들이라면 소연 도우를 쉽게 찾을 수 있을 거요."

운혜 대신, 운풍자가 무표정한 얼굴로 말하고는 심각한 얼굴로 서 있는 추걸개를 바라보았다.

"막 선배께서 도와주셔야겠습니다."

"으음……."

추걸개는 신음성을 내뱉었다. 저 절박한 어미의 심정을 보았는데 어찌 아니 도울 수 있겠는가! 하지만 자신은 이미 개방을 떠난 후다.

"막 선배."

운풍자의 차분한 목소리에 추걸개는 고개를 들었다. 운풍자가 무표정하게 자신을 바라보고 있었다.

"……."

추걸개는 말없이 그 눈을 돌아보았다. 그렇게 한동안, 운풍자와 추걸개는 서로를 바라보았다.

"끄응……."

추걸개는 앓는 소리를 내며 고개를 푹 숙였다. 운풍자의 눈은 여전히 무표정했지만, 그 눈에 담긴 진심은 자신에게 미안하다 말하고 있었다.

'개방의 매듭을 모두 풀었으니 다시 돌아갈 수 있을 리 만무하건만.'

운풍자는 개방의 도움을 구하자 말하고 있었다. 추걸개는 마침내 무거운 고개를 끄덕였다.

"에잉, 까짓 개방도 몇 놈쯤은 내 체면을 봐서라도 도와주겠지. 자네는 너무 걱정하지 말게."

거칠게 수염을 벅벅 긁으며 추걸개가 한숨처럼 말했다. 운풍자는 고요히 머리를 숙였다.

"감사합니다, 막 선배."

"됐네."

멋쩍은 듯 추걸개가 고개를 돌리자 운풍자는 다시 가연을 바라보았다.

"찾을 수 있습니다. 너무 걱정하지 마시지요."

"나, 나도……."

"그것은 불가합니다. 혼자 힘으로 찾을 수도 없는 노릇이니, 저희에게 맡기고 잠시 기다리시지요."

"흑, 흑… 언니……."

가연은 울음을 터뜨렸다. 울음은 점점 더 통곡으로 변해갔다. 언니에게 미안하고 형부에게 미안하고 소연이에게 미안했다.

"흑, 언니! 흑, 언니이!"

가연은 비명처럼 언니를 외쳤다. 발악하듯 흔드는 그 몸을 당유성이 꽈악 붙잡았다.

"괜, 괜찮아, 관매. 당가도 가만히 있지는 않을 테니."

그랬다. 당가가 소가주의 명을 무시할 수 있을까?

"그러니까 걱정하지 마. 소연이는 내가 찾을게. 그 아이는……."

'우리 딸이니까.'

당유성은 뒷말은 뱉지 않았다. 그저 마음속으로만 읊조릴 뿐이었다.

그런 당유성을 바라보며, 추걸개는 몸을 돌려 문을 열었다. 기왕 결정한 것, 서둘러 시행해야 한다.

드르륵—

"그럼, 다녀오겠네."

추걸개가 말했다.

객잔을 나선 추걸개는 거친 수염을 벅벅 긁고는 한숨을 내쉬었다. 다시 개방으로 돌아가게 될 줄은 몰랐다.

"하아—"

잠시 한숨을 내쉬던 추걸개는 고개를 절레절레 젓고는 관도를 바라보았다. 어떻게든 그 여아를 찾아야 한다.

추걸개는 내공을 모으고는 발을 박찼다. 곧 그의 신형이 갈지자로, 하지만 번개와도 같은 속도로 쏘아져 나갔다. 개방의 취팔선보를 펼친 것이다.

추걸개는 먼저 사천의 시장을 건넜다. 그리고 사천의 시장 너머에 있는 작은 관제묘로 달려갔다. 그곳에 바로 사천의 분타가 있다.

쿵—

머지 않아 추걸개는 분타에 도착할 수 있었다. 잠시 호흡을 고르며 주위를 둘러보던 추걸개는 묵직한 한숨을 내쉬었다.

"험, 험……."

"누구슈?"

날카로운 목소리로 거지가 외쳤다.

추걸개는 멋쩍은 얼굴로 고개를 돌렸다.

"…세."

"뭐라?!"

못 알아들은 일결제자가 다시 고함을 질렀다. 추걸개는 다시 일결제자를 바라보며 말했다.

"…걸개 일세."

"다시 말하라! 그렇듯 작은 소리로 옹알거리지 말고!"

"나 추걸개다! 이런 망할 놈아!"

추걸개가 비명처럼 소리를 질렀다. 일결제자도 지지 않았다.

"추걸개가 누군데… 에……!"

일결제자의 얼굴이 핼쑥하게 변해갔다. 추걸개라면 만리추영이라는 별호를 가지신 개방의 장로, 그것도 방주의 사제다.

"이, 이, 일결제자 삼소율이 개방의 장로를 뵙습니다!"

일결제자는 재빨리 땅에 엎드려 오체투지했다. 그리고는 눈을 꼬옥 감았다. 이제 어떤 벌이 내려질까? 어쩌면 곤장, 혹은 화가 나신 장로님께서 다짜고짜 장을 날리실 수도 있다.

"음?"

추걸개는 기묘한 소리를 내며 일결제자를 내려다보았다. 일결제자의 숨결이 더욱 가빨라졌다. 하지만 추걸개는 일결제자 때문에 기묘한 소리를 낸 것이 아니었다.

'아직까지 나를 장로로 알고 있다?'

추걸개는 눈을 빛냈다. 사형께서 아직 자신의 파문을 인정하지 않으신 겐가? 어찌 되었든 잘 되었다. 추걸개는 분타를 바라보며 슬쩍 웃었다.

"에잉, 눈이 썩은 동태와 같은 놈이로고. 알아봤으면 얼른 분타주를 데려와야 할 것이 아니냐?"

"아! 자, 잠시만 기다리십시오!"

일결제자는 다급히 말하고는 분타 안으로 달려갔다.

*   *   *

　밝은 햇살 아래에 서 있던 귀곡자는 눈앞에 엎드린 인형을 바라보고는 신음성을 내쉬었다.

　"으흠……."

　귀곡자는 수염을 긁적거렸다. 방금 마규상이 가져온 정보는 그럭저럭 쓸 만했다.

　"그렇다면, 가연이라는 음화신녀가 아끼는 아이가… 집을 떠났단 말이렷다?"

　"그러하옵니다, 당주!"

　마규상이 무릎을 꿇은 채로 외쳤다.

　"그걸 언제 발견했기에 지금에서야 보고하는 게냐? 그 아이부터 데려오지 않고!"

　"하오나, 당시에는 석마당주께서 저희를 불러들이셔서……."

　"에잉, 그놈 참."

　무슨 이유에서인지는 몰랐지만, 석마당주는 객잔을 염탐하던 몇 사람을 제외하고는 모든 인원을 불러들였었다. 중독된 이상 내기를 끌어올릴 수도, 활발한 활동을 할 수도 없으니 술이나 진탕 퍼마시려는 의도였다.

　술에는 대작 상대가 있어야 한다는 신념을 가진 조성욱은 수하들을 대작 상대 삼아 크게 술판을 벌인 것이다.

　"그놈이 산통을 다 깨어놓는군……."

　귀곡자는 신경질적으로 수염을 긁적거리며 선경루를 바라보았다. 선경루에는 여전히 신선과 무당의 도사, 그리고 당가의 소가주가 있다.

　'저 포위망은 뚫기가 쉽지 않겠구나.'

　저 중에 천하제일인이라고 칭해도 될 만한 사람이 있으니, 뚫기가 결코 쉽지 않으리라. 귀곡자는 어두운 얼굴로 생각에 잠겨 들었다.

"으흠……."

잠시 생각하던 귀곡자는 슬쩍 웃었다. 뚫기가 어려우면 나오게 만들면 된다.

"그 아이를 납치할 수 있느냐?"

"…개방이 움직이기 시작했습니다, 당주. 하여, 적지 않은 인원이 필요…….."

"…으흠."

귀곡자의 안색이 어두워졌다. 아이를 납치할 수 있다면 그 아이를 빌미로 두 번째 음화신녀를 꺼내올 수 있으리라. 하지만 아이가 없으니…….

그런 귀곡자의 생각을 읽어낸 마현희가 슬쩍 웃었다.

"오호홋, 무슨 생각을 하시는 지 알 것 같군요."

귀곡자 역시 미소를 띠었다.

"방법이 있으시오?"

"같은 계책이지요."

마현희의 말에 귀곡자는 고개를 저었다. 그것을 불가능하다. 아이가 있어야 하는 것이다.

그것을 간파한 듯, 마현희가 웃음을 지었다.

"호홋, 저희가 아이를 데리고 있다고 하면 되지요."

"아이도 없이?"

"아이가 중요한가요?"

의아한 듯 반문하는 귀곡자에게 마현희가 웃으며 말했다.

귀곡자는 고개를 끄덕였다. 사실 여기서 중요한 건 아이가 아니다. 그 아이의 어머니, 가연이라는 여자만이 중요한 것이다.

"쓸 만하군."

"그럼, 사자를 보내지요."

"음?"

귀곡자의 얼굴이 다시 의아한 듯 변해갔다. 마현희는 고개를 살짝 저었다. 그러자, 평소 선경루를 즐겨 찾던 나무꾼이 걸어나왔다.

"자, 음화신녀를 꺼내 올 사자가 왔어요."

"…허, 허허."

귀곡자는 멍하니 웃었다. 마현희의 섭혼술이 이렇듯 뛰어날 줄은 몰랐다.

"섭혼술인 것이오?"

"호홋!"

마현희는 교소를 터뜨렸다.

귀곡자 역시 웃음을 지었다.

모녀의 정이 얕다면, 이 계책은 필패한다. 하지만 모녀의 정이 깊다면, 이 계책은 필승, 아니, 그 이상이 될 것이다.

*　　　*　　　*

가연은 우울한 얼굴로 창밖을 바라보고 있었다. 마음이 몹시도 싱숭생숭했다. 창가 뒤로 난 작은 후원을 바라보던 가연의 머릿속에 옛 추억이 떠올랐다.

"엄마, 나 키 많이 컸어?"

"그럼."

후원에 난 나무에 가연의 손이 오간다. 그리고 나무에 기대어 서 있는 소연의 머리 위로 작대기를 주욱 긋는다.

"이만큼이나 컸네!"

"와, 이제 엄마보다도 더 커지겠다!"

가연은 싱긋 웃었다. 그렇게 커지려면 몇 년은 더 있어야 할 것이다, 적어도 몇 년은.

하지만 그 몇 년이 아이에게 올까?

"……."

가연은 고개를 저었다. 불길한 상상은 하지 않는 게 좋다.

삐그덕—

생각에 빠진 가연의 귓가에 문이 열리는 소리가 들려왔다. 가연은 반색하며 몸을 돌렸다. 소연의 소식일까?

"…누구신가요?"

가연의 입에서 경계 어린 목소리가 새어 나왔다. 새로 들어온 사람은 자신도 익히 아는 나무꾼이었다. 평소와 똑같은 모습이었지만, 눈은 멍하니 초점이 살짝 풀려 있다.

"무, 무슨 일이지요?"

나무꾼은 입을 열었다.

"주인께서 전하라는 분부요."

"…예?"

순간 나무꾼의 말을 이해하지 못한 가연의 입에서 당황스런 반문이 튀어나왔다. 그 반문에 대답하기라도 하듯, 나무꾼의 눈이 붉어졌다. 점점 더 붉어지더니, 마침내는 피눈물이라도 새어 나올 듯한 진홍빛이 되어간다.

그리고 그 입에서 가냘픈 목소리가 새어 나왔다.

"호홋, 반가워."

"무, 무슨……."

건장한 사내의 입에서 교소가 튀어나오자 가연은 충격을 받았다. 나무꾼이 다시 입을 열었다.

"네 아이는 우리가 데리고 있어. 이름이 소연이라고 했나? 귀여운 아가씨군."

"다, 당신 누구야……."

"살리고 싶으면 화화평으로 와. 어딘지는 알고 있지? 그곳으로 온다면, 아이는 살려주지. 단, 아무에게도 알리지는 마. 그러면 내가 이 귀여운 아이의 심장을 뽑아 먹을지도 모르니까. 오호홋!"

가연은 비명을 질렀다. 아니, 지르려다가 황급히 자신의 입을 틀어막았다. 소연이 위험할지도 모르는 일은 해서는 안 된다.

"흐읍!"

"그럼, 기다리고 있을게."

나무꾼이 입을 다물었다. 그리고 나무꾼의 눈에 어린 붉은 빛이 가셨다. 나무꾼은 곧 눈을 감더니, 묵묵히 걸음을 돌려 밖으로 빠져나갔다.

가연은 멍한 눈으로 그 뒷모습을 바라볼 뿐이었다.

"소연아……."

가연의 입에서 애정 어린, 그리고 걱정 어린 목소리가 새어 나왔다.

잠시 멍하니 서 있던 가연은 곧 눈을 빛냈다.

'소연이는 안 돼.'

자신이 죽어도, 소연이는 살려야 한다. 소연이는 다름 아닌 자기 언니고, 자기 자신이다. 소연이가 살면 자기도 사는 것이고, 소연이가 죽으면 자기도 죽는 것이다.

'소연이는 안 돼.'

가연은 고개를 저었다. 사랑하는 소연이 다치면 안 된다.

하지만 유성은… 나는… 가연은 한동안 생각에 빠져들었다. 그녀의 몸은 굳어버린 것처럼 움직이지 않았고, 숨결조차 고요하게 변해갔다.

얼마의 시간이 지났을까?

생각을 마친 가연은 몸을 돌려 천천히 계단을 내려갔다.

객잔은 고요했다. 고요함은 예전 선경루를 감쌌던 평화속의 고요와는 많이 달랐다. 마치 어둠처럼, 고요는 짙게 내려 있었다.

당유성의 얼굴은 피곤하기도 했다. 어제, 양기를 그녀에게 쏟아 붓다시피 한 터라, 정신이 혼미해져 가는 기분이 들었다.

또각, 또각—

누군가가 계단을 내려오는 소리가 들려오자, 당유성은 고개를 들었다. 곧 그의 눈이 커져갔다.

"과, 관매……."

"잠시 이야기 좀 할래요?"

"……."

심각해 보이는 가연의 얼굴에, 당유성의 얼굴 역시 덩달아 심각해졌다. 당유성은 잠시 가연의 얼굴을 살폈다.

"괘, 괜찮은 거야?"

"네. 저는 괜찮아요."

많이 힘들어 보이더니, 좀 나아졌는지 이제는 웃기까지 한다. 당유성은 무언가가 수상쩍다고 생각하면서도 마음이 편해지는 것을 느꼈다.

"…이, 일단 앉자, 관매."

"그래요."

가연은 고운 미소를 지으며 자리에 앉았다. 그리고는 부드럽게 웃으며 말했다.

"유성. 아니, 당 가가."

"……!"

당유성은 눈을 부릅떴다. 가가라고 불러준 것은 이번이 처음이다. 그동안 수도 없이 청혼했지만, 가가라는 소리는 들어보지 못했다.

"아직도… 저를 사랑하시나요?"

"그, 그래. 나는 아직도 관매를 사랑해."

"고마워요."

어딘지 처연한, 그리고 결심이 어린 미소였다. 가연은 그런 미소를 지으며 당유성을 바라보았다.

"나는 아이도 있고, 그리고 처녀도 아니고……."

"그런 건 중요하지 않아, 관매."

당유성은 진심 어린 눈으로 가연을 바라보았다. 소연은 자신의 딸이다. 가연과 소연을 처음 만난 순간부터 그랬다. 억지로 마음을 다스린 것이 아니라, 진심으로 그랬다.

"그런 건 중요하지 않아."

"만약……."

당유성의 말을 이으며 가연이 말했다.

"만약 내가 죽지 않고, 그리고 소연이도 멀쩡하다면……."

당유성의 얼굴이 밝아졌다. 드디어 오랜 기다림이 결실을 맺는다. 그리고 드디어, 그녀의 사랑 고백을 듣게 되는 것이다.

"우리 혼인해요."

"차, 참이야, 관매?"

믿지 못하는 듯 당유성이 물었다. 가연의 선택을 믿기 어려운 것이다.

"하지만 당가에 들어와서도 사는 데 어려울 거고, 주위에서……."

당유성은 무심코 중얼거리다가 말을 잇지 않았다. 그런 말을 가연이 한다 해도 위로해 줘야 할 판인데, 내가 지금 무슨 소리를!

"괜찮아요."

가연은 웃었다. 정말로 괜찮았다. 그쯤이야, 소연이만 멀쩡하다면, 그리고 천만다행으로 자신이 살 수 있다면 그쯤이야 이겨낼 수 있다.

"저도… 당 가가를 사랑해요."

"……."

당유성은 웃었다. 하지만 가연의 얼굴에 어린 처연함에, 강하게 미소 짓진 못했다. 가연은 부드럽게 웃으며 말했다.

"나 피곤해요."

"응? 아… 얼른 들어가서 쉬어, 관매. 얼른… 데려다줄게."

"아니요. 혼자 들어갈게요."

가연은 부드럽게 웃으며 고개를 저었다. 당유성은 왠지 모를 불길한 기분이 들어 가연을 바라보았다.

"……."

몸을 돌리고 휘청휘청 걸어 올라가는 가연의 모습이 왠지 모르게 불길해 보였다.

"관매."

이층으로 걸어 올라가던 가연의 걸음이 멎었다. 하지만 가연은 뒤를 돌아보지 않았다.

"정말… 정말 괜찮은 거야?"

"괜찮아요."

가연은 그렇게 말하고는 걸음을 옮겼다. 여전히 뒤도 한번 돌아보지 않는다. 돌아봤다 가는 자신의 눈에 어린 눈물을 들키게 될 테니까.

"잠시 혼자 있고 싶어요. 잠깐만… 나를 혼자 둬요."

'미안해요……'

가연은 그렇게 생각하며 이층으로 올라갔다.

그리고 그때부터 선경루에서 가연의 모습이 보이지 않았다.

*　　　*　　　*

소연은 정처없이 터덜터덜 걷고 있었다. 발은 터지고 메져 물집이 흘러나오고 있었다.

"흑, 훌쩍, 흑, 엄마… 흑……."

힘들어 절로 눈물이 나왔다. 하지만 저만치서 산이 나오는 것을 보니 이제 거의 다 왔나보다. 물집이 어려 발은 터져 버렸고, 종아리는 부풀대로 부풀었는데도 소연은 걸음을 멈추지 않았다.

제법 오래 걸었는지, 소연은 마침내 산의 초입에 들어섰다. 산은 울창했다. 다 왔다는 만족감에, 소연은 눈물을 흘리던 것도 잊고 앞을 바라보았다.

"와아—"

소연이 당도한 곳은 진경산이었다.

성도에서 간양으로 조금만 걸어가면 진경산이 나오는데, 물론 조금만이라는 것은 어른들의 기준일 뿐 아이의 기준은 될 수 없었다. 아이의 걸음으로는 이 일은 족히 필요할 걸음이었다.

또한 진경산 산세는 아이뿐 아니라 어른이 넘기에도 험준하기로 이름이 높았다. 험준한 것은 물론이거니와 각종 맹수들도 자리잡고 있어 사냥꾼들이 아니라면 즐겨 찾지 않는 곳이었다.

험준하다기보다 무서운 산을 바라보며 소연은 걸음을 떼었다.

'저기에 소원의 샘물이 있을 거야.'

　　　　　＊　　　　　　＊　　　　　　＊

　가연은 한참을 걸어 화화평에 도착했다. 화화평은 고요했다.

　"왔어요."

　가연은 입을 열어 크게 외쳤다. 하지만 화화평은 여전히 조용했다. 사람이라고는 한 명도 없는 을씨년스러운 바람이 평원을 메웠다.

　"…아무도 안 계세요?"

　"…클클클."

　허공중에서 기묘한 웃음소리가 들려왔다. 그 기묘한 웃음소리는 곧 점점 더 커졌다.

　"까악!"

　갑자기 허공 중에서 무엇인가가 불쑥 나타나 가연의 시선을 가득 메웠다. 불쑥 나타난 것은 허름한 차림새의 노인이었다.

　"약속대로 나와주었구려."

　"…이제 소연을 돌려줘요."

　귀곡자는 웃으며 고개를 돌렸다. 소연이라는 아이가 어디 있는지는 모른다. 그 아이는 여기 없다는 사실 외에는 알 수 있는 것이 없다.

　"일이 끝나면 돌려주지."

　귀곡자는 너털웃음을 지으며 말했다. 가연은 이를 악물었다.

　"지금 돌려줘요. 아니면 돌아가겠어요."

　"클클, 욕심이 많은 여인이로고."

　누가 욕심이 많단 말인가! 귀곡자는 웃으며 말했다. 그의 표정에 담긴 여유는 가시지 않았다.

　"여기서 돌아갈 수 있으면 그리해 보시게."

“…어, 어멋!”

가연은 다시 비명을 질렀다. 화화평에는 도를 든 무인들이 수십 명 넘게 있었다. 처음부터 자신이 보지 못한 걸까?

아니었다. 무인들은 마치 바닥에서 자라나듯 불쑥불쑥 그 모습을 드러냈다.

“이리 오시게. 내 안내하지.”

귀곡자의 여유로운 음성이 들려왔다. 하지만 가연은 움직이지 않았다.

“소연은…….”

“일이 끝나면 돌려보내지.”

그럴 예정 따위는 손톱만큼도 없었다. 소연이라는 아이는 내 알 바 아니다.

어차피 일이 끝나면 가연은 목숨을 잃게 될 터. 그 후에 벌어질 일은 알 수 없는 일쯤으로 치부하면 될 일이다.

“…….”

가연은 귀곡자의 뒤를 따라 걸었다.

얼마나 걸었을까?

어느새 어둑어둑한 수풀이 가득한 곳에 도착한 가연은 고개를 갸웃했다. 그곳에는 정자가 하나 놓여 있었다.

정자 안에는 무료한 표정을 짓고 있는 사내가 앉아 있었다. 그는 반쯤 감긴 눈으로 시선을 돌려 가연을 바라보았다.

“왔군.”

“미륵현세! 광명천하!”

“…저 여자인가.”

교주, 흑마 서중희가 무덤덤한 시선을 들어 가연을 바라보았다. 조용함 속에 감춰진 강렬함에 가연은 숨을 들이켰다.

“그러하옵니다!”

평생에 걸친 염원이거니와 죽음을 앞에 둔 사람으로서 유일한 구명책으로 생각하고 있던 것이다. 그리고 무공의 수위를 몇 배나 올려줄 그런 여자가 바로 눈앞에 있다.

그런 여자를 바라보는 시선치고는 너무나 무덤덤한 시선으로 가연을 바라보며, 교주가 말했다.

“모두 이루었군.”

＊　　　　＊　　　　＊

“…….”

청명은 우울한 얼굴로 나무 아래에 앉아 있었다. 갑자기 아무런 이유도 없이 마음이 시려왔다.

마치 예감처럼, 인연이 얽으러지고 있었다.

청명의 침울한 얼굴 가득 근심이 빛났다. 하늘의 뜻이 무엇일까?

‘왜 원시천존님께서는 자신의 명을 거역하라 하셨을까?

청명은 고개를 갸웃했다. 원시천존님께서는 인간지도를 얻어야 선계에 들 수 있을 것이라고 말했다.

‘그럼, 인간지도를 얻으면 원시천존님의 명을 어기게 된다는 걸까?

청명의 의구심이 깊어졌다. 원시천존님께서는 진정으로 자신의 명을 거역할 때에 선계에 오르리라 했다. 그 말뜻은 인간지도를 얻으려면 원시천존님의 명을 어겨야 된다는 말에 다름 아니다. 인간지도를 얻어야만 선계에 오를 수 있으므로.

청명은 아직 그 수수께끼를 풀지 못했다.

“큰일났네…….”

청명은 우울한 얼굴로 나뭇가지를 바라보았다.

흠칫—

나뭇가지를 흔들던 바람이 멈췄다. 바람은커녕, 온갖 소리들이 멈추었다. 마치 시간이 멈춘 것처럼 세상의 움직임이 없었다.

"워, 원시천존님……."

같은 것을 마선도 느끼고 있을까? 청명이 느끼고 있는 것은 피비린내였다.

청명은 고개를 들었다. 전에 없이 다급해 보이는 몸짓이었다.

"피가… 피가……."

피가 강처럼 흐르게 될 것이다. 사람들은 서로 죽이고, 또 죽임을 당해 시체로 산을 지을 것이다.

"원시천존님……."

이 무슨 일이란 말인가! 가연 도우의 선택으로 천하는 피에 잠기게 되고 말았다.

상념에 빠져 있는 청명을 바라보던 운풍자가 고개를 갸웃했다.

"무슨 일이십니까, 사조."

"인연이 바뀌었어요."

운혜의 얼굴이 파랗게 되었다. 예전, 처음 인연이 바뀌었다고 하셨을 때는 마교로 직접 가셔야 했다. 그리고 얼마 전에는, 가연 도우가 음화신녀인 것이 드러났다.

오늘은 또 무슨 일이 벌어질 것인가!

"어, 어떻게 되는데요?"

청명이 말했다.

"큰일났어요. 가연 도우가……."

운풍자는 눈을 부릅떴다. 운혜 역시 마찬가지였다. 잠시, 서로를 바라보던 둘은 가연의 방으로 달려갔다.

아니, 달려갈 것도 없었다.

쾅—!

가연의 방문이 부숴지는 소리가 들려왔다. 그리고 그 안에서, 다급한 얼굴로 당유성이 튀어나왔다.

"관매가 없어졌소!"

"무슨……!"

당유성의 손에는 작은 서신이 적혀 있었다. 홀로 객잔을 운영할 정도로 영리했던 가연은 간단한 글자 정도는 알고 있었다.

서신에는 이렇게 적혀 있었다.

소연이를 구하러 화화평으로 가요.

당유성은 이를 갈았다.

"바로 출발하겠소!"

"잠깐!"

운풍자가 걸음을 멈추었다. 사조님을 모시고 가야 하는가, 아니면 잠시 떼어놓아야 하는가!

만약 가연 도우를 구한다면, 사조님이 필요할 것이로되, 일이 잘못된다면 사조님의 목숨이 위험한 결과를 낳을 수도 있다.

운풍자는 당혹스러운 얼굴로 청명을 바라보았다.

청명이 말했다.

"저도 갈래요."

*　　　*　　　*

소연의 얼굴은 여기저기가 까져 보기 흉한 모습이었다. 아이의 몸으로 산을 타는 일이 어찌 쉬우랴! 진경산은 높은 산은 아니었지만, 소연에게는 거대한 장벽이나 마찬가지였다.

벌써 몇 번이나 발을 헛디뎌 비탈길을 굴렀고, 그러면 엉엉 울면서 샘물을 찾아가고는 했다.

으르릉—

어디선가 갑자기 으르렁 소리가 들려왔다.

소연은 겁먹은 얼굴로 주위를 둘러보았다. 개의 울림 같은 소리는 점점 더 커져갔다.

"흑, 엄마……."

소연은 하루종일 울고도 모자란지 울음을 터뜨렸다. 너무 무서웠다. 이럴 때 그 신선 오라버니라도 있었다면 좋았겠지만, 오라버니는 지금 여기 없다.

"흑, 엄마를 구해야 되는데……."

소연은 조그맣게 중얼거렸다. 그리고 두려움 가득한 속에서도 걸음을 옮겼다.

"엄마… 내가 꼭 구해줄게."

소연은 작은 주먹을 꼬옥 쥐었다.

그때였다. 뒤에서 작은 고양이 같은 것 한 마리가 모습을 드러내었다.

"으아아아앙!"

소연이는 깜짝 놀라 울면서 뒤로 달렸다. 새로 나타난 것은 작은 삵의 새끼였다. 별다른 위험이 없었는데도, 소연은 걸음을 멈추지 않았다.

그리고 마침내, 절벽이라고 불러도 될 만한 비탈길에 당도했다.

하지만 소연은 뒤를 돌아보느라 앞을 제대로 바라볼 수가 없었다.

"으아앗!"

소연은 어찌할 바도 없이 굴러 떨어지고 말았다.

*   *   *

교주는 무표정한 눈으로 가연을 돌아보았다. 가연은 모든 것을 포기한 얼굴로, 하지만 각오 어린 얼굴로 교주를 바라보고 있었다.

교주는 무덤덤했다.

"누워라."

교도들은 이미 멀찌감치 자리를 피한 후였다. 하지만 아예 멀리도 가지 않은 것이, 혹시 모를 위험을 경계하는 듯했다.

"……."

가연은 아무런 말도 하지 않았다. 이제부터 어떻게 될지는 아무도 모른다. 그저, 조용히 앉아 처분을 기다릴 수밖에 없다.

교주는 천천히 가연에게 다가갔다.

그로서는 채음보양을 할 생각은 전혀 없었다. 일반적인 상식처럼 잠자리를 같이 해 음기를 취할 수는 있겠지만, 그 음기는 음기 자체로 들어오지 않고 양기로 전환되게 된다. 음기를 얻어 양기를 보한다는 것이 바로 채음보양, 음기만을 따로 가져오는 방법은 없다.

그렇다면, 직접 음기를 흡정하여 순음지기를 얻는 것이 상수다.

교주는 누워 있는 가연에게로 걸어갔다.

"……."

서글픈 마음이 들어 가연은 눈을 꼬옥 감았다. 눈을 감자, 언니의 모습이 보였다.

'언니… 나는 괜찮은데… 소연이는 살려줘.'

환상일까? 아니면 언니의 유령일까? 늘 꿈에서 봐도 뒷모습만 보여주던 언니가 웃음 짓는 것이 느껴졌다.

언니의 손이 자신의 이마를 짚자, 가연은 웃으며 잠에 빠져들었다.

멀찍이서 그 광경을 바라보던 귀곡자가 시선을 돌려 지화당주 영진을 바라보았다.

"으흠, 채음보양이 아니구먼."

"본래 채음보양이란 서로의 기운을 북돋아주는 것이지요. 더군다나, 채음보양으로 음기를 갉아먹었다가는 본래의 반 할을 잃게 될 거요."

채음보양으로 음기를 흡취하면 반드시라고 말해도 좋을 만큼 그렇게 된다. 상대를 목내이로 만드는 일이 불가능한 것은 아니지만, 내가 아닌 남의 것을 가져와 내 것처럼 쓰기란 어렵다.

자신의 것으로 만드는 과정에서, 반 이상의 음기가 날아가게 된다.

영진은 슬며시 웃었다.

"귀곡자께서도 아시지 않습니까."

"알기야 알고 있다네. 그래도 괜히 궁금해서 말일세. 끌끌끌……."

귀곡자가 웃음을 터뜨렸다. 모든 마교도가 초긴장 상태에 있는데, 오직 귀곡자만은 평화로운 모습이었다.

영진인 그를 이해할 수 없다는 듯 바라보았다.

"염화당주께서는 마음이 편해 보이십니다?"

"그럴 리가. 나도 불편하다네."

하지만 아무래도 편안해 보인다.

틀린 말은 아니었다. 귀곡자는 지금 저기 누워 있는 음화신녀가 운혜가 아니라는 것에 기뻐하고 있었으니까.

귀곡자가 웃으며 뭐라고 더 말할 때였다.

쉬익—

귀곡자의 눈앞에 무엇인가가 스쳐 지나갔다. 자그마한 세침이었다.

"…왔구먼."

모든 것을 짐작한 듯, 귀곡자는 평화로운 얼굴로 뒤를 돌아보았다.

당유성이 다급히 경공을 펼쳐 달려오고 있었다. 그 뒤로, 운풍 도장이 따라오고 있다. 놀랍게도 음화신녀 운혜 도고까지.

귀곡자는 이를 악물었다.

"운혜까지 데려오다니, 이런 멍청한……."

귀곡자가 앞을 돌아보자, 마침내 그 앞까지 당도한 당유성이 외쳤다.

"관매는, 관매는 어디 있느냐!"

"빨리도 알았구려. 쉬이 알아채지 못할 줄 알았건만."

귀곡자는 웃었다. 사실 그사이에 일이 끝날 줄 알았다.

"끌끌끌……."

귀곡자는 슬쩍 웃으며 시선을 돌려 뒤의 정자를 바라보았다. 왜 지금 천기신사 같은 고명한 진법의 대가가 이 자리에 없는 것인지 원망스러웠다. 신선과 도인, 그리고 당가의 무인을 막아설 진이 있었다면 좋았을 텐데.

운풍자는 무표정한 얼굴로 귀곡자를 바라보았다.

"…그녀는 어디 있소."

"흘흘, 지금쯤 쌀이 익어 밥이 되고 있겠지."

"어디냐!"

다급해진 음성으로 당유성이 외쳤다. 당유성은 품속으로 손을 집어넣어 세화침을 움켜쥐었다.

귀곡자가 말했다.

"흐흣, 이제 모두 끝났겠구먼. 교주께서 뜻을 이루었으니, 머지않아
정사대전이 열리게 될 걸세."

"……."

운풍자는 심각한 얼굴로 귀곡자를 바라보았다. 틀린 말은 아니었다.
음화신녀를 취했으니, 아마도 정사대전이 열리게 되었다.

귀곡자는 뒤에 가득한 마교도들을 바라보며 웃었다.

"모두 살하라. 미륵께서 뒤에 계시니, 그대의 목숨은 잃어도 잃지 않
은 것과 같으리라."

그사이 당유성은 귀곡자 너머에 있는 정자를 발견했다. 그리고 가연의
단전에 손을 대고 있는 교주를 보고 이를 악물었다.

당유성이 운풍자에게 말했다.

"막아야 하오, 일단 관매부터 살려야……."

"흐흣, 막기는 누구를 막느냐! 교주님을 막으려거든 본좌부터 막아야
할 것이다!"

석마당주 조성욱이 자신의 몸짓만큼이나 거대한 도를 들고 당유성의
앞을 가로막았다. 도가 어찌나 크고 두꺼운지, 작은 사람이 들었다가는
널빤지라고 생각할 것이다.

"제길……."

"제길이고 나발이고 덤비기나 하거라!"

조성욱이 크게 외쳤다. 그리고 그와 동시에 도를 휘둘렀다.

휘잉—

종으로 휘저어오는 도를 바라보며 당유성이 눈을 감았다. 손은 어느새
품 안에 들어가 있었다.

생사의 기로에 서 있는데 이렇게 여유롭다니!

하지만 당유성의 눈이 번쩍 떠졌을 때는 상황이 달라져 있었다.

반짝—

아주 작은 빛이 아른거렸다가 이내 사라졌다.

"큭!"

하지만 그 빛과 동시에 조성욱은 몇 발자국이나 뒤로 물러섰다. 그의 도에서 채챙하는 소리가 들려왔다.

"으하하핫! 그쯤은 되어야 본좌의 상대라고 할 수 있겠지! 이제 본좌의 차례로구나!"

조성욱은 허세를 부렸다. 사실, 당유성의 독에 당한 상처가 아직 치유가 되지 않은 상태였다. 마교의 귀약당주 채선의 덕분에 그럭저럭 치유는 되었지만, 상처 속으로 직접 주입된 독은 바로 혈관을 타고 흘러 버려 낭패를 보았다.

하지만 조성욱의 웃음소리를 듣던 당유성의 얼굴이 암담하게 변해갔다. 가장 강력한 암기를 날렸건만, 상대는 아직도 멀쩡하다. 아마 도로 모든 암기를 막아냈으리라.

"제길……."

"…그럼 이제 이 도에 맞아 피곤죽이 될 너의… 으헉?"

신이 난 조성욱의 외침은 곧 비명 소리로 바뀌어 버리고 말았다. 다시 뾰족한 비침들이 날아오고 있었다.

"알팍하구나!"

조성욱은 제자리에서 위로 높이 뛰었다. 하지만 그것이 패착이었는 줄 누가 알았으랴!

비침은 회전하여 위로 날아오고 있었다.

"으헛?"

당가의 세류회선!

당가에서도 그 무공의 화후가 절정에 다달아야 쓸 수 있다는 비전의 무공이었다.

쿵—

공중에 떠올랐던 조성욱의 몸이 볼품없이 땅에 떨어져 버리고 말았다.

"큭, 쿨럭!"

조성욱의 기침 소리에는 아무도 관심을 가지지 않았다. 사실, 조성욱의 몸 상태가 멀쩡했었다면 결과는 달랐을 것이었다. 마교의 당주 자리는 땅따먹기해서 얻은 것이 아니니까.

하지만 검을 나누는데 그런 변명이 무슨 소용이 있으랴! 신선을 꺾겠다고 호기를 부렸던 조성욱은 단번에 쓰러지고 말았다.

"관매!"

비침을 날린 당유성은 재빨리 교주와 가연에게로 달려갔다.

교주는 좌정한 채 앉아 가연의 단전에 손을 가져다 대고 있었다.

"……."

교주의 손에 어린 기운이 강해졌다. 굳이 흡성공을 익힐 필요는 없었다. 양기가 가득 차면 음기가 따라오기 마련, 강력한 순음지체를 발견한 순양지체는 자연스레 음기를 흡수하고 있었다.

"음……."

"손 떼!"

당유성이 고함을 날리며 교주에게 비침을 날렸다.

음기를 흡수하던 중 방해를 받자 교주는 시선을 돌렸다.

"…귀찮군."

교주는 무덤덤한 눈으로 당유성을 바라보았다. 그 시선에 맞추어 누군가가 당유성의 앞을 가로막았다.

앞을 가로막은 여자가 휘두른 채찍은 당유성의 모든 암기를 떨어뜨려

버리고 말았다.

"호홋! 교주께 가려면 이 누님과 한바탕 놀아야 할 것이다."

"비켜! 관매!"

당유성이 쓰러져 정신을 잃은 가연을 깨워 보려 소리를 질렀다. 마현희는 깔깔거리며 당유성을 바라보았다.

"나름대로 처절한걸? 하지만 미안하구나."

"이익……."

당유성은 이를 악물었다. 그리고 고요히 품속으로 손을 집어넣었다. 마현희 역시 웃으며 채찍을 펴들긴 마찬가지였다.

"자, 이 누님께 재롱을 부려보려무나."

휘익―

대꾸없이 비침이 날았다.

당유성이 날린 비침을 슬쩍 비껴낸 마현희는 다시 교소를 터뜨렸다.

"오호호홋!"

"크읍!"

비껴간 비침에 누가 맞았나 보다. 마현희의 뒤에서 커다란 신음 소리가 들려온 것이다.

당유성이 흘끗 마현희의 뒤를 돌아보았다. 비침을 피하려던 마교의 사사당주가 무당의 운풍자의 검에 베이고 있었다.

"큭!"

사사당주 황룡주는 신음성을 내질렀다. 고작 무당파의 일반 도사 하나에게…….

"이런 건방지기 짝이 없… 으헉?!"

"흡!"

사사당주 황룡주의 운명은 간당간당했다. 무당의 유운검중 만만련련의 초식으로 운풍자가 검을 날린 것이다.

공중으로 날아 부드럽게 몸을 돌리며 검을 내지른다!

"큭……."

황룡주는 베어진 어깨를 부여잡고 뒤로 물러섰다. 어깨뿐 만이 아니라 내상까지 크게 손해를 본 것이다.

황룡주의 앞에 착지한 운풍자는 무표정한 얼굴로 몸을 일으켰다.

운풍자는 묵묵히 고개를 돌렸다.

"……."

눈앞에 귀곡자가 걸어나오고 있었다. 그는 오랜만인 것이 반갑기라도 한지, 얼굴 가득 홍조가 떠 있었다.

"클클클……."

"……."

"오랜만이구나."

한번 손속을 나눠보았기에, 그의 무위가 얼마나 높은지 잘 알고 있었다.

운풍자는 이를 악물었다.

청명은 주위를 둘러보며 어두운 표정을 지었다.

다행인지, 불행인지 청명의 주위로 달려들어 오는 무림인들은 하나도 없었다.

청명의 정체를 어렴풋이, 혹은 정확하게 짐작하고 있는 사람으로서는 신선께 덤비는 짓은 자살 행위라고 생각하고 있었다.

"……."

청명은 어두운 얼굴로 고개를 푹 숙였다.

왜 서로 싸워야 하는 것일까? 싸움은 도가 아닌데.

"원시천존님······."

청명은 우울한 얼굴로 하늘을 돌아보았다. 저들은 왜 저렇게 관계 지어진 것일까? 인간에게 도가 있다고 하셨는데 상대를 죽이거나, 상대를 위해 죽는 인간에게 무슨 도가 있단 말인가!

청명은 할 수만 있다면 말리고 싶지만, 말릴 수가 없었다. 능력을 잃어버렸으므로, 마음이 가는 길을 하늘이 막았으므로.

"바람은 내가 될 수 없는데 나는 바람이 될 수 있다······."

청명은 왠지 모르게 청허 사제의 말이 떠올라 고개를 갸웃했다. 저들은 지금 자신이 칼을 찌르는 상대가 될 수 있을까? 내가 바람이 되는 것처럼.

운혜는 주저없이 검을 날렸다. 예전, 귀곡자와 전투를 벌일 때에는 당황하고 혼미하여 아무것도 할 수 없었지만, 이제는 제법 각오가 어린 몸짓이었다.

그래도 살수를 펼치기는 쉽지 않은 듯, 운혜는 부드럽게 검을 휘둘러 구궁검을 펼쳤다.

"크윽!"

하지만 그것으로 되었다. 살수가 아니었는데도 운혜는 상대를 베어 넘길 수 있었다.

살짝만 베어도 상대의 몸은 얼어가고 있었나. 마치 북해빙궁의 무공처럼, 음기가 가득 어린 검이었기 때문이다.

지화당주 영진이 그러했다. 그는 베어져 얼어가고 있는 팔의 혈도를 찍었다.

"역시 음화신녀로군······."

교주에게 음기를 바치기 위해 컸으나, 지금은 음기만으로도 충분히 무서운 적이 되어 있다.

운혜는 무거운 표정으로 지화당주 영진을 바라보았다.

"무, 무량수불……"

운혜의 입에서 진정 어린 목소리가 새어 나왔다. 운혜 역시 도를 추구하는 도사였다. 살생을 펼치기는 쉽지 않았다.

"……."

하지만 어쩔 수 없는 일, 운혜는 다시 검을 들어올렸다.

그때였다.

울렁—

"꺄악!"

땅이 한번 울렁거리는 듯한 느낌이 들었다. 운혜의 보법이 흔들렸다. 땅에 누워 있는 지화당주 역시 흔들렸다.

한참 동안 서로의 피를 희구하던 무림인들 모두의 걸음이 흔들렸다.

쿠웅—

이번에는 공기가 진동하는 소리가 들려왔다. 고막이 터질 듯한 육중한 소리와 함께였다.

그리고 정자에서 교주가 몸을 일으켰다.

교주는 가볍게 몸을 일으키고 있었다. 하지만 마치 공간이라도 왜곡된 듯, 그 자리는 불투명한 무엇인가가 볼록 튀어나와 있었다.

"파… 파천화련공이 완성되었다……."

귀약당주 채선이 중얼거렸다. 그 말은 정답이었다.

마교도들 사이로 희열이 번져 나갔다.

영진이 제일 먼저 땅에 엎드렸다. 땅에 엎드린 영진은 희열로 몸을 떨며 외쳤다.

"미륵현세! 광명천하!"

곧 주위의 마교도들이 모두 똑같은 소리를 외쳤다.

“미륵현세! 광명천하!”

“…….”

교주는 무표정한 얼굴로 그들을 돌아보았다.

모든 음기를 흡수했다. 이제, 하늘 아래 무공을 가진 사람 중 그를 막아설 사람은 단 둘밖에 없으리라.

“…잘 되었군.”

교주의 몸이 흐릿해졌다. 흐릿한 잔상은 제법 오래갔다.

새로운 신형이 나타난 곳은 다름 아닌 청명의 앞이었다.

이형환위!

전설 속으로 사라졌다는 그 신법이 다시 모습을 드러낸 것이다.

청명은 눈을 부릅떴다.

“신선, 뜻을 찾았나?”

‘뜻을 찾는다?’

청명은 이해할 수 없다는 듯 교주를 바라보았다. 교주는 적수공권으로 청명의 앞에 나타나 무심한 눈으로 청명을 바라보고 있었다.

청명은 아무런 말도 하지 못했다.

“…….”

그것이 오히려 대답이 되었다.

“더 퇴보했군.”

알 수 없는 소리였다. 교주는 주위를 둘러보았다.

피비린내가 진동하는 벌판을 바라보던 교주의 얼굴이 살짝 어두워졌다.

“…왜……?”

청명이 무언가를 말하려 했지만, 교주는 더 이상의 이야기를 듣고 싶은 마음이 없었다.

"넌 가능성이 없군. 죽어."

예전 교주가 신선을 공격하지 않은 것은 그 나름의 계획이 있기 때문이었다. 하지만 그 기대에 부응하지 못하다면, 신선은 죽는다.

교주는 적수공권이었지만 무심한 얼굴로 고개를 들어 옆을 바라보자 그 시선에 맞춰 바닥에 떨어져 있던 누군가의 검이 날아들어 왔다.

"……."

청명도 자신의 검, 운혜를 들어올렸다. 예전과 다르게 살기가 찌릿찌릿하게 느껴지고 있었다.

챙—

어떠한 예고도 없이, 움직일 것이라는 느낌도 없이 교주의 검이 청명의 목으로 달려들어 왔다.

청명은 천의 초식을 펼쳤다.

"천!"

챙—

마음이 검에 닿았으니, 검도 닿는다. 하지만 검에 실린 기운은 교주의 도에 부딪치자마자 사라져 버린다.

스르륵—

마치, 처음부터 없었던 것처럼.

"헛!"

청명은 다급한 비명 소리를 내뱉었다. 아주 잠깐 선기가 미약하게나마 움직였다. 하지만 곧 선기는 사라져 버리고 말았다.

청명의 검, 운혜는 바람결에 흔들리는 나뭇잎처럼 가냘프게 밀려나고 말았다.

다행인 것은, 교주가 의아한 표정으로 청명을 바라보느라 약간은 늦었다는 점이었다.

교주는 무엇인가를 확인하려는 듯, 다시 검을 날렸다.

아무렇지도 않는, 간단한 움직임이었다. 청명의 삼재검보다도 더욱 단순한 초식이었다.

하지만 그 안에는 만근거력이 담겨 있었다.

"지(地)!"

청명은 다시 운혜를 움직였다. 하지만 또다시 마음이 사라졌다.

"제길! 제길!"

당유성이 울분 섞인 목소리로 말했다. 교주가 일어섰다. 그 뜻은······.

'관매!'

당유성은 눈을 부릅떴다.

곧 그의 손가락을 까딱거렸다. 그 속에서는 아마 치명적인 독이 새어 나오고 있으리라.

마현희는 그렇게 짐작하고는 교소를 터뜨렸다.

"더 놀 생각이 들지 않는구나. 누님은 이만 가봐야겠어, 아우."

마현희는 채찍을 휘둘렀다. 그 채찍을 피하며, 당유성은 손가락의 움직임의 속도를 높였다.

"흡!"

마현희는 일단 호흡을 멈추었다. 숨을 마시는 것은 좋지 않으리라.

숨을 쉬지 않은 채로, 마현희는 채찍을 날렸다.

천하만편!

부드러운 곡선을 그리며 채찍이 가 닿자, 당유성은 재빨리 몸을 피했다. 하지만 시선이 마현희가 아닌 가연에게 가 있었던 탓일까?

당유성의 팔에 채찍이 감겨들고 말았다.

"흡!"

당유성은 팔을 뱀처럼 휘저었다. 손목과 팔꿈치가 따로 노는 듯 움직이자, 채찍이 마치 미끌거리며 흘러내리나 싶다.

하지만 손목 어림께에 이르러, 채찍은 손목을 감싸 버리고 말았다.

"큭!"

채찍의 끝에 달려 있던 날카로운 비도가 당유성의 손목을 할퀴고 지나갔다.

당유성은 몇 발자국이나 뒤로 물러나야 했다.

당유성은 손에 어린 피를 감싸며 마현희를 노려보았다.

"괜찮으시오!!"

"일단, 관매부터… 관매부터 구해야 하! 큭!!"

멀리서 들려온 운풍자의 고함에 당유성이 대답했다. 말의 끝은 비명으로 터져 나왔다.

채찍이 마치 뱀처럼 움직여 당유성의 뒤를 긋고 있었다. 기병에 속하는 마현희의 편은 편마다 가시와도 같은 비도가 달려 있는데, 그 비도 하나하나가 당유성의 등을 할퀴었다.

당유성을 그어낸 마현희는 슬쩍, 가연을 돌아보았다.

'교주……'

뜻한 바를 이루었으면 서둘러 떠나야 할 텐데, 교주께서는 아직도 자리를 떠나지 않으시고 계셨다.

그렇다면 정말로 이 자리에서 정사대전이라도 열 생각이란 말인가!

바로 이곳, 교주 갈중혁과 마교의 팔천 교도가 몰살당한 이곳에서 말이다.

"……"

귀곡자 역시 마찬가지였다. 운풍자의 앞에서, 비검은커녕 고요히 서로를 노려보고 있던 귀곡자와 운풍자는 아무런 말 없이 교주와 청명의 싸움을 돌아보았다.

운풍자는 가연과 청명을 흘끗흘끗 돌아보았다.

그런 운풍자를 바라보며 귀곡자가 말했다.

"선인께서 예전 같지 않구면?"

"……."

귀곡자는 청명이 왜 이기어검을 사용하지 않는지, 천하를 가득 메운 검을 왜 다시 펼치지 않는지 의아해했다.

"…무량수불. 도우께서는 손을 쓰지 않으실 생각이오?"

귀곡자에게 섣불리 정보를 안겨줄 수는 없다는 생각에 운풍자는 말을 바꾸었다.

귀곡자는 웃었다.

"허헛, 자네의 경지를 이미 견식한 적이 있네. 아직 모자라지만, 얼마 걸리지 않아 구파의 장문인의 화후쯤은 될 것 같더구면."

"……."

"그렇다면, 굳이 내 몸을 상케 할 필요가 무엇이 있겠나? 이미 우리 백련교는 뜻한 바를 모두 이루었네만."

"…무슨 뜻이오."

운풍자가 멍하니 대답하자 귀곡자가 웃었다. 그리고는 대꾸가 없이 주위를 둘러보았다. 운혜가 다시 싸우는 모습이 눈에 들어왔다.

다행히 잘 버티고는 있지만, 언제 또 운혜 사매가 위험해질지 모른다. 운풍자는 이를 악물었다.

귀곡자 역시 운혜를 돌아보았다.

"어차피 모두 무용한 것을……."

'서희야, 그렇지?'

속에 어떤 생각을 품고 있었을까!

안쓰럽게 주위를 둘러보는 귀곡자의 모습은 사도라기보다 정도에 가까운 모습을 보여주고 있었다.

챙―

날카로운 소리가 들려왔다.

운풍자와 귀곡자는 문득 시선을 돌려 교주와 청명의 비검을 돌아보았다.

*　　　*　　　*

같은 시각.

추걸개 역시 진경산에 와 있었다. 개방의 정보력은 과연 빨랐다.

수많은 거지들이 진양산을 샅샅이 뒤지고 있었다. 그것은 추걸개 역시 마찬가지였다.

"소연아! 이 작은 계집애야! 어디에 가 박혀 있누?"

추걸개는 커다랗게 외쳤다. 하지만 아무런 답변이 없다.

한동안 외치며 진양산을 훑던 추걸개는 어디선가 신음 소리를 들었다.

"음?"

추걸개의 몸짓이 다급해졌다. 추걸개는 재빨리 달려 소리가 난 곳으로 달려갔다.

아니나 다를까, 커다란 둔덕 아래에는 소연이 쓰러져 울고 있었다.

"흑, 흑, 엄마― 흑, 엄마!"

소연의 울음은 처연했다.

피투성이의 자그마한 몸은 일어설 힘도 없는 듯 꿈틀대고 있었다.

"이, 이런……."

추걸개의 입에서 침음성이 새어 나왔다.

소연의 어깨에 난 상처는 죽어간다고 해도 믿을 만큼 컸다. 무인에게 저 정도의 상처는 별것 아니지만, 무인도 아니고 그저 아이일 뿐인 소연에게 저 상처는 커다란 고통이리라.

"허, 허어……."

어디서 떨어졌던 걸까. 소연이 굴러 떨어졌다는 것은 한눈에 알아볼 수 있었다. 어깨는 시퍼렇게 멍이 들고 많이 까져 있었으며, 머리는 헝클어지고 흙먼지가 묻어 있었다.

움직이지도 못한 채, 소연은 울기만 했다. 하지만 그 상태에서도 일어서려는 듯, 소연은 버르적대며 꿈틀거리고 있었다.

"……."

추걸개는 아무런 말도 할 수 없었다. 소연의 다리는 더욱 엉망이었다. 종아리는 텅텅 부어 있었고, 고된 여행 탓인지 발은 부풀어 올라 수습하기 어려울 지경이었다.

그 발가락이, 먼 곳까지 쉬지 않고 걸어왔을 소연의 발가락이 추걸개의 마음을 아프게 했다.

추걸개는 노호성을 터뜨렸다.

"왜, 왜 집에 있지 않고 예까지 나온 게냐! 어머님이 걱정하실 것이라는 것을 몰랐더냐!"

"흑, 거지 할아버지, 흑……."

소연이 훌쩍거리며 말했다.

"흑, 하, 하지만 소연이는 소, 소원의 샘물을 찾아야……."

"뭐라?"

"엄마를 낫게 해줄 소원의 샘물을 찾아야 돼."

추걸개는 입을 쩍 하니 벌렸다. 소연이 집을 나선 이유가 고작 그것이었던가? 저렇게 부푼 종아리와 저렇게 터져 버린 발이 고작 그런 이유에서 생긴 상처란 말인가?

정말 그런 전설 같은 이야기를 믿어서, 말도 안 되는 이야기를 믿고 지금 산에 와서 이런 고생을 하고 있는 겐가…….

제 어미를 살리려고, 그런 말도 안 되는 것을 믿고…….

추걸개는 괜히 눈시울이 붉어지는 느낌이 들었다.

"그, 그런 샘물은 없다!"

"흑, 흑……."

소연의 커다란 눈이 끔뻑였다. 소원의 샘물이 없다니, 도대체 무슨 뜻일까?

"흑, 이, 있어."

"없다!"

"있어! 흑, 꼭. 우리 엄마가 그랬단 말야! 흐흑. 엄마는 소연이에게 거짓말을 하지 않아!"

"……."

추걸개의 말문이 막혔다. 저렇듯 순진한 아이가, 있지도 않은 걸 찾겠다고 저렇게 고생하는 저런 바보가 또 있을까.

제 어미를 위해 제 몸을 버릴 만한 착한 아이가 세상에 또 있을까.

추걸개가 말을 잇지 못하는 사이, 소연은 억지로 몸을 일으켰다.

억지로, 억지로 들어가지 않는 힘을 억지로 쥐어가며, 소연은 몸을 일으켰다. 터질 대로 터진 발바닥이 다시 땅에 닿았다.

"나는 흑, 엄마한테 줄 샘물을 찾을 거야."

"……."

추걸개는 아무런 말도 할 수 없었다. 아이의 마음은 잘 알 수 있었다.

하지만 아이의 몸 상태를 보아하니, 더 찾게 놔둘 수도 없다. 아이의 몸은 서둘러 치료를 요하고 있었다.

"너는 돌아가야 한다."

"흑, 싫어."

소연은 고집스럽게 추걸개에서 등을 돌렸다.

"돌아가야 하느니."

고집 어린 소연의 목소리에 추걸개는 당혹스러워졌다. 이렇게 된 이상, 힘으로라도 끌고 돌아가야 한다.

"이리 오너라!"

추걸개는 노호성을 외치며 소연을 잡아챘다. 소연은 작은 몸을 흔들며 반항했다.

"싫어!"

소연의 반항이야 추걸개가 수습하는데 별 위험도 되지 않겠지만, 아이의 몸이 많이 다쳐 있어 더 상하게 할 수가 없었다.

소연의 상처들을 생각해 추걸개는 결국 손을 놓을 수밖에 없었다.

하지만 자신을 가로막던 몸짓이 사라지자 소연은 그만 넘어지고 말았다.

"꺄악!"

풍덩―

뒤로 넘어간 소연이 빠져 버린 곳은 작은 샘이었다. 아니, 샘이라고 보기도 민망한 웅덩이였다.

소연은 물에 빠져 잠시 허푸허푸 숨을 골랐다.

하지만 의외로 웅덩이가 낮다는 것을 깨닫고는 곧 몸을 세웠다.

"와……"

소연은 멍하니 물 웅덩이를 바라보았다. 웅덩이는 맑고 맑았다. 마치 마음까지 씻어줄 것처럼 맑은 색이었다.

소연이 드디어 해맑은 미소를 지었다.

"거지 할아버지, 샘물을 찾았어요……."

"허… 어어……."

추걸개는 당혹스러운 목소리로 한숨을 내쉬었다. 그 샘물은 소원의 샘물이 아니다. 아니, 샘도 아니다. 그저 웅덩이일 뿐이었다.

하지만 추걸개는 그 사실을 말할 수 없었다, 소연을 위해서도, 그리고 가연을 위해서도.

추걸개는 그저 피투성이 손으로 웅덩이에 작은 수통을 넣는 소연을 구경할 수밖에 없었다.

휘청―

물을 뜨던 소연의 몸이 흔들렸다. 안도감일까? 몸의 피로를 억지로 억눌러 왔던 정신력이 흩어지고 있었다.

"엄마……."

왠지 모르게 잠이 온다고 소연은 생각했다.

*　　　*　　　*

운혜는 긴장된 얼굴로 청명을 바라보고 있었다. 교주와 청명의 싸움을 바라보는 동안, 다른 마교도들은 조금도 움직이지 않았다.

교주가 이긴다면 도사들이, 신선이 이긴다면 자신들의 목숨이 바람 앞의 촛불이 된다.

"……."

덕분에 모처럼 검을 수습할 여유가 생겼던 운혜는 멍하니 청명을 바라볼 수 있었다.

"사조님……."

운혜의 얼굴에는 걱정이 가득했다. 무공이라고는 하나도 모르는 사조님께서 어찌 천하제일고수에 근접한 교주를 상대한단 말인가!

위험하다, 사조님께서 너무나 위험하시다.

운혜는 속이 울렁거리는 것을 느꼈다. 긴장과 두려움이 운혜의 몸을 감쌌다.

'사조님께서 아니 계시면… 난…….'

"아얏!"

청명의 비명 소리가 들려오자, 운혜는 황급히 시선을 들어 다시 청명을 바라보았다.

청명은 다시 삼재검을 펼쳐 교주의 검을 비끄러맸다. 하지만 이번에도 교주의 도에 검은 튕겨 나가고 말았다.

아직 교주가 살수를 쓰지는 않고 있었지만, 만약 펼쳤다면 청명은 육신을 버리고 양신만을 취해야 했을 것이다.

교주는 이제 알겠다는 듯이 말했다.

"무슨 일이 벌어졌던 건가."

무미건조한 어투였다.

"무슨 말인가요?"

교주의 말에 청명은 고개를 갸웃했다. 하지만 이내 검을 날려 오는 것을 보니, 아직 공격할 마음을 버리지는 않았는가보나.

"훗!"

가까스로 천의 초식을 이용해 교주의 검을 비껴낸 청명은 당혹스럽다는 눈으로 교주를 바라보았다.

"바람이 네게로 불고 있다. 하지만 네게서 바람이 불어오지는 않아."

"……"

청명은 입을 다물었다. 다시 교주의 검이 날아오자, 청명은 서둘러 몸을 뒤로 빼었다.

이번 교주의 검은 지의 초식으로도, 천의 초식으로도 막을 수 없을 것 같았다.

청명의 짐작은 맞았다. 몸을 뒤로 날리지 않았다면 크게 위험했으리라.

교주는 마치 청명과 대련이라도 펼치듯, 여유롭게 검을 날리고 있었다.

"아얏!"

청명은 비명을 터뜨렸다. 보법도 배우지 못했는데 몸을 뒤로 빼는 것이 쉽겠는가! 그럭저럭 피하긴 했지만, 그만 어깨를 베이고 말았다.

청명은 어깨를 내려다보았다. 통증과 함께 얼얼한 느낌이 들었다. 살짝만 베었는데도 이렇게 고통이 심할 줄은 몰랐다.

청명은 무심결에 주위를 둘러보았다.

피를 흘리는 사람들이 눈에 들어왔다. 자신이 이렇게 아픈데, 저들은 오죽하겠는가!

청명은 저도 모르게 다른 무인에게 자신을 투영하고 있었다.

"말하라. 무슨 일이 있었던 건가."

"흡!"

청명은 다시 검을 들었다. 하지만 검이 제대로 들려질 리가 없다.

챙—

청명의 검, 운혜는 교주의 도에 맞아 멀리 사라져 버리고 말았다. 검이 빙글빙글 돌아 어딘가로 사라졌다.

"아……."

청명은 안타까운 눈으로 날아가 버리는 검을 바라보았다. 운혜가, 검 운혜가 사라졌다. 마치 진짜 운혜 시손이 사라지는 것처럼 안타까운 기분이 들었다.

“…….”

교주는 무덤덤한 얼굴로 청명의 목에 도를 들이밀었다.

“마지막이다. 말하지 않는다면 죽는다. 무슨 일이 있었나.”

청명이 입을 열었다.

“원시천존의 명을 따르지 않았기에, 나는 마음을 따를 수 없어요.”

“…….”

교주는 눈을 빛냈다.

“그 명이란?”

“평범해지라는 것이요.”

청명은 순순히 대답했다.

교주의 마음속 깊숙한 곳은 살기와 투기, 그리고 마기로 얼룩져 있었다. 하지만 그 뒤로 깊은 슬픔과 불안이 느껴지기도 했다.

마치, 길 잃은 강아지를 보는 것처럼…….

“…….”

교주는 아무런 말도 하지 않았다.

“그렇다면, 너는 이제 선인이 아니로군.”

“네.”

청명은 웃었다. 생각해 보면, 처음부터 선인이 아니었을지도 모른다. 이제 모든 것을 잃었지만, 차라리 편하다.

“그럼 죽어.”

교주는 도를 들어올렸다. 이제 이 선인은 더 이상 가치가 없다.

청명은 눈을 꼬옥 감았다. 곧 도풍이 불어 닥쳤다.

휘잉― 챙!

"꺄악!"

비명 소리?

비명 소리가 들리자 청명은 다급히 눈을 떴다. 눈을 뜨자 보이는 것은 바람결에 휩쓸린 나뭇잎처럼 팔랑팔랑 뒤로 날아가는 운혜였다.

운혜로서는 교주의 검을 막는 것이 불가능했던 것이다.

그리고 그 뒤로, 청명 때와는 달리 아예 한 번에 끝내 버리려는 듯 재차 도를 날리는 교주가 눈에 들어왔다.

"우, 운혜 사손!"

"사매!"

청명과 동시에 운풍자가 비명을 질렀지만 그 소리는 청명에게 들리지도 않았다.

청명은 황급히 운혜에게 달려갔다. 운혜 사손이 아프다, 운혜 사손이 아프다…….

경공도 없고, 그렇다고 신법이 뛰어난 것도 아니다. 청명은 그저 달려갈 수밖에 없었다, 운혜 사손에게 도를 날리는 교주에게로.

"흡!"

다행히 아직 정신이 있었는지, 운혜는 다시 검을 들어 교주의 검을 막아낼 수 있었다.

종으로 베어오는 날카로운 도를 막아낸 운혜는 청명을 돌아보았다.

"오지 마! 이 바보 같은… 꺄악!"

그 잠깐 사이에 시선을 돌린 것이 원흉이었을까. 교주의 도가 운혜의 얼굴을 쓸어버리고야 말았다. 운혜의 볼에 핏빛 선이 진하게 그려졌다.

"운혜 사손!"

청명의 눈이 커져갔다. 청명은 힘껏 달려가 손바닥을 곧게 펴 교주의 등을 내리쳐 갔다. 마치 아이가 어른에게 덤비는 듯한 모습이었다.

“하지 마요!”

“…우습군.”

교주는 흘끗 뒤를 돌아보았다. 비웃음 섞인 눈짓이었다. 그는 더 이상 신선이 아니다.

휘잉—

하지만 뒤를 돌아본 그의 눈은 커져 있었다. 손바닥과 함께, 거대한 바람이 불어오고 있다. 내기가 섞인 것도 아닌, 그저 바람이었다.

“흡?!”

교주의 몸이 사라졌다.

이형환위!

잔상만을 남기며 교주는 다른 곳에서 몸을 드러냈다. 교주가 사라지자 바람도 사라졌다.

그사이 청명은 운혜를 품에 안을 수 있었다.

“우, 운혜 사손, 괜찮아요?”

“빨리… 도망…….”

운혜는 정신을 잃지 않고 있었다. 볼의 상처가 제법 깊었지만, 견딜 만한 힘은 아직 남아 있다.

하지만 놀란 청명은 울음을 터뜨렸다.

“흑, 으앙! 흑!”

청명은 운혜가 원망스러웠다. 운혜 사손은 왜 사신의 앞으로 뛰어들어 왔단 말인가!

현무 사질처럼, 삼득 도우처럼, 그리고 경 도우처럼 왜 자신을 막아섰단 말인가!

운혜가 재차 입을 열었다.

“빨리 도망가라니… 까… 요…….”

"흑, 흑, 으앙!"

하지만 청명은 움직이지 않았다. 그저 조용히 손을 들어 운혜의 얼굴을 쓸어 만질 뿐이었다.

상처가 나아야 된다. 운혜 사손은 아프면 안 되는데, 지금 아프니까 상처가 나아야 한다.

하지만 피는 조금도 멎질 않았다.

"흑, 운혜 사손……."

청명은 원망스러운 얼굴로 하늘을 바라보았다. 원시천존님은 이런 상황이 왔는데도 자신의 선기를 가로막고 있었다.

"너의 뜻한 바가 있거든 나의 명을 거스르라."

청명의 머릿속에 사부님께서 전달해 주셨던 원시천존의 명이 떠올랐다.

내 뜻은 무엇인가! 원시천존의 명을 거스를 만한 뜻은 어디에 있는가!

운혜 사손을 살리는 것이 자신의 뜻일까? 평범한 삼득 도우처럼?

청명의 눈이 커졌다. 그래, 평범한 삼득 도우는 죽었어야 할 경일 도우를 살리기 위해 다쳤다. 그건 평범한 일일까?

청명은 시선을 돌려 당유성을 바라보았다. 당 도우는 왜 저렇게 가연 도우에게 달려가고 있을까?

청명의 머릿속에 청허 사질이 전해준 이야기가 떠올랐다.

"바람은 내가 되지 못하지만, 나는 바람이 될 수 있지요."

왜인지는 모르겠지만, 황망한 중에서 웃음이 새어 나온다.

"…하… 핫."

이제 알겠다. 인간지도가 무엇인지는 모르겠지만, 청허 사질이 전해준 이야기는 알 수 있을 것 같았다.

당 도우가 가연 도우에게 달려가고, 삼득 도우가 경일 도우 대신 다친 것은, 상대방이 다름 아닌 자신이기 때문에.

상대에게 자신을 투영했기 때문이었다.

바람은 나에게 마음을 실을 수 없으니 내가 되지 못하지만, 나는 바람에게 마음을 실을 수 있으므로 나는 바람이 될 수 있다.

'그렇구나. 사부님, 인간지도는 모르겠지만, 이제 평범함이 무언지는 알겠어요.'

청명은 고개를 끄덕였다.

평범한 인간은, 자신을 상대에 투영한다. 욕심 많은 상덕보처럼 다른 것에 마음을 실을 수 있고, 삼득 도우처럼 다른 사람에게 자신을 투영할 수도 있다.

청명은 하늘을 올려다보았다.

"하핫."

예전에 보았던 학이 하늘을 날고 있었다. 여태껏 자신을 따라왔던 것일까? 친숙한 기운이 느껴졌다. 학은 청명의 마음을 보듬어 안듯 부드러운 움직임을 보이며 날고 있었다.

하지만 내려오지는 않는다.

청허 사제는 바람이 내가 될 수 없는 이유를 깨닫게 되면 등선할 것이라고 했고, 원시천존께서는 명을 좇지 않을 때에 선계에 오르리라고 했지만, 학은 내려오지 않고 있었다.

아직은 때가 아니었다. 자신이 깨달은 것은 인간지도가 아니라, 평범한 인간은 자신을 다른 것에 투영한다는 작은 깨달음뿐이었다.

그것은 마음을 실어 검을 띄우는 것과 같은 이치였다.

"……"
교주는 이상하다는 듯 청명을 바라보았다.
청명은 부드럽게 웃으며 운혜의 얼굴을 쓸어 만지고 있었다.
"이제 괜찮아요, 운혜 사손."
운혜의 눈이 크게 띠어졌다. 청명 사조님의 손이 닿자 자신의 볼에서
느껴지던 아린 통증이 사라지는 것이 느껴졌다.
"사, 사조님… 서, 선기를……"
되찾으신 건가요?
뒷말은 이어지지 않았다. 운혜가 마저 이야기하기 전에 청명은 몸을
일으키고 있었다.
"이제 괜찮아요."
일어선 것은 일어선 것 나름대로 당혹스러웠다. 운혜는 어버버 입을
열었다.
"어, 어딜 가시려고……"
어느새 완전히 몸을 일으킨 청명은 운혜에게 슬쩍 웃어주고는 손을 들
어올렸다.
휘이잉—
바람의 갈래들이 청명의 손으로 들어왔다. 바람의 줄기가 눈에 보이는
듯했다. 흰 실타래와도 같은 바람의 영들이 청명의 손으로 새어 들어왔
다.
청명의 손에 쥐어진 바람들은, 조금 전까지 청명이 쥐고 있던 검 운혜
의 형상을 띠었다.
"…뭔가를 얻었군."

교주의 말에 청명은 빙긋 웃었다.

그리고 마침내 검을 휘둘렀다.

쉬익—

검은 빠르지도 느리지도 않았다. 교주를 겨냥하지도 않았다. 그저, 꼬마아이의 검놀림처럼 가로로 베어버렸을 뿐이다.

그나마도 조준이 어긋나 교주의 어깨 너머를 그었다.

“…….”

하지만 교주의 얼굴은 딱딱했다. 기세도 없고 살기도 없었다. 하지만, 분명히 무엇인가가 어깨 위로 넘어가는 기분이 들었다.

그저 그었을 뿐인데…….

콰콰콰콰쾅!

엄청난 소리가 들려왔다.

교주는 눈을 부릅뜨며 뒤를 돌아보았다. 거대한 소리가 울려 퍼진 곳은 자신의 뒤쪽이었다.

“…….”

교주는 눈을 부릅뜨며 그 광경을 바라보았다. 거대한 대지의 일부가 깎여 사라져 있다. 마치 운석이라도 떨어져 내린 것처럼 길쭉하게 대지가 파여 있었다.

청명의 검에서 마치 검기라도 발출된 듯 먼 곳까지 베어버린 것이다.

아니, 저걸 검기라고 부를 수는 없다. 저것은 그것을 넘어선 그 무엇이었다.

교주는 차분한 얼굴로 다시 청명을 바라보았다.

“되찾았나?”

“당신은 누군가요?”

청명은 교주의 질문에 답변하지 않았다. 그저 교주에게 질문할 뿐이었다. 청명의 말을 알아듣지 못한 교주는 묵묵히 청명을 노려보았다.

"당신은 마선과 같은 방향으로 걷지 않아요. 당신은 누군가요?"

"……."

교주는 슬쩍 웃었다. 정확한 말이었다. 자신은 마선을 죽이기 위해 살아간다고 해도 과언이 아닌 인물이었으니까.

"후훗……."

교주의 입에서 자그마한 웃음소리가 튀어나왔다.

"때가 되었나."

교주의 웃음에는 처연한 서글픔과 통쾌한 환희가 뒤범벅으로 섞여 있었다. 그는 하늘을 올려다보았다. 아니, 정확히는 마선을 바라본 것이리라.

"그대의 뜻대로는 아니 되겠군, 마선."

교주는 흥겹게 중얼거렸다. 이제, 자신이 해야 할 일은 명백하다. 일단 그 일을 해내려면 교로 돌아가야 한다.

천선이 깨달음을 얻었으니, 마선의 뜻대로 일이 벌어지지만은 않을 것이다. 천선이 깨달음을 얻지 못했다면 자신의 손에 죽었겠지만, 깨달음을 얻었으니 이제 그의 운명에는 마선만이 관여할 수 있으리라.

교주는 청명을 바라보았다.

"저번에 했던 말은 취소해야겠군. 그대는 진짜 신선이오."

"……."

청명은 대꾸하지 않았다. 청명은 여전히 우울한 얼굴이었다.

"…괜찮다면, 나는 이만 가보겠소, 천선. 그대의 인연이 마선과 맞닿아 있다면, 아마 다시 볼 수 있을 것이오."

교주는 짧게 말했다. 그리고는 몸을 돌려 뒤로 걸어갔다. 살기를 품고 검을 나누던 상대가 헤어지는 방식치고는 너무나 가벼운 태도였다.

멍하니 청명과 교주를 바라보던 운혜는 이해할 수 없다는 듯 둘을 바라보았다. 살기 흉흉하게 검을 날리고, 사조님께서 땅을 베어버리고, 그다음 아무렇지도 않게 헤어진다…….

운혜의 눈에 교주가 다시 몸을 돌리는 것이 보였다.

그는 묵묵히 뒤로 돌아 다시 청명을 보며 말했다.

"…보내주시겠소?"

"……!"

운혜와 마찬가지로 교주와 청명의 비검을 바라보고 있던 마교도들의 눈이 크게 떠졌다.

만인지상의 교주가 다른 사람에게 양해를 구하다니!

하지만 교주는 허락을 구하는 것이 당연하다는 듯 자연스러웠다.

"…네."

청명은 고개를 끄덕였다. 정파 무림인들이 보았다면 경기를 일으켰으리라. 마교의 교주를 다 잡고도 보내주다니! 이게 무슨 짓인가!

그러나 청명은 새로운 인연을 느끼고 있었다. 어쩌면, 교주로 인해 천하는 구원받게 될지도 모른다.

"…고맙군."

교주는 짧게 말했다. 그리고 빙긋 웃으며 주위를 둘러보았다.

많은 피해가 있었지만, 마선을 제거할 단초를 얻었으니 결코 손해를 본 것은 아니리라.

"모두 퇴각한다."

교주는 짧게 말하고는 손수 몸을 뒤로 날렸다.

교도들의 얼굴이 시퍼렇게 질렸다. 귀곡자의 말이 맞았다. 방금 파천화련공이 수위에 달한 교주조차 몸을 피했다.

"도… 도… 도망… 도망가!"

지화당주 영진이 외쳤다. 멍하니 서 있던 마현희도 마찬가지였다. 곧
모든 마교도들이 움직이기 시작했다.

“우아아아!”

깜짝 놀란 석마당주 조성욱은 중독된 상태에서도 잠력을 끌어올리고
볼품없는 비명을 지르며 달려갔다. 그 역시, 신선의 능력에 놀란 것이었
다.

한바탕 소란이 일었다. 그 소란의 와중에, 오로지 귀곡자만이 움직이
지 않았다.

“끌끌끌…….”

“…….”

귀곡자의 앞에 서 있던 운풍자가 의아한 듯 귀곡자를 바라보았다. 귀
곡자는 당유성을 바라보며 웃고 있었다.

“신선의 능력이 저만하니, 이 노인네로서는 어찌할 방도가 없구만. 백
련교도 이제 지루하니, 투항하겠네.”

“…….”

운풍자는 이해할 수 없다는 듯 귀곡자를 바라보았다.

당유성은 마현희가 사라져도 그 뒤를 쫓지 않았다. 그 모습을 보자마
자, 재빨리 달려 가연에게로 달려갔을 뿐이었다.

“관매…….”

“쿨럭, 쿨럭…….”

가연의 입에서 기침 소리가 튀어나왔다. 그 기침 소리는 당유성의 마
음을 찢는 듯했다.

“소, 소연이… 어디… 쿨럭!”

당유성의 눈에서 눈물이 새어 나왔다.

“관매! 괜찮아? 관매!”

가연의 머리는 새하얗게 변해 있었다. 마치, 눈이 내려앉은 것처럼 새하얗게 변해 있었다. 몸은 다행히 그대로였지만, 조금도 움직이지 못하는 것을 보니 기운이 하나도 없나 보다.

“…….”

당유성은 울음을 삼켰다. 그리고 가연을 품에 안아 올렸다.

“큭!”

베어진 등이 아파왔다. 하지만 당유성은 참고 가연을 안아 올렸다.

하지만 이겨내기에는 너무 힘든 고통이었을까.

잠시 가연을 안고 흔들리는 몸을 추스르던 당유성은 마침내, 정신을 잃고 쓰러지기 시작했다.

털썩—

가연과 당유성의 몸이 동시에 쓰러졌다.

그 모습을 보고 운혜가 비명을 질렀다.

“사조님! 사형!”

청명이 재빨리 당유성에게로 달려갔다. 그것은 운풍자 역시 마찬가지였다.

*   *   *

추걸개는 소연을 안고 취팔선보를 펼쳤다. 뒤에 다른 개방 거지들이 쫓아오고 있었지만, 귀에 그들의 목소리는 들려오지 않았다.

오로지 뒤에 안긴 소연의 자그마한 몸과 부풀어 오른 다리만이 느껴지고 있었다.

이 지경이 되도록, 이 지경이 되도록…….

추걸개는 이를 악물었다. 이 나이 다 돼서 울면 추하다.

"……."

하지만 눈에는 눈물이 살짝 배어 있었다.

추걸개는 서둘러 경공을 펼쳤다. 내공을 주입해 몸 상태는 괜찮다고 하지만, 외상이 너무나 심각하니 자칫하다가는 불구가 될 수도 있다.

그리고 그리 오래 지나지 않아, 추걸개는 선경루에 도착할 수 있었다.

*　　　*　　　*

당유성은 가연을 안고 있었다. 등의 상처는 훨씬 나아져 있었다. 채찍을 쓰는 악독한 마녀의 손속이 독해 아직 완치는 되지 않았지만, 신선의 선술로 다행히 목숨은 건질 수 있었다.

그것보다 기쁜 건, 가연이 정신을 차렸다는 점이었다.

"소연… 소연이는… 어… 디 있나요……."

가연이 느릿하게 말했다. 호호 할머니처럼 백발이 되어버린 머리카락 사이로 가연의 고운 얼굴이 보였다.

당유성은 아무런 말도 하지 못했다. 화화평을 샅샅이 뒤졌는 데도 소연의 머리끝 하나 찾아내지 못했다.

그 질문에 대답한 것은 운풍자였다.

"저기… 추걸개 막 선배가……."

당유성과 가연의 얼굴이 돌아갔다.

아니나 다를까, 거지의 등에는 소연이 업혀 있었다. 가연의 눈에 눈물이 핑 돌았다.

"흑, 소연아… 흑……."

추걸개는 아무런 말도 하지 못했다. 목이 메인 목소리가 나올 것만 같아 아무런 말도 하지 못하겠다.

추걸개의 등 뒤에 있던 소연이 눈을 떴다.

소연의 눈에 흰머리가 되어버린 누군가가 보였다. 잠깐 동안은 알아보지 못했지만, 잠시 살펴보니 그게 누구인지 짐작이 갔다.

"엄마……."

기운없는 목소리였다. 하지만 밝은 목소리이기도 했다.

가연이 억지로 목소리를 내어 말했다. 다급한 마음이었지만, 목소리는 마음과 다르게 느리기만 했다.

"소연아… 괜, 괜찮니? 피, 피가……."

"엄마……."

소연은 엄마의 질문에 대답하지 않았다. 그 대신 웃으며 엄마를 바라보았다.

"엄마… 이 물을 마시면… 흑. 나을 거야. 소원의 샘물이야……."

"소, 소연아……."

가연이 눈을 부릅떴다. 그 눈에서 눈물이 새어 나오고 있었다.

주르륵.

세상에 소원의 샘물이 있을까? 소연이 떠온 물이 정말 그 물일까? 옛 이야기처럼… 소원의 샘물이…….

가연의 눈에서 눈물이 떨어졌다. 아마 소원의 샘물은 없을 것이다. 저 물은 그저 단순한 물일 것이다.

하지만 그 물을 뜨기 위해 무슨 고생을 했는지는 짐작이 갔다. 터진 발과 부어버린 종아리, 생채기 가득한 얼굴만 보이고 있었지만, 아이가 무슨 고생을 했는지는 알 수 있었다.

당유성은 눈물을 참아야 했다. 하지만 그런데도 가연을 소연에게 보여주려 높이 드는 동안, 한줄기 눈물이 새어 나왔다.

마침내 소연의 앞에 선 가연은 웃었다. 얼굴이 일그러지고, 목이 메어 숨을 쉴 수 없을 정도인데도 가연은 웃었다.

그래야 소연이 기뻐하리라. 그래야 소연이…….

가연은 부들부들 떨리는 팔을 들어 소연의 머리를 쓰다듬었다.

"저, 정말 효녀로구나……."

"얼른 마셔, 엄마."

소연이 웃었다. 가연은 목이 메이는 기분을 느끼며, 수통을 받아들었다. 한두 모금이나 될까? 아주 조금의 물이 그 안에 들어 있었다.

고작 이것을 위해… 이 못난 엄마를 위해…….

가연은 부드럽게 웃었다. 그리고는 수통을 입가로 가져갔다.

소연은 기대감 어린 눈으로 가연을 바라보았다.

"다, 다 나았어, 엄마?"

"응……."

여전히 기운없고 축 처진 몸이었지만, 조금도 낫지 않았지만 가연은 정말 자신이 나은 것 같다는 생각을 했다. 아니, 진실로 다 나았다.

소연의 얼굴에서 비로소 함박웃음이 새어 나왔다. 한 방울 배인 눈물이 가연의 마음속 깊숙이 떨어졌다.

"엄마, 소연이 효녀지? 그치?"

가연이 웃었다. 그 웃음은 마음 깊숙한 곳에서 새어 나오는 진짜 웃음이었다.

5장

제1화 무림맹의 기사(奇事)

하남성 정주.

정주에 바로 천하무림의 중심, 무림맹이 있다. 이십오 년 전 정사대전이 열렸을 당시에 창건된 무림맹은 그 이후로도 마도와 사파와의 전쟁을 앞장서 해결하는 문파였다.

아홉 개의 문파와 한 개의 방파, 그리고 네 개의 세가가 주축이 되어 여러 군소방파가 모인 무림맹은 그 자체로도 정파무림이라고 말할 만했다.

사도 역시 사도맹을 결성했지만, 예선 정사대전이 열리고 마교가 패퇴하자 사도 역시 휘청거렸다. 사도는 마도의 하늘 아래에 모이지는 않았지만, 정파와 마교라는 거대한 고래 사이에 낀 새우처럼 등이고, 허리고 여기저기가 터져 지금은 제대로 기능을 하지 못하고 있었다.

"…그래서 교주는 결국 음화신녀를 취했다는 말씀이오?"

"그렇소이다."

천하 정파의 종주 무림맹의 맹주가 무거운 목소리로 말했다. 맹주의 목소리는 무미건조하리만치 덤덤했다.

자신의 문파로는 돌아가지도 않았던 형산의 소요상인이 이를 갈았다. 그 도고가 천박하게 자신의 몸을 바쳤나!

"그 무당의 도고가……."

"글쎄올시다……."

무림맹주는 슬쩍 고개를 갸웃하며 웃었다. 얼굴 가득 재미있다는 기색이 완연하다. 아니, 어쩌면 그는 진실을 알고 있으리라.

"아마도 그렇겠지."

그러나 맹주는 진실과 반대로 대답했다.

점창파의 장문인이 그 옆에서 결론을 지었다. 그의 표정 역시 참혹했다.

"그것이 확실할 게요."

"허허헛……."

맹주는 웃었다. 선풍도골이라는 말이 너무나 어울리는 모습이었다. 흰 수염과 흰머리가 살짝 바람에 부대꼈다.

"그렇소이다. 그 도고가 마교주에게 몸을 바쳤겠지요."

맹주가 단호한 어조로 말했다.

*　　　*　　　*

무림맹에는 여러 방파가 가입되어 있다. 유수의 구파일방과 강호 세가부터 시작해서 지방의 작은 무관까지 수를 셀 수 없는 많은 방파가 가입되어 있다.

때문에 가끔 지방의 어중이떠중이들이 무림맹의 일원이랍시고 자주 찾아오곤 한다. 무림맹으로서는 그런 무사들 모두에게 임무를 주거나 무림맹의 중추에 배속시킬 수 없으니, 어지간한 무사라면 대충 말을 섞어 돌려보내는 것이 상리다.

다만, 무림맹의 규칙상 삼류무사가 아니라 십칠류무사가 오더라도 정중하게 맞이하는 수밖에 없어, 무림맹의 문지기는 꽤나 피곤한 일이었다.

"이보게, 허진무!"

누군가가 껄껄거리며 중년의 사내를 불렀다. 허진무라고 불린 사내의 모습을 보아하니, 때가 꼬질꼬질하게 낀 백의 무복을 대충 걸쳐 입은 것이, 마치 개방도가 아닌가 싶다.

하지만 허진무는 일반 평무사였다.

그는 무림맹의 문지기니, 뭐니 하는 잡다한 일을 맡고 있는 백화대의 대원이었는데, 무림맹의 한직 중에서도 한직이었던 터라 놀고먹기 편하다는 이유로 그곳에 자원했었다.

아니나 다를까, 오늘도 술에 잔뜩 취한 듯 흥청망청 걷고 있다.

"으하핫, 왜 나를 부르는가, 귀효? 같이 술이라도 한잔 하자는 겐가?"

호쾌하게 웃으며 대답하는 허진무를 바라보며 귀효라는 자가 슬쩍 웃었다. 귀효는 순박한 미소를 짓는 허진무를 보며 말했다.

"술은 정을 빠져나가게 하니, 그대의 무위는 보지 않아도 알겠구먼."

"어허, 이 사람. 그럼 함께 검이라도 나눠볼까?"

"됐네, 됐어."

귀효가 손사래를 쳤다. 저렇게 엉망인 모습이지만 사실 허진무라는 자는 굉장한 고수다. 같은 백화대에 근무하는 동안 수많은 비무를 펼쳤지만, 그간 한번도 이겨본 적이 없다.

"그런데 지금은 어디 가나?"

귀효가 질문했다. 허진무는 껄껄 웃었다.

"우리 백화대의 꼴통들을 보러가지. 그 친구들이야말로 우리 백화대의 자랑이 아닌가!"

"바보형제 말인가. 으흠, 자랑이라고 할 만하지."

자랑이라고 할 만했다. 가진 재주라고는 힘밖에 없는 저능아 동생과 똘망똘망하지만 무공이 너무나 약해 죽도 밥도 안 되는 불쌍한 형이 바로 백화대의 유명한 형제들이었다.

"그 아이들에게 무공을 가르치면 재미있나?"

"으흠, 의외로 똑똑해서 말이야. 가끔 가르치면 재미있다네."

허진무가 말했다. 그의 표정이 의외로 진지해 귀효는 입을 다물었다.

"자네의 무공을 가르침 받았으니, 이제 곧 그들을 무시할 사람은 아무도 없겠구먼."

"으흠, 작은놈은 그럭저럭 따라오는데 큰놈이 문제야."

허진무는 대충 자라난 검은 수염을 긁적이며 말했다.

귀효의 표정이 달라졌다.

"호오, 그래?"

"그렇다네."

허진무는 고개를 끄덕여 보였다. 그러고 보니, 제자들이 기다릴 때가 벌써 다 되어간다.

"아, 그 녀석들이 기다리겠구먼. 나 먼저 가봐야겠네."

허진무는 귀효에게 대충 손을 흔들어 보이고는 총총 걸음으로 걸음을 옮겼다.

귀효는 고개를 끄덕였다. 생각해 보면, 그 형제야말로 복을 받은 것이기도 하다.

“나도 무공이나 가르쳐 달라고 졸라볼까?”

귀효는 머리를 긁적이며 중얼거렸다.

과연, 무림맹의 현문 뒤에 위치한 작은 문에 백화대의 두 형제가 서 있었다.

고작 열아홉, 그리고 열일곱의 나이인 형제들을 바라보며 허진무가 웃었다.

“하핫, 언제 봐도 동생이 형 같고 형이 동생 같단 말야?”

“우와, 사부다, 사부!”

고작 열일곱 살이면서도 거대한 몸짓을 지닌 사내가 뛰어들어 왔다. 그는 바보형제 중에서 동생인 호진이었다.

호진은 신이 나서는 팔랑팔랑 허진무에게 달려들어 갔다.

“사부우! 나 당과 사줘!”

“야, 임마. 내가 돈이 없다는 걸 아냐, 모르냐. 그런 거 사줄 돈이 있었으면 내가 술 한잔을 더 사먹겠네.”

허진무는 안겨들어 오는 호진을 얼른 빼내었다.

호진의 뒤에 서 있던 호은이 조용히 시립했다.

“제자가 사부님을 뵈옵니다.”

이번엔 반응이 또 다르다.

“너는 너무 재미없어. 그 나이에 그렇게 딱딱해서 뭐 하냐?”

허진무는 눈을 가늘게 뜨고 탓하듯 호은을 바라보았다. 호은의 얼굴이 멋쩍게 변해갔다.

“하나, 배사지례를 마쳤으니, 어찌 예를 갖추지 않을 수 있겠습니까.”

“징그러운 놈. 너만 보면 내가 생각나는 사람이 있어 죽을 맛이다, 죽을 맛.”

허진무는 손사래를 쳤다. 사실, 호은을 보면 떠오르는 인물이 하나 있었다.

"그게 누군지요?"

호은의 얼굴이 궁금하다는 듯 변해갔다. 허진무는 슬쩍 웃음을 지으며 말했다.

"아, 나한테는 사제뻘 되는 녀석이 하나 있어. 나이도 어린 녀석이 우리 사백의 제자가 되어버려서 좀 난감했었지."

"제게는 사숙이 되시겠군요."

"응, 그래. 너랑 붙여놓으면 제법 어울리겠다."

허진무가 웃었다. 정말 어울릴 것 같다. 무뚝뚝하기가 얼음장 같은 그 녀석이랑, 이 녀석이랑 짝을 이룬다면 아마도 얼음형제가 새로 탄생할 것이다.

"어떤 분이신지 여쭈어도 되겠습니까?"

'호오, 이놈 봐라?

허진무가 눈을 가늘게 떴다. 호은이란 녀석은 그래도 사제보다는 낫다. 자신이 말한 사제는 궁금한 게 있어도 어지간해서는 질문을 하지 않았는데, 이 녀석은 그나마 융통성이 있다.

"너가 그 녀석보다는 낫구나. 하긴, 네가 정식으로 입문하면 사숙뻘이 될 테니 알아두는 게 좋겠지."

허진무는 낄낄거리며 웃었다.

"그 녀석 알아보기는 쉬울 거다. 일단, 표정이란 게 없거든. 어릴 적에 하도 귀여워서 볼을 꼬집어준 적이 있었어."

허진무의 눈이 그리운 무엇인가를 좇아갔다. 그 사제란 사람을 생각하는가 보다.

"그랬더니, 무지하게 딱딱한 얼굴로 말하는 거야. '손을 치워주시지요, 사형' 이라고 말야. 목소리의 높낮이가 없어서 나는 저 멀리 천축국의 말을 하는 줄 알았단 말야?"

"…성정이 차가우신 분인가 보군요."

"음, 그건 아냐. 마음은 따듯한데 말투나 표정이 차갑지. 여하튼 말이다, 난 꼬집은 손을 치우지 않았어. 대신, 애한테 한 것치고는 세게 꼬집었지."

정말 세게 꼬집었다. 얼마나 세게 꼬집었냐면, 은근슬쩍 내공을 실었을 정도로 세게 꼬집었다.

물론, 그 일이 있고 난 후 사부에게 들켜 세 시진 동안 마보를 섰었지만 그래도 그때 진귀한 수확을 하나 얻었다.

"굉장히 아파서 눈물까지 흘렸는데, 얼굴 표정은 고작 눈썹 끝이 올라간 것뿐이었어……."

허진무는 질린 얼굴로 있을 수 없는 일을 봤다는 것처럼 말했다. 사실 작은 아이라면 훌쩍훌쩍 울어야 될 텐데, 그 아이가 우는 모습은 본 적이 없었다.

볼을 세게 꼬집었을 때도 아이는 조금 울먹였을 뿐이다.

"하아, 그래서 가지고 노는 재미가 있었는데……."

호은이 슬쩍 웃었다. 사부께서 누군가를 그리워하시는 모습은 처음 본다.

"더 이야기해 주십시오."

"그래그래, 나도 언제 본산에 올라갔다 와야겠다. 말하다 보니 자꾸 그리워지는구나."

"한데……."

호은이 수상쩍다는 표정으로 허진무를 돌아보았다. 본산, 본산 하는 걸 보면 스승의 문파는 결코 삼류방파가 아닌 모양인데, 사부께서는 아직도 자신의 문파를 가르쳐 주지 않고 있었다.

"본문의 이름을 이제는 알려주실 때가 되지 않았는지요."

"응, 안 됐어."

"……."

호은의 얼굴이 굳어져 갔다. 중년의 모습임에도 아이처럼 순수한 허진무의 대답이 가관이었던 것이다.

허진무는 인상을 슬쩍 찌푸렸다.

"허어, 요 녀석 보게? 내가 어지간하면 알려주지 않을까 봐 선수를 치는구만. 안 되겠다. 마보라도 해야지."

이번엔 호은의 얼굴이 새파랗게 질렸다.

"너는 마보 반 각. 그리고……."

멍하니 둘을 구경하고 있던 호진은 자신을 바라보는 허진무의 시선에 벙긋벙긋 웃었다.

"헤헤헤……."

"우리 호진이는 사부랑 무공을 익히자!"

"우와!"

잔뜩 흥분한 모습으로 호진이 팔을 휘저었다.

"저번처럼 또 노는 거야?"

"노는 게 아니라고 하지 않았더냐. 네가 배울 무공은 우리 문파의 기본 중에 기본이라고 말하는 기공이니라."

"그러니까, 쇠공 가지고 노는 거잖아."

"……."

허진무는 한숨을 내쉬었다. 몇 번을 말해도 호진은 그 말을 알아듣지 못한다. 그런데 몸은 천성적인 무재인지라, 가르쳐 줬다 하면 가르쳐 준 것을 절대 잊지 않았다.

머리로는 몰랐지만.

그래서 구결은 생략하고 기본공만 가르치던 중이었다.

"그래그래, 쇠공을 가지고 노는 거지, 뭐."

허진무는 웃었다. 그리고 준비해 온 쇠공을 호진에게 던져 주었다.

"사부, 저는……."

"너는 마보를 취하라 하지 않았더냐! 감히 사부의 말을 무시할 셈이냐?"

허진무가 호랑이처럼 무섭게 외쳤다. 호은의 표정이 새하얗게 질렸다.

"예, 곧 시행하오리다."

호은은 곧 마보를 취했다. 허진무는 그것을 보고 웃었다. 저 녀석은 무공에는 뛰어난 묘리를 보이지 않는다. 하지만 저 착실한 마음가짐과 끊임없이 궁구하는 마음을 보아하면, 도기다.

자신이 가르치는 무공을 호진은 대성할 수 있을지도 모르지만, 아마도 형처럼 되기는 어려우리라.

호은은 자신이 가르치는 모든 것을 익힐 수 있는 아이다.

'그러니까 마음부터 다져야지.'

마보를 취하며 몸을 단련하거니와 동시에 마음도 단련한다. 큰 그릇으로 키우려는 그의 생각대로, 호은은 울며 겨자 먹기로 마보 취했다.

허진무는 다시 호진을 돌아보았다.

"자, 사부와 공을 가지고 놀자. 먼저 첫 번째 공을 내려놓고—"

허진무는 쇠공 하나를 들어 내려놓았다. 하지만 쇠공은 마치 자석에라도 붙은 듯 허진무의 손에서 떨어지지 않았다.

쇠공이 툭 하고 떨어질 찰나, 허진무는 다시 새로운 공을 쥐었다.

"요렇게 끊어질 듯, 끊어질 듯하면서 이어져야 되는 거다."

허진무는 그렇게 설명하며 몇 개의 공을 더 움직였다. 공은 허진무의 손을 따라 원을 그리며 움직이는데, 과연 땅에 떨어지는 공은 하나도 없다. 그저 모두 허진무의 손에 찰싹 달라붙은 듯 움직이지 않는 것이다.

"이렇게 하면 된다. 재미있겠지?"

무슨 놀이 방법을 알려주는 것과 같은 목소리였다. 호진은 코를 훌쩍거리며 고개를 끄덕였다. 자신보다 더 큰 몸짓에 저런 움직임이라니, 징그럽기 짝이 없다.

"코 좀 닦아라, 이 녀석아."

허진무는 쯔쯔 혀를 차며 말했다.

"자, 어쨌든 시연해 보려므나."

*　　　*　　　*

청명 일행은 하남성 정주의 무림맹으로 향하고 있었다.

여태껏 평범한 행동을 고집해 왔던 만큼 그들의 이번 행보에는 독특한 감이 있었다.

하지만, 그들로서는 무림맹으로 향할 수밖에 없는 이유가 있었다.

칠 일 전

"우리는, 무림맹으로 갈 거예요."

청명이 단호하게 말했다. 여태껏 목적지를 정한 것은 청명이었지만 그것은 운풍자의 허락 아래에서만 가능했다. 농사를 짓고 싶다는 것도, 점소이가 되고 싶다는 것도 모두 청명의 뜻이었지만 평촌과 사천의 선경루를 고른 것은 운풍자였다.

"불가합니다."

운혜 사매에게 오는 위험이 완전히 사라졌을까? 그것은 모르겠다. 순음지체를 취한 마교주를 본 적이 없으니, 강호 무림은 판단하기에 앞서 온갖 혼란을 겪게 될 터였다.

그 상황에서 무림맹으로 가는 것은, 위험이 완전히 사라졌다고 해도 기피하고 싶은 일이다.

청명은 고집을 부렸다.

"갈 거예요."

"불가……."

"가야 돼요."

불가합니다. 라고 말하려던 운풍자의 얼굴이 당혹스럽게 바뀌어갔다. 사조님께서는 또 예언과도 같은 말씀을 하시는 것일까?

같은 생각을 마쳤던 추걸개가 먼저 질문했다.

"허엄, 험… 선인. 혹시 그곳에 인연이 닿아 있습니까?"

"네."

청명의 눈은 각오 어린 눈이었다. 그곳에 '그' 가 있다.

고집을 부리는 청명의 모습에, 운풍자는 할 말을 잃었다.

"으음, 이제 거의 다 와가는군."

추걸개가 수염을 쓰다듬으며 말했다. 운풍자는 무덤덤한 얼굴로 고개를 끄덕였다.

"예."

"예상보다는 편히 왔구먼."

추걸개가 그간의 짧은 여행을 생각하며 말했다.

하남성 정주의 무림맹으로 오는 길은 결코 어렵지 않았다. 백련교의 추적도 없었고, 그렇다고 다른 일도 벌어지지 않았다.

문제는 일행 중에 한 명이 더 추가되어 있다는 점이었다.

추적도 없이 평화롭게 교주 이하 마교도들을 보내주었는데, 오직 한 명의 마교도는 마교로 돌아가지 않았다. 아니, 오히려 마교를 탈퇴한다고 말하고는 무림맹까지 따라오고—명목상은 포로지만—있다.

그 마교도를 놓고 운풍자와 추걸개는 격렬하게 의견을 나누었는데, 결론은 의외로 쉽게 나고 말았다.

"데려가요."

청명의 한마디 때문이었다.

결국 울며 겨자 먹기로 그 마교도를 동행시킬 수밖에 없었는데, 문제는 그 마교도가 마치 동네 영감처럼 잔소리를 한다는 것뿐이었다.

그것도 운혜에게 집중적으로.

추걸개는 지금도 운혜에게 떠들어 대고 있는 귀곡자를 바라보았다.

"이것 보게, 여도사. 기왕이면 말일세, 그 머리를 조금 올려보면 어떻겠나? 칙칙한 도관도 제발 좀 벗어버리고 말일세."

포로로 잡혔다는 것을 망각한 듯한 목소리였다. 마치 일행이 된 느낌이었다.

추걸개가 노호성을 터뜨렸다.

"도사가 도관을 안 쓰면 어찌 되겠느냐, 이 마교의 개!"

"시끄럽소, 만두."

귀곡자의 대수롭지 않은 말에 추걸개의 얼굴이 붉어졌다. 예전 만두 하나를 가지고 싸웠던 것이 아직도 기억에 남아 있었던 것이다.

"그렇게 말할 거면 만두 하나라도 사주던가!"

"아아, 언젠가 사주지. 하지만 난 포로라 돈이 하나도 없잖은가?"

마치 제집에 온 것처럼 능글거렸다. 예전 귀곡자와 손을 부딪친 적이 있었던 운풍자로서는 믿을 수 없을 만큼 부드러운 태도였다.

그때의 살기 어린 목소리를 생각하면, 지금의 그는 아예 다른 사람이라고 해도 믿음이 갈 것이다.

"……."

무표정히 앉아 있는 운풍자보다 흥분한 것은 운혜였다.

"시끄러워요! 당신은 포로란 말예요, 포로! 이제 곧 무림맹으로 갈 텐데 무섭지도 않아요?"

"무섭긴 뭘. 가봐야 사지근맥이 잘리거나―이야기를 주의 깊게 듣던 청명이 '헉' 하고 비명을 질렀다―아니면 내 단전에 구멍을 뚫거나―이번엔 새파랗게 질린 얼굴로 청명이 또다시 비명을 질렀다―아니면 목을 벨 테지."

마지막 말에 청명은 저도 모르게 목을 감쌌다. 말을 듣다보니 무림맹이 무슨 악의 소굴처럼 느껴진다.

청명은 떨리는 목소리로 말했다.

"우, 운혜 사손… 정말 무림맹이 그렇게 목을 댕강댕강 베어버리나요?"

"…아니요, 그럴 리가요."

아마 마교의 주구에게는 그럴지도 모른다.

하지만 운혜는 청명 사조께는 조금 놀라운 이야기일까 두려워 아무런 말도 하지 않았다.

귀곡자가 웃음을 지었다.

"허헛, 그리고 보면 팔과 다리의 근맥만 자르는 것이 아니라 아예 팔다리 자체를 잘라 버릴 수도 있겠군."

"우, 우, 운혜 사손……."

청명의 얼굴이 울상이 되었다.

"저 도우의 팔과 다리의 근맥을 끊고 단전에 구멍을 뚫은 다음 목을 베고 팔과 다리를 잘라 버린대요."

"……."

운혜 대신 귀곡자가 입을 다물었다. 선인께서 저렇듯 말씀하시니 꼭 그렇게 될 것만 같은 예감이 든 것이다.

운혜는 웃음을 터뜨렸다.

"오호호홋!"

귀곡자의 얼굴이 반색이 되었다.

"아, 웃는 모습을 보니 아름답구먼, 여도사."

운풍자와 추걸개가 못마땅하다는 듯이 귀곡자를 바라보았다. 이놈의 영감이 무슨 망발을 지껄이는가 싶다.

귀곡자는 의미심장한 미소를 지었다. 그의 마음속에서, 저와 같은 미소를 지었던 누군가가 떠올랐다.

'서희야…….'

잠시 아린 표정을 지었던 귀곡자는 이내 아린 표정을 지우고는 웃음을 지었다.

"으하핫, 그렇게 아름다운 것을 보니 여도사는 어머니를 참 많이 닮으셨나 보네."

귀곡자가 말하자 운혜의 얼굴이 딱딱하게 굳어갔다. 자신은 엄마의 얼굴을 한번도 본 적이 없다.

"……."

"출발."

운풍자가 귀곡자의 말을 끊었다. 운혜 사매의 얼굴에 어린 고통을 본 것이다.

운풍자가 먼저 묵묵히 걸음을 옮겼다. 이제 조금만 더 가면 무림맹이 보일 것이다.

운풍자는 청명을 돌아보았다. 도대체 왜 사조님은 무림맹으로 가야 한다고 말씀하신 것일까? 농사를 짓는다, 점소이가 된다는 말씀만 주욱 듣다가 무림맹으로 가야 한다는 소리를 들으니 어색하기 짝이 없었다.

*　　　　*　　　　*

허진무는 기뻐 웃음을 터뜨렸다.

"으하핫! 이제 건곤… 아니, 우리 문파의 기본공이 제법 몸에 익어가는구나!"

허진무는 신이 났다. 남들은 다 바보라고 무시하지만, 호진을 못 알아본 그들이야말로 바보다. 이 아이는 천재다.

"그래그래, 가르칠 맛이 나는구먼. 아, 그리고 보니 저 녀석도 멈출 때가 되었는데?"

허진무는 슬쩍 고개를 돌려 호은을 바라보았다. 호은은 부들부들 떨리는 다리를 추스르며 아직도 마보를 서고 있었다.

"으흠, 제법 대단하구나. 나이가 늦어 무공을 배우기엔 늦었다 여겼거늘."

허진무는 호진이 도기라는 사실을 다시 한 번 확신했다. 반 각 동안 호은은 불평도, 꾀도 부리지 않았다. 그저 묵묵히 자신의 명을 수행할 따름이었다.

"저, 저도 무인이니 이쯤은 참을 수 있습니다."

호은이 대답하자 허진무는 몇 번이나 고개를 끄덕거리며 웃었다. 하긴, 지난바 재주가 있으니 무림맹에 입맹할 수 있었겠지. 하지만 이제는 무인이라고 스스로를 칭해서는 아니 될 것이다.

"암, 암. 그렇고말고. 마음가짐 하나는 제대로 되었구나. 내 제자가 된 이후부터 너는 무인이 아니라고 했는데도 무인이라고 스스로를 칭하다니. 훌륭해. 마보 한 시진은 더 해야겠다."

"…명을… 따릅니다."

호은이 이를 악물었다. 허진무는 흥얼흥얼거리며 시선을 옮겼다.

"아아, 참. 너희들에게는 사형이 하나 있느니라."

"와아, 나한테 형이 하나 더 있는 거야?"

"그래, 그래."

허진무는 인자하게 웃었다.

"멍청하기 짝이 없는 녀석이다만, 그래도 네놈들 사형이니 잘 대접해 줘야 할 게다."

"그 형아는 어디 있어? 그 형아랑 놀 거야!"

"아, 지금은 내 사제가 돌보고 있을 거다. 사제라고 해봐야 너희들 사형이랑은 나이 차가 거의 안 나지만."

허진무가 말했다. 사제라면, 저번에 말했던 대단히 무뚝뚝하다는 사제를 말하는 걸까? 호은의 얼굴이 궁금하게 변해갔다.

그런 호은의 마음을 짐작한 듯, 허진무가 말했다.

"나한테 사제가 하나만 있는 줄 아느냐? 아까 말했던 녀석은 사백의 제자거니와 무뚝뚝하니 놀리기 좋은 녀석이고, 너희 사형을 돌보고 있는 사제는 우리 사부의 직계 제자이니라. 너희들에게는 역시 사숙뻘이고."

허진무가 능글능글하게 말했다. 그로서는 이제 슬슬 제자들의 입문을 준비하고 있었다. 사형제들을 설명해 주고, 사부들을 설명해 주는 것은 입문의 준비 중에 하나였다.

"내가 소개시켜 주겠지만, 여하튼 어디서고 너희를 알아보거나, 너희의 무공을 알아보는 사람이 있다면 공손히 대해야 할 것이니라."

호진은 코를 흘리며 고개를 끄덕였고, 부들부들 떨리는 다리를 추스르며 호은 역시 말했다.

"명을… 따르겠… 습니다."

호은의 말에 허진무가 웃었다.

"힘들지? 그거 원래 힘들어. 나는 그거 여섯 시진도 해본 적이 있거든. 이제 풀어도 좋다."

허진무의 허락이 떨어지자마자 호은은 다리를 풀었다. 그리고는 이내 바닥에 널브러진다.

"자아— 오늘은 이만 하자꾸나. 내일 다시 무공을 가르쳐 주마."

허진무는 껄껄 웃으며 걸음을 옮겼다. 뒤에서 호진이 외쳤다.

"사부, 사부! 사부 어디가?"

"나? 나야 술 마시러 가지! 내일 또 보자꾸나!"

홍겹게 걸음을 옮기며 허진무가 말했다. 잠시 걷던 허진무는 이내 걸음을 멈추었다.

"아, 그런데……."

그리고 눈을 빛냈다.

"내게 무공을 배우고 있다는 말은 타인에게 한 적이 있느냐?"

허진무의 눈에는 기세가 어려 있어 호진은 괜히 겁을 먹었다.

"어, 어, 없어, 사부, 무, 무서워……."

"그래? 앞으로도 말해서는 아니 될 것이야. 이 사부와의 약속이니 어길 생각은 말거라."

허진무는 일부러 냉혹한 표정을 지었다. 호진은 물론이고, 호은까지 고개를 끄덕였다.

"그럼, 나는 이만 가겠다."

허진무는 곧 총총 걸음으로 사라져 버렸다.

다음날.

하남성 정주는 활발하게 움직이고 있었다.

천하에 대란이 일어나더라도 가장 안전한 곳은 바로 이곳일 것이었다. 이곳은 정도무림의 본거지. 마지막의 마지막까지 버틸 수 있는 곳이 바로 이곳이었던 것이다.

오늘, 정주 무림맹의 문지기는 네 명이 차출되었다.

귀효과 허진무, 그리고 호은과 호진이었다.

귀효와 호진이, 허진무와 호은이 한 조가 되었는데, 허진무가 호진이를 좀 빌려가자 해서 놔두었더니 평소처럼 옹기종기 모여서는 잡담을 나누고 있다.

그 잡담에서 귀효만이 배제되었다.

"……."

귀효는 못마땅한 어조로 허진무와 호은, 호진을 돌아보았다. 못마땅하기로는 지금 상황만 한 게 없다.

셋은 뭐가 그리 즐거운지 가끔 웃기도 하고 가끔은 심각하기도 했는데, 자신에게는 그 말소리가 하나도 들리지 않는 것이다.

신기하게도, 지근거리에 있는 데도 말소리가 들리지 않고 있었지만 귀효는 그것에 크게 신경을 쓰지 않았다.

사실 허진무는 슬쩍 내공을 펼쳐 소리를 막아둔 후였다.

"그래, 네 사부께서는 그런 분이시니라."

허진무가 말했다. 허진무는 인자한 미소를 지었다.

"참으로 영명하시고 인자하신 분이지만, 그 속에도 장난기가 있지. 네 둘째 사백조처럼 말이다."

둘째 사백조가 하늘도 못 말릴 장난꾸러기라는 사실을 이미 들었던 호진이 켈켈거리며 웃었다.

"아하하핫! 그럼, 우리 사백조처럼 사부도 장난꾸러기인 거야?"

"말을 조심하거라, 이 녀석."

짐짓 허진무가 엄한 표정을 지으며 말했다. 아무리 그래도 사부님은 사부님, 함부로 말할 수 있는 사람이 아닌 것이다.

허진무의 문파에서는 기사멸조를 대죄로 친다.

"아직까지 규율이 살아 있고 전통이 시퍼렇게 살아 있는 문파니라. 결코 가벼이 여겨서는 아니 될 것이야."

사제들을 설명할 때는 장난기가 어려 있었지만, 사부를 설명할 때는 진중하던 허진무였다. 그 분위기를 알았기에, 호은은 머리를 숙였다.

"죄송합니다, 사부."

"미안해, 사부."

허진무가 도끼눈을 뜨고 호진을 바라보았다. 하늘 같은 사부에게 미안해라니?

하지만 호진은 자신이 무엇을 잘못한 것인지 몰랐다. 그저 도끼눈을 뜬 사부에게 겁을 집어먹고는 머리를 긁적일 뿐이었다.

"아… 아… 나는……."

어물쩍어물쩍 제대로 말도 못하는 호진을 보고 허진무는 웃어줄 수밖에 없었다.

"그래. 내 용서해야겠지, 어떡하겠냐. 그리고 첫째 사백, 그러니까 너희들의 첫째 사백조는 말이다……."

"이보게, 허진무!"

허진무가 다시 말을 이어나갈 무렵이었다. 뒤에서 귀효가 허진무를 불렀다.

"저기 누군가가 오네!"

무림맹의 앞을 지나가는 것은 자유겠지만, 관인이나 무림인이 아닌 이상 어지간하면 무림맹을 지나가기를 꺼려 한다. 하지만 저 무리들은 당당히 무림맹으로 걸어들어 오고 있었다.

허진무는 눈을 가늘게 뜨고 걸어 들어오는 무리들을 바라보았다.

파란 도복이 유난히 인상깊다.

허진무의 안색이 파랗게 질렸다.

"엥?"

"……."

무림맹으로 걸어오던 운풍자의 안색도 꿈틀거렸다. 그 역시 허진무를 알아본 것이다. 운풍자는 한숨을 내어쉬었다.

"으음……."

"왜 그래요, 사형?"

"……."

운풍자는 운혜의 물음에 아무런 말도 하지 않았다. 그저 조용히, 당황한 기색으로 허둥거리던 허진무를 바라볼 뿐이었다.

마침내 내공을 돋우지 않아도 서로가 자세히 보일 때까지 청명 일행이 다가왔다. 허진무는 재빨리 뒤로 피하려고 했지만, 이미 운풍자의 눈에 자신이 다 보였다는 것을 느꼈기에 부질없는 노력은 그만 두기로 했다.

"……."

허진무는 침묵했다. 그런 허진무를 보며 호은과 호진이 당황스러운 얼굴을 지었다.

운풍자와 청명이 마침내 무림맹 앞에 섰을 때였다.

허진무는 수염을 긁적거리며 헛기침을 내뱉었다.

"크흠, 흠. 오랜만일세, 사제."

사제?

호은의 얼굴이 파랗게 질렸다. 저 도복은 무당파의 도복이다. 그렇다면, 사부께서는 무당파의 도사셨단 말인가!

아무것도 모르는 호진은 고개를 갸웃거릴 뿐이었다.

호은의 놀람에 가득 찬 시선을 받으며, 운풍자가 머리를 조아렸다.

"사제 운풍이 사형을 뵈옵니다."

"응, 그래. 저 여도사는……."

운풍자가 머리를 들었다.

"운혜입니다."

운풍 사형과 추레한 중년인의 대화를 아무 소리 못하고 바라보고 있던 운혜는 당황했다. 자신이 모르고 있는 사형은 하나밖에 없는데, 그 한 명은 바로 황우 사질의 사부인 운향자였다.

운혜는 얼른 머리를 숙였다.

"제자 운혜가 사형을 뵈어요."

"아, 그래. 건강하구나."

운혜의 사정을 다 알고 있는 듯, 인자하게 허진무가 말했다. 그 옆에서 아무 말 못하던 귀효는 이제 눈이 돌아갈 정도가 되었다.

허진무가 마지막으로 질문했다.

"그런데, 이 도사는 누구냐? 처음 보는데? 새로 들어온 제자냐?"

운풍자의 얼굴이 꿈틀대었다.

*　　　*　　　*

무림맹의 맹주실.

맹주, 남궁세옥은 청수한 수염을 쓰다듬었다. 그의 기척에 이상한 것이 잡혔다.

“허허헛……."

남궁세옥은 웃음을 지었다. 그리고는 얼굴을 한 번 쓸어 만졌다.

남궁세옥의 손이 지나갈 때마다, 얼굴이 조금씩 변화하기 시작했다. 변화한 얼굴은 마침내 선풍도골의 노인의 얼굴로 바뀌었다.

그는 남궁세옥이 아니었던 걸까? 여태껏, 남궁세옥이 아닌 자가 남궁세옥 행세를 했단 말인가? 그렇다면 진짜 남궁세옥은 어디에 있단 말인가!

이해하지 못할 일이었다.

마침내 남궁세옥, 아니, 남궁세옥이 아닌 누군가의 본 얼굴이 드러났다. 그 얼굴은 흰 수염과 흰머리를 휘날리는 그 얼굴 현기 어린 얼굴이었다. 눈에는 선기가 가득했고, 얼굴은 대추처럼 붉다. 마치 신선처럼.

그는 빙긋 웃음을 지었다.

“허헛, 어서 오시오, 천선.”

『우화등선』 5권에 계속…